W0204136

« Quel giorno avevo deciso che non avrei mai abbassato lo sguardo per prima. »

« Ce jour-là j'avais décidé que je ne baisserais jamais les yeux la première. »

Rien pour elle

Cette publication a été cofinancée avec le soutien de la Commission européenne. Cette publication n'engage que son auteur et la Commission n'est pas responsable de l'usage qui pourrait être fait des informations qui y sont contenues.

Cofinancé par le programme Europe créative de l'Union européenne

Ce livre a été traduit grâce à une aide du ministère italien des Affaires étrangères et de la Coopération internationale.
Questo libro è stato tradotto grazie a un contributo del Ministero degli Affari Esteri e della Cooperazione Internazionale italiano.

*

Ouvrage publié sous le titre original de
NIENTE PER LEI
Copyright © 2019, Edizioni e/o
© Agullo Éditions, 2022 pour la traduction française
www.agullo-editions.com

Conception graphique : Cyril Favory
Image de couverture : Roma, quartiere Trastevere, 1945, Federico Patellani © Archivio Federico Patellani – Regione Lombardia / Museo di Fotografia Contemporanea, Milano-Cinisello Balsamo

Laura Mancini

Rien pour elle

Traduit de l'italien par
Lise Chapuis et Florence Courriol

Agullo

À Tommaso

It was not a story to pass on.
Toni Morrison

1943 – L'ABRI ANTIAÉRIEN

Rome, San Lorenzo

T'as pris l'argent ?

Non, il ne l'avait pas pris.

Il la regarda, deux pièces de monnaie brûlées à la place des yeux, sans un mot.

Rosa se leva brusquement et sortit de l'abri comme une furie. Personne, dans la pièce, ne tenta de la retenir parce qu'il était juste qu'elle cherche à récupérer l'argent : ces sous-là, c'était la sueur du front de son mari.

Quand la porte s'ouvrit à nouveau, tout le monde se tourna vers elle. Il lui manquait une chaussure, elle dit si je l'avais ramassée, à l'heure qu'il est, je serais écrasée sous le toit.

Je vis mon père serrer fort les épaules d'Elio Secondo comme on presse un oreiller avant de faire un bon somme. Mais ce n'était qu'un enfant, et certainement pas la femme qui venait de perdre une chaussure en dévalant l'escalier, l'argent plié dans un coin de sa jupe. Grosse comme elle l'était, avec Silvano dans le ventre. La deuxième chose que je remarquai, ce furent les mains de Saverio, tendues vers le cou de sa mère tandis que le reste de son petit corps avançait, hésitant, cherchant une confirmation sur le visage hagard de Rosa, notre mère. Comme il n'y trouva qu'une affreuse petite frange, étalée en mèches collées sur les tempes à cause de la forte humidité, et puis cet impossible regard de folle qui fouillait la pièce, mon frère éclata en sanglots, effrayé par les secrets des grands.

La seule à garder une humeur égale, c'était moi.

Mes deux cousins étaient plaqués contre le mur, l'air ahuri. Ils me firent penser à Ciccio, le veau des voisins qui l'avaient acheté dans une foire, du côté de Viterbe, et le gardaient dans la cour, sans trop s'en soucier. Nous les enfants, nous jouions ensemble à la ferme et, à califourchon sur l'animal, on le torturait sans trêve à tour de rôle. Je me demandai comment ma mère pourrait affronter avec une seule chaussure tout ce qui allait se passer par la suite mais, incapable de trouver une réponse, je reportai mon attention ailleurs. L'abri n'offrait pas beaucoup de surprises, c'était toujours dans le même que nous nous réfugiions au moment où la sirène sonnait et je le connaissais par cœur maintenant. Des murs verdâtres, un banc en fer, une petite table avec de l'eau et une haute tour bancale de verres opaques. C'est tout, pas grand-chose d'autre à imaginer, pas d'histoires, pas d'aventures, juste des malheurs modestes comme le nôtre.

Pourtant, ce qui arrivait ce jour-là était complètement différent du cycle fuites-attentes auquel nous étions habitués : ce jour-là, les bombardements détruisaient les rues, abattaient au sol des immeubles entiers, broyaient les rails, brisaient les ponts en deux; je ne savais pas, je ne pouvais pas savoir que la vie d'avant finissait pour toujours juste à cet instant-là, et que personne, pas même mon père, n'avait imaginé la vie d'après. Une voix, en moi, m'avertissait pourtant : maintenant c'est différent, tu es différente, tes parents sont différents, les choses changent. Comme je ne voulais pas céder à la tristesse qui envahissait ma poitrine, je pris la décision d'explorer cet espace de mystères et de chagrins sans me faire remarquer. Je dirais « trou » en mon for intérieur chaque fois que j'en verrais un le long du mur vert, une couleur bizarre, si différente du miel et du safran des murs de la maison, et qui ressemblait trop à l'herbe touffue du cimetière du Verano où reposait grand-mère. Je savais bien que si je me hasardais à faire ce genre de réflexion à voix haute – à six ans à peine, j'avais déjà une idée bien à moi de ce qui est juste et de ce qui ne l'est pas – on allait me crier dessus ou même me taper. Mais qu'est-ce qui te passe par la tête dans un moment comme ça, et qu'est-ce que t'en sais, toi, des maisons et des couleurs, voilà ce que me gueulerait un des adultes. Raison pour laquelle, dans cette circonstance comme dans celles que la vie me réserverait, je me tus.

C'était le loyer du mois de juin que ma mère venait de récupérer. Le propriétaire avait dit la veille, m'sieur Giuseppe, vous êtes fatigué, je suis fatigué, vous me le donnerez demain et on n'en parle plus. Maintenant il était évident qu'on n'en parlait plus, la maison était en train de s'écrouler comme le reste du quartier, qui sait où était le propriétaire à cette heure-là, qui sait s'il était encore vivant. Je me rappelais parfaitement le moment où mon père était revenu avec la liasse de billets encore intacte. C'était le crépuscule et la dernière lueur du couchant teignait de jaune la pièce où on mangeait. Dès qu'elle aurait disparu, on allumerait les cierges – puisque t'es sans boulot, et filou comme j'te connais, tu vas t'occuper de ça, avait soufflé ma mère à l'oncle Antonio. Il ne s'était pas fait prier, ça l'amusait de voler.

Tandis que mon père fouillait ses poches d'un air pensif à la recherche de l'enveloppe de billets, j'étais occupée à m'arranger les cheveux. La cendre de mes mèches fines avait l'air moins terne entre les dents turquoise du petit peigne en plastique que j'avais trouvé dans la rue et que j'aurais bien partagé avec une poupée, si j'en avais eu une. Mais j'étais seule et contente de régler cette affaire par moi-même et d'échapper à l'humiliation des cinq minutes de coups de peigne brusques et de larmes silencieuses que Rosa m'infligeait quand, me regardant, elle trouvait que je n'étais pas assez présentable ne serait-ce que pour les quatre loqueteux du quartier, comme elle les appelait. Ça me faisait tellement mal. Quand je me peignais seule, je pouvais y aller plus ou moins fort et renoncer tranquillement à défaire les nœuds les plus emmêlés qui me donnaient l'air négligé, comme si j'avais de l'étoupe à la place des cheveux. Sans bouger, le visage braqué sur le miroir pour ne pas me faire remarquer, j'avais observé comment mon père lui remettait le paquet blanc en lui disant il ne les a pas voulus aujourd'hui. Elle le lui avait pris des mains, l'avait remis dans le tiroir de bois ébréché et bancal de la table de chevet, non sans avoir auparavant décoché un regard noir à son mari. Peut-être qu'elle ne le croyait pas. Mon père avait l'air ahuri, comme quelqu'un qui ne mangerait ni ne dormirait pas assez. Il régnait dans la maison un silence relâché et morne, que seuls un cri ou un éclat de rire sonore auraient pu briser. Mes frères étaient dehors, va savoir où, et personne ne soufflait mot, moi moins que quiconque.

C'était difficile de comprendre le bruit des bombes, violent comme une vilaine divagation nocturne surgie dans le demi-sommeil. La voisine nous tenait une main à chacun, à Saverio et moi, serrée à bloquer la circulation, les jointures comprimées l'une contre l'autre.

Nous les enfants, nous n'osions pas protester, et nous enviions sans rien dire Elio Secondo, assis béatement sur les jambes molles de Selene, la fille de la voisine. Elle l'avait pris dans ses bras juste avant, quand il s'était mis à pleurer, et elle lui chantait vole vole vole... Voler où ? Nous étions enfermés sous terre en espérant ne pas crever et, à entendre les explosions au loin, il était clair qu'il faudrait des heures avant que nous puissions sortir de ce refuge.

L'inspection de l'abri ne m'avait pas satisfaite, alors je fermai les yeux et me concentrai sur ma chambre, qui m'appartenait plus qu'à n'importe qui d'autre. J'aurais pu la décrire millimètre par millimètre en indiquant la position exacte de tous les objets qu'elle contenait, chaque petit lit, chaque mouchoir en tissu bleu, chaque poupon rempli de boutons, chaque trognon de pomme oublié dans un coin, tout sec, chaque maillot de corps délavé suspendu pour sécher. Pendant les interminables nuits que je passais dans cet espace sale, rempli de monde, en désordre, qui était mon domaine dans l'appartement, j'en étudiais tous les détails à l'insu de mes frères et de mon oncle, entassés sur le matelas défoncé en un identique, profond et inviolable sommeil. En me concentrant un peu, j'arrivais à distinguer le souffle lourd de chacun d'eux. Aussi éveillée qu'en plein midi sans que personne ne le sache, je profitais tranquillement de ma seule petite distraction personnelle, le spectacle des choses. Pour préserver ce secret qui était un privilège pour moi, il me suffisait, le matin, de ne rien dire et de présenter un regard neutre si d'aventure quelqu'un se souciait de me demander tu as dormi ? Je faisais oui de la tête, ce qui contentait l'indifférence que l'on manifestait toujours à mon égard, et je gardais la vérité, d'autant plus séduisante, rien que pour moi.

Ne rien posséder avait allégé le grand sac depuis longtemps tout prêt dans l'entrée de l'appartement. Les adultes l'avaient rempli avec le linge et les vêtements de rechange qu'il y avait dans l'armoire, du pain renouvelé tous les deux ou trois jours, un demi-fromage, un peu de vaisselle et des savonnettes – une obsession de mon père qui en avait toujours une réserve à portée de main, comme si le principal problème dans une vie telle que celle-ci était de se laver les aisselles. Moi, en cachette, j'avais réussi à glisser au dernier moment dans ce sac la couverture de laine bleue, je savais qu'Elio Secondo ne se serait jamais endormi s'il n'avait pas pu la friper entre ses doigts. Rosa n'y avait certainement pas pensé.

Les voisins, raides et muets, étaient assis au bout du banc en fer, à l'opposé de celui qu'occupait ma famille. Comparé au boucan qu'ils faisaient habituellement, le silence électrique qui séparait les deux couples vous tapait sur les nerfs plus qu'une bagarre. En plus de la peur, de l'angoisse de voir la maison s'écrouler ou de la certitude d'un deuil, il y avait autre chose, nous le sentions, nous les enfants. Les adultes étaient là, indécis, bloqués, incapables d'entrer dans les labyrinthes de leurs esprits ou d'en sortir. D'habitude, les jours normaux, ils n'arrêtaient pas de bavarder, de se taper sur les cuisses et de rigoler en hochant la tête pour n'importe quoi. À chaque fois c'était tu te rappelles ? Raconte, dis, comment que ça a fini ? Je ne savais pas, je ne pouvais pas savoir qu'au premier coup de sirène la voisine avait demandé brusquement à mon père eh, Giuseppe, va me chercher Massimo, qu'il aille au diable, çui-là, que même les coups de canon ça le fera pas rentrer! Ma mère n'avait pas aimé. Ça ressemblait trop à un ordre qui semblait ignorer que son mari avait trois enfants sur le dos et un quatrième en route. Pourquoi fallait-il qu'il aille risquer sa peau pour un tire-au-flanc qui ne pensait qu'à lui et, dans un moment comme celui-ci – la guerre atroce, furieuse au-dessus de nos têtes –, ne se souciait même pas de revenir vers sa famille? Personne pourtant n'arrivait à détester Massimo, et Rosa le savait mieux que quiconque. Pour le détester au moins un peu, elle devait se forcer, ne plus penser à ce soir-là – abandonnée dans l'étreinte de ses bras de peintre en bâtiment, sentant une source jaillir au creux de ses reins, et moi comme toujours muette et immobile derrière le rideau brodé. Et elle ne pouvait pas non plus se permettre de repenser à ces après-midi noirs où elle maudissait la vie, son mari, et jusqu'à ce logement – sans doute devenu un amas de gravats –, et où c'était Massimo qui la sauvait de ce poison-là. Quand elle l'entendait dans la cour en train de siffloter avec son compère de beuverie, il lui venait sur les lèvres un sourire frais, et une envie folle d'envoyer balader le seau plein d'eau savonneuse lui contractait douloureusement l'anus. Il lui fallait refouler ses pulsions dans leur égout, se rappeler que ce gars n'était qu'un gamin des rues, le plus joyeux de tous les branleurs de San Lorenzo, le mari de sa meilleure amie, Tiziana, et rien pour elle.

Nous les enfants, nous devinions – les enfants savent toujours tout – que Massimo savait enchanter l'humeur sombre de notre mère. Quand Rosa commençait à claquer les portes et à empiler les assiettes comme si elle voulait toutes les casser les unes sur les autres, j'espérais toujours qu'il serait dans les parages. C'était un spectacle intéressant à regarder. Au cours de mes quelques années de vie, je l'avais déjà vu dans le plâtre après une mauvaise chute à vélo ; en bas de la maison, tout dépenaillé, pendant que Tiziana lui criait salaud, tu peux crever ; au lit avec une fièvre de quarante degrés pour s'être acquitté d'un pari en plongeant dans le Tibre en pleine nuit. En comparaison, je trouvais désespérante la compagnie d'oncle Antonio qui n'arrêtait pas de me pincer et de me demander des petites gentillesses, comme il les appelait.

Alors, quand Tiziana avait demandé allez s'il te plaît, Giuseppe, va me chercher ce crétin, ma mère s'était mordu la langue et tordu les mains pour ne pas exploser. Mon père n'avait pas eu besoin de la regarder pour comprendre le risque que la voisine courait. Il connaissait sa femme, elle était capable de se lever et de lui casser une assiette sur la tête, furieuse qu'elle était, et tourneboulée par la grossesse. C'est pour protéger Tiziana, par conséquent, qu'il était immédiatement parti à la recherche de son ami, avant qu'il ne soit trop tard pour lui aussi. Ma mère s'était contentée de considérer d'un regard noir le visage bouleversé de la voisine et ensuite les épaules étroites de son mari qui s'éloignait. Juste bons à se faire marcher sur les pieds, ces deux-là. Elle, elle restait où elle était, à s'occuper de ses mioches, avait-elle lancé.

Effrayée par le risque que courait mon père en sortant sous les sirènes sans protection ni destination précise, j'avais plissé les yeux pour regarder derrière mes paupières, cet endroit où je me réfugiais quand la tempête sévissait autour de moi, et j'avais vu les rues de notre quartier, San Lorenzo, qui était pour moi le monde. Des constructions ni hautes ni basses, rouges, jaunes et marron, du linge étendu comme un sourire, le train derrière, le parvis de l'église, les colonnes blanches avec l'herbe verte devant où on pouvait courir avant et après la prison de la messe sans fin qu'il fallait se farcir agenouillés sur les prie-Dieu au milieu des jupes des tantes. C'était impossible que ce village tel que ma petite tête d'enfant l'avait assimilé, une jolie carte postale en couleur, s'écroule dans un nuage de poussière. Tout ça c'était trop vrai, trop essentiel, trop éternel et trop dur comme le marbre des sculpteurs qui travaillaient sur la place, pour être rasé par la folie de la guerre.

Mon père n'avait eu que quelques pas à faire pour retrouver son copain. Il se dépêchait de rentrer chez lui en boitant le long de la via degli Equi, semblable à une chenille, dégingandé et frénétique. Ah le revoilà, le phénomène, avait commenté ma mère derrière la fenêtre tout en enfilant un chandail à Elio Secondo et en lançant dans le sac des victuailles un dernier morceau de fromage enveloppé dans du papier. Et elle avait ajouté à mi-voix, rien que pour elle, la tragédie c'est une couverture qu'on te chipe quand tu dors et c'est trop tard quand tu t'en rends compte.

Cette fois c'était différent, les bombes n'arrêtaient pas de tomber et l'air devenait lourd dans l'abri. Je me mis à repenser au jour de la naissance d'Elio Primo, cette fois-là aussi j'avais attendu sans rien comprendre, jusqu'à l'affreuse vérité. Ma mère en était au septième mois et personne ne s'attendait à ce qu'elle ponde avant terme. Je me rappelais la course de ma tante, les couvertures, l'unique main de mon père qui tremblait tandis qu'il portait une cigarette à sa bouche, les hurlements, le mur froid derrière la porte où je m'étais recroquevillée. Elio Primo était venu au monde sans vie. Rosa hurlait emportez-le, emportez-le. Ma tante était sortie de la chambre en pleurant avec une petite boîte dans les mains. J'aurais pu la toucher si, depuis ma cachette, j'avais pu tendre la main. Dans cette boîte, il y avait mon frère.

Ce qui brisa le silence, ce fut le bruit sourd de la poutre qui tombait du plafond. Mon père poussa ma mère en la faisant rouler par terre, la poutre ne l'avait manquée que de quelques centimètres. Les yeux rivés sur le corps de Rosa, j'attendis sans rien dire que les battements de mon petit cœur reprennent leur cours normal, sans faire un geste ni prononcer un mot. Si j'avais commencé à pleurer, Elio Secondo et Saverio se seraient mis à hurler et à ce moment-là, comme le toit, les grands auraient craqué eux aussi. Il nous fallait garder notre calme et nous en remettre à Dieu si nous voulions qu'Il continue à nous protéger : c'était la deuxième fois, ce jour-là, que notre mère échappait à la mort. Mon père et Massimo se précipitèrent pour la relever délicatement pendant que Tiziana préparait une chaise pour elle loin de l'endroit où le plafond s'était effondré. Ma mère arrangea sa jupe, froissée et pleine de poussière, jurant contre tous les anges et les saints qui envoyaient la mort dans son giron et dans sa famille, nous qu'on avait jamais fait de mal à personne, lança-t-elle.

1944 – LE VILLAGE
Capistrello

Dressé entre la montagne et la vallée, Capistrello était le pays du jeu et du rêve. Des étendues de velours vert, des crêtes brunes et escarpées, un amas de petites maisons avec potager et poules dans l'arrière-cour. Et au-dessus de ça – c'était peu de chose, et pourtant c'était tout – s'étendait un ciel absolu, brodé d'une couronne de nuages floconneux. Nous les enfants, habitués que nous étions à la rue seulement, aux immeubles et à quelques rares carrés d'herbe pelée de campagne en ville, nous avions l'impression d'habiter une aquarelle.

La vie à Capistrello était simple et marquée seulement de manière occasionnelle par les angoisses de l'époque, mais dans une version légère, aussitôt atténuée par le chemin en pierres et les courses après les lièvres. Le village restait à l'écart du désastre, dans une atmosphère essentielle, inspirée des besoins du moment. Les femmes mettaient les figues à sécher sur de grandes claies installées devant leur porte, chassaient les mouches d'un coup de torchon, arrosaient le basilic puis se plantaient là comme des piquets, mais l'œil aux aguets, sur le seuil de leur maison, pour profiter elles aussi des rayons chauds du début de l'été. Deux chiens crasseux répondant aux noms de Mollica et Fofò traînaient en toute liberté sur la place, nourris à tour de rôle par les uns et les autres. Le temps s'écoulait ainsi, confirmé tous les quarts d'heure par les cloches de l'église. J'écarquillais les yeux, émerveillée : tout était nouveau, et tout me semblait très ancien.

Moi, c't'endroit-là, y m'plaît pas, avait soufflé Rosa à l'oreille de mon père lors de notre première promenade au village. Le sourire s'était aussitôt évanoui sur les lèvres de mon père. Le maire, une vieille connaissance de ma tante, avait proposé de tous nous héberger dans une grande maison inhabitée qui lui appartenait, en plein centre du village. En échange, il nous demandait une somme symbolique, le minimum pour ne pas nous vexer. Le lendemain de notre arrivée, il nous avait invités à visiter Capistrello en compagnie d'une délégation de ce qu'il considérait sans doute comme la fine fleur de ses concitoyens. Il nous indiqua avec orgueil la pharmacie, le boulanger, l'église, tout en accompagnant ses explications de quelques commentaires humoristiques. Il désirait, semble-t-il, nous inciter à voir dans ce séjour d'urgence un coup de chance pour passer des vacances dans le plus beau bourg d'Italie. L'un de nos guides, qu'en mon for intérieur je surnommai « le maître », tenait une cigarette entre son index et son pouce et ajoutait aux indications du maire d'étranges remarques un peu tordues qui m'avaient tout l'air de suggérer le contraire de ce qu'elles disaient en apparence. Deux autres membres de la délégation riaient dans leur barbe à chacune de ses sorties, le maire faisait semblant de ne pas les entendre, ni lui ni les autres, continuant à avancer en fanfaronnant. Saverio se balançait à mes côtés sans y comprendre grand-chose. Moi en revanche, je buvais des yeux le paysage et j'écoutais très attentivement ce qu'on nous disait, je voulais me rappeler tous les détails pour ne plus être obligée de poser des questions aux grands.

C'est à ce moment-là, tandis que nous nous engagions tous ensemble dans une montée, baptisée avenue par le maire, que Rosa avait tiré Giuseppe par la chemise et l'avait ainsi obligé à se séparer du groupe pour lui infliger cette phrase lapidaire qui interdisait tout espoir de sérénité dans cette opération réussie de sauvetage. Moi, c't'endroit-là, y m'plaît pas – comme s'il lui revenait d'émettre un jugement définitif. Bien qu'un peu à l'écart, j'enregistrais tout, coup sur coup, fentes et parades. Rosa voulait que son mari mesure bien les concessions qu'elle lui avait faites en fuyant les décombres de notre ancienne maison. Elle ne se sentait nullement obligée de rester dans ce coin pouilleux, un village de bouseux. Dès l'instant où nous avions mis les pieds dans le taudis poussiéreux que nous allions devoir appeler maison pour un bon bout de temps, ce qu'elle avait désiré par-dessus tout, c'était lui chanter sa vérité sur ce voyage. Une fuite de trouillards. Elle n'accepterait cette situation de survie ni par obligation morale ni par devoir d'épouse. Et encore moins de mère.

Râle pas comme ça, tu verras tu vas t'y plaire si on s'installe bien comme je l'ai prévu, lui répondit mon père pour tenter de couper court à sa fureur. Il savait jusqu'où de tels accès pouvaient conduire Rosa dans ces moments-là : une scène incontrôlée devant ces pauvres bougres qui nous prêtaient secours, ou même quelque chose de pire qu'il ne lui connaissait pas encore. Mais cela ne fit qu'aggraver son humeur. Se retrouver à côté de cet homme trop doux, les yeux rivés au sol pour calmer sa fureur, fut l'étincelle de trop.

Voyons voir un peu ce que monsieur a eu comme idées brillantes, allez, j'écoute.

Laisse-moi faire, je te dis.

Faire quoi ? J'ai pas bien l'impression que t'as fait des grandes trouvailles jusque-là…

Faire tout ce que sait faire un père et un mari.

Mais tu t'y connais en quoi, toi ? Rien de rien. Sans ma sœur, à cette heure-là on serait encore à la gare de Tiburtina sous les bombes.

Je parvenais à entendre la respiration de ma mère qui s'essoufflait de plus en plus, mais je ne comprenais pas si c'était le poids d'Elio Secondo ou bien cette haine qui la rendait si nerveuse. Elle ne serait jamais heureuse nulle part, c'est pour cela qu'elle enrageait. Elle fuyait la guerre, mais elle l'emportait avec elle : une vie en première ligne sans raison aucune.

Laisse-moi y faire, un point c'est tout, et Giuseppe coupa court, puis se rapprocha du groupe et mit ainsi fin à leur conversation.

Notre père était un homme bon et intelligent, c'est lui qui nous indiquait la direction à prendre, la durée, la méthode, les risques et les solutions. Tout le monde s'en remettait à sa vision lucide des choses. Tout le monde sauf ma mère : à partir de ce jour-là, elle adopta un air de condamnée. À la maison, elle lui tournait toujours le dos, secouait les matelas comme si des pestiférés y avaient dormi, déplaçait les tables de chevet d'un côté, de l'autre, les traînant bruyamment, en proie à une irritation sans mesure. Pendant toute la durée de notre séjour à Capistrello, Rosa se montra hostile au moindre rapport avec les femmes du village. Si sa sœur n'avait pas déployé toute son énergie, elle serait sans doute arrivée à nous isoler tous de cette petite communauté montagnarde.

On peut savoir quelle mouche t'a piquée ? lui demandait ma tante, agacée, mais ma mère ne prenait même pas la peine de lui répondre, elle passait devant elle, serrant sur sa hanche le panier de légumes offert par les paysans du coin, et continuait à fumer et à rouspéter. Elle jetait sous l'eau les touffes de feuilles d'un vert éclatant, dégoûtée par la terre et les chenilles, comme si elle avait dans les mains des aliments contaminés. Ma tante, à l'opposé, distribuait des sourires en veux-tu en voilà, courait préparer du café et offrir des gâteaux secs en remerciement à quiconque passait chez nous. Je la soupçonnais d'avoir jeté son dévolu sur deux hôtes assidus, un veuf et un jeune célibataire, car elle les servait et les révérait avec une dévotion particulière. C'étaient là les deux invités qui s'asseyaient le plus souvent, et généralement même ensemble, sur le banc arrangé tant bien que mal devant la fenêtre de la cuisine. Au cours de ces visites qui auraient clairement pu rompre la monotonie de sa vie à la campagne, ma mère s'éloignait comme une louve malade, s'asseyait, solitaire, sans même tricoter ni préparer à manger, sans lire ni chanter. Sa colère noire lui interdisait toute activité. Son regard vide, sans émotion, était sa manière de protester contre Giuseppe et contre nous ses enfants, le village, les paysans, notre tante, ses prétendants. Contre tout ce qui la blessait et lui répugnait au plus profond d'elle-même.

Deux semaines après notre arrivée, nous fûmes contraints d'assister à l'exécution du fils de la voisine, derrière le petit mur de la maison, un jour où les

Allemands étaient venus le chercher. Une fusillade sommaire, comme un percepteur encaisse les impôts ou comme on livre quelques litres de lait. Nous ignorions ce qu'il avait fait de si grave et quelle leçon les Allemands voulaient nous donner avec ce spectacle forcé. Mon père avait tenté de nous couvrir les yeux, à nous les enfants, mais nous avions quand même vu tout ce qu'il y avait à voir.

La mère du jeune homme en était demeurée muette de douleur et, pendant un moment, on avait craint qu'elle ne se laisse mourir de faim. Viens manger chez nous, Maria, lui disaient les adultes. Elle les fixait en ouvrant de grands yeux vides, sans dire ni oui ni non. Une proposition tellement ridicule, l'inviter à manger avec des inconnus, face au drame éternel de l'absence. Demain peut-être, répondait-elle. Quand tu veux, Marì, nous on est là à toute heure de la journée, lui disait ma tante avec douceur. Mais elle restait plantée là, hébétée, égarée par le néant que la guerre lui avait laissé.

Nous les enfants, nous eûmes vite fait de trouver des distractions. Nous avions peine à y croire, mais s'amuser était enfin permis et nous allions en profiter à plein.

Ce qui commandait le moindre de nos mouvements, c'était l'imagination. Le paysage nous entourait comme en une étreinte, il transformait les gestes de chaque jour en un conte merveilleux. Nous ramassions du bois, nous épluchions les pommes de terre, écossions les petits pois. Les gamins du pays, une fois surmontée leur jalousie pour notre situation particulière de réfugiés de guerre, nous avaient mis au centre de toutes leurs aventures. Quand arrivait le moment de former des équipes, ils rivalisaient pour s'adjuger le maximum de Romains. Ils avaient laissé les récits de la grande ville supplanter les histoires d'horreur, jusque-là privilégiées, presque toujours situées dans le cimetière de Capistrello, qu'ils connaissaient par cœur à force de les raconter et re-raconter.

Mon père nous surveillait avec plaisir, il disait ces gamins sont en train de devenir de vrais sauvageons. Des bêtes, voilà ce qu'ils sont, et des bêtes ils restent, marmonnait ma mère sans regarder ni lui ni nous.

La pureté de cette nouvelle vie n'exigeait pas d'efforts : nous adaptâmes notre nature à celle de la montagne sans même nous en apercevoir. Nous rentrions à la tombée de la nuit, pantelants, les cuisses enflées par les orties, la paille enroulée dans nos boucles, juste à temps pour le dîner que nous mangions comme de petits animaux, en nous passant de main en main la miche de pain dans laquelle nous mordions l'un après l'autre tellement nous avions faim, et nous attendions le plat chaud qui ne manquait jamais. Notre tante poussait des cris de joie devant la bouffée de désordre que nous faisions entrer dans les murs de cette petite maison campagnarde, après ses après-midi passés à jouer au solitaire, raccommoder et recevoir des prétendants empotés. Rosa, quant à elle, fumait à la fenêtre en criant lavez-vous les mains, le pain, ça se coupe, on arrache pas des morceaux, au lit maintenant, et sans rouspéter !

Ses humeurs ne me pesaient pas, l'air était de toute façon plus léger que celui de Rome, qui me provoquait des insomnies. Et donc, à part quelques moments moroses liés aux événements pénibles du monde des adultes – la guerre, la mort, l'avenir incertain –, j'inspirais et expirais à pleins poumons au soleil de ces journées, les plus sereines de toute ma vie, en compagnie de mes frères et sœur et de mes cousins. En tout cas, c'est ainsi que je me les remémorerais quelques années plus tard, taraudée par le regret de ce moment de grâce qui ne devait jamais revenir.

1947 – L'ENCRIER
Rome, Prati

Puisque tu t'es faite renvoyer de l'école, y te reste plus qu'à t'en aller vendre toi aussi, ma petite.

Pendant que ma mère débarrassait la table comme si, au lieu de les laver dans l'évier, elle voulait jeter à la poubelle les assiettes où on avait mangé les sempiternelles patates à la sauce tomate, j'enfonçais mes ongles dans les paumes de mes mains en me disant je ne peux pas voir les choses qui vont de travers, je ne me rendrai pas, ni maintenant ni jamais. Ah tu voulais faire la grande, attends un peu de te retrouver dans la rue, après ça tu viendras me raconter si t'as aimé. J'aurais préféré me faire tuer que de ciller, ne serait-ce qu'une fois, même si elle ne s'en apercevait pas ; j'peux pas les voir, j'peux pas ! ça sortit tout seul, dans un souffle, mais Rosa fit comme si elle n'avait pas entendu, ma version des faits ne l'intéressait pas.

Dès le début de l'année, l'institutrice nous avait prises en grippe, moi et cette autre fillette qui était pratiquement aveugle. Si j'avais été la seule à être brimée, je me serais fait une raison sans protester, il n'y avait pas grand-chose qui m'intéressait à l'école à part apprendre à écrire et à lire, rien de plus. J'étais la seule réfugiée de la classe, et ça avait suffi pour qu'une marque infâmante soit accrochée au-dessus de ma tête. Dans l'immeuble aussi, les filles m'avaient mise à l'écart, ces petites vipères persuadées que, dans le malheur général, il y avait en plus une hiérarchie de la déveine qui ferait la différence entre ceux qui s'en sortiraient et ceux qui ne s'en sortiraient pas. Je n'avais pas besoin d'explications pour comprendre que la tuberculose de mon père et mes crises d'asthme étaient les chefs d'accusation qui m'avaient automatiquement et sans autre forme de procès exclue de la marelle ou de la corde à sauter. Des hyènes. Elles n'avaient qu'à aller se pendre avec leur corde usée, c'est ce que j'avais pensé en mon for intérieur. J'avais trouvé naturel et au fond bien plus libérateur de me joindre aux escapades de Saverio et d'Elio Secondo. Leurs jeux déchaînés me faisaient devenir de plus en plus brusque et combative, de plus en plus vive et turbulente.

Mais, là, il n'y avait rien de moins tolérable, pour mon cœur tendre de petite fille, que de voir persécuter cette autre gamine avec une telle désinvolture, devant toute la classe, sans que personne ne souffle mot pour la défendre. Je n'avais même pas compris son nom de famille – on était juste au début de l'année scolaire –, mais son prénom était le seul dont je me souviendrais toujours : Mara. On était cinquante-trois dans la classe, et nous étions assises loin l'une de l'autre, à l'opposé dans cette salle surchargée. L'institutrice expliquait rapidement, acquiesçant quand les élèves qui avaient des tresses et des crayons tout droit sortis de chez le marchand lui récitaient par cœur une jolie poésie ; au moment de la dictée, elle distribuait ses « bravo » béats aux grimaces de ces mesdemoiselles je-sais-tout, ces godiches de Borgo Pio, tandis que Mara tournait la tête dans tous les sens, énervée, angoissée comme quelqu'un qui ne veut pas tâtonner mais apprendre. Quelle fatigue pour elle, et quelle honte aussi !

Avant ce jour-là, j'avais déjà à plusieurs reprises laissé échapper quelques protestations désordonnées en direction de la maîtresse, des plaintes lourdes de désapprobation qui tombaient dans le vide. Elle m'avait ignorée, m'avait fait taire ou liquidée d'un coup d'œil martial, mais ce matin-là, peut-être plus nerveuse que d'habitude à cause de la tape que ma mère m'avait assénée sur l'épaule après m'avoir surprise à jeter le lait du petit déjeuner dans l'évier, je n'avais pas pu me retenir. Maîtresse, vous pouvez aller plus lentement, il y en a qui n'arrivent pas à suivre, lui avais-je demandé à voix haute, sans me donner la peine d'avoir l'air bien élevée, ni timide. De qui je parlais, c'était évident, et l'institutrice ne pouvait pas ignorer le désespoir de Mara, sa dictée réduite à une flaque où se mêlaient larmes et taches d'encre. Ma camarade se tordait dans tous les sens, s'approchant de l'une ou de l'autre de ses voisines pour se faire répéter les mots qu'elle avait loupés. Celles qui ne suivent pas ne comprennent pas, tant pis pour elles, voilà ce qu'avait répondu d'une voix de stentor l'institutrice. En proférant cette autoritaire sentence, la dame brune avait hoché la tête comme une poule qui donne un coup de bec, si bien que ses lunettes étaient tombées d'un cran sur la bosse de son nez. Peut-être était-ce ce geste qui m'avait fait perdre la tête, cette façon de montrer clairement que, loin d'en être banalement inconsciente, ou d'en avoir des remords, elle était *fière* de la torture qu'elle infligeait.

Vous devriez avoir honte.

Je ne saurais répéter le tas d'insultes et d'atrocités qui avait suivi mon accusation, tandis que plus cabrée, plus haletante que jamais, l'institutrice s'arc-boutait sur ses jambes que la colère furieuse faisait flageoler.

Qu'est-ce que tu as dit ? Répète, pour voir.

Je me rappelle par contre très bien le moment – un arc parfait, partant d'une idée que j'avais de la justice, s'élevait bien au-dessus des têtes de toutes les filles et retombait lourdement sur la réalité, pour clore les comptes – où je lui avais lancé mon encrier à la figure.

Je n'avais pas cillé une seule fois devant le bouton de sang qui s'était épanoui sur le front de mon ennemie, ni même en présence du directeur qui décrétait mon renvoi pour indiscipline en de nerveuses lignes noires tracées sur un bout de papier timbré.

Ce jour-là j'avais décidé que je ne baisserais jamais les yeux la première, et s'il fallait pour cela que je me retrouve à vendre dans la rue, je le ferais sans broncher.

1948 – LA CARPETTE

Rome, piazza Risorgimento

Le samedi, c'était jour des comptes. Avec mes frères, il fallait que nous soyons à la maison dans l'après-midi. Cela signifiait quitter à contrecœur les distractions de ce jour-là qui avait tout l'air d'une fête, dont il était proche, et revenir vers Rosa comme des serpents qu'aspire la force de gravité de la fosse nocturne. Nous renoncions au café crème le long des Mura Vaticane, aux cancans en flânant dans les ruelles du Campo dei Fiori, à la salle de billard de la Suburra, aux bavardages sur le perron ombragé de l'immeuble en compagnie des autres gamins qui, comme nous, venaient de quitter leur boulot. Nous nous résignions à ce ramassis domestique de bilans, les oreilles tendues vers les mouvements de notre patronne.

Lorsque nous parvenait l'alerte familière, catarrheuse et gargouillante sur le feu, nous n'avions pas besoin de nous retourner pour savoir ce que notre mère ferait dans la minute suivante. Elle allait se lever brusquement pour se verser une belle tasse de café noir sans en offrir à aucun de nous, après quoi elle s'assiérait sur le petit fauteuil en rotin couvert d'un coussin bleu, son carnet de comptes un peu gras posé sur les jambes. À ce moment-là, il ne nous restait qu'à aligner les gains de la semaine sur la table afin que, une fois son café bu, elle puisse procéder au comptage.

Surtout ne pas broncher, si nous ne voulions pas passer une mauvaise soirée. La vapeur des brocolis embuait les fenêtres, Rosa rejetait des mèches derrière ses oreilles en deux gestes secs et rapides, façon de dire je n'ai pas l'intention de perdre mon temps avec vous. Pour émousser un peu sa mauvaise humeur, je me présentais la première. Je gagnais toujours plus que les autres.

Pendant qu'elle marmonnait ses additions en remplissant rapidement de chiffres les petits carrés de son cahier, je pouvais enfin l'observer tranquillement sans que, se sentant scrutée, elle fuie mon regard, souffle comme un chat, et crache des mots tronqués.

Elle était grande pour sa génération. Grande et maigre, majestueuse et malheureuse, jusque dans son aspect. Et ces cheveux ! Ils n'étaient pas seulement noirs, brillants, lisses et longs : on aurait dit des fils d'argent bruni, des trames de brocard, des plages volcaniques sur lesquelles personne n'avait le droit de marcher. Elle les portait ramassés sur un côté, en une queue-de-cheval basse et souple, comme un manteau délaissé dans l'attente de grandes occasions. Ma petite auréole crépue ne me permettait pas d'imaginer un instant ce que j'aurais fait d'un pareil prodige s'il s'était retrouvé sur mes épaules. Peut-être, de manière encore plus drastique qu'elle, m'en serais-je libérée d'un coup de ciseaux pour ne plus y penser.

J'étais toujours émerveillée quand, après la toilette du dimanche, elle s'attardait longuement devant son miroir pour sécher avec soin ses cheveux, les peigner et les masser délicatement. C'était là la deuxième occasion que j'avais de l'épier sans être dérangée, et la seule où sa chevelure se révélait à moi dans sa forme la plus interdite. Souvent, quand j'avais de la chance, pendant ce bref film dont j'étais la spectatrice unique et privilégiée, mon père s'approchait d'elle en souriant et passait sa main dans ses boucles, en extase lui aussi devant l'image de sa femme : Rosa amusée par sa propre féminité, Rosa dans sa splendeur nue, Rosa généreuse et insouciante, avant que l'obscurité retombe dans ses grands yeux sombres, avant qu'elle se serre dans son peignoir rapiécé, ne laissant entrevoir que ses fines chevilles osseuses, et rien d'autre de son corps.

C'est bien, Tutù, te voilà dix lires, tu peux aller te reposer, lundi le manège recommence et en plus y menace de flotter. Quand elle m'appelait Tutù, c'était vraiment bon signe : excellente humeur et trêve d'insultes pour tout le monde. Peut-être avais-je rapporté plus d'argent que d'habitude, idiote que j'étais, je n'y avais même pas fait attention, j'aurais dû mieux compter plutôt que de lui laisser tout mon gain comme ça, sans mettre de côté un peu d'argent pour mes frères. Je mis la pièce dans ma poche et cherchai un coin où me cacher alors qu'arrivait le tour de mon frère Elio Secondo. Saverio, comme toujours, se défilait jusqu'au dernier moment, renvoyant à plus tard les coups. Pourquoi ne voulait-il pas m'écouter ? Je le lui avais dit et redit : si tu te présentes le dernier, c'est pire. Il secouait la tête d'un air décidé, persuadé que sa stratégie était la meilleure : si j'y vais après toi, ça fait trop de différence. Je te passe toujours la compense, qu'est-ce que tu racontes ? lui murmurais-je en prenant un air en colère plutôt qu'inquiet. Nous appelions « compense » la somme que je distribuais régulièrement à l'un ou à l'autre pour éviter que notre mère décolle la tête du minable de service. Mais cet imbécile de Saverio s'obstinait à trébucher toujours sur la même marche. Il ne restait pas, comme moi, indifférent, il n'était pas aussi bravache, aussi indigné, il ne vivait pas toujours en guerre et n'aurait jamais été capable de penser si je meurs aujourd'hui je m'en fiche ou s'ils me chassent, je me débrouillerai. L'affrontement avec Rosa le terrorisait, elle le savait et le bouffait tout cru à la première occasion, le plus souvent par ennui. Mais c'était un garçon, alors elle lui pardonnait tout aussi facilement.

Tous, nous avions grandi sans pouvoir nous attacher à ses sourires. Elle ne souriait jamais. Quand il lui arrivait de le faire, c'était juste par agitation, par dérision à l'égard de la vie, on n'aurait pu le dire avec certitude et personne n'avait envie de chercher à comprendre. Ses rares moments d'hilarité ressemblaient beaucoup à ses explosions de colère. Ils laissaient tout le monde étourdi par un gaz incompréhensible, hésitant entre l'euphorie de la fête et la hâte de s'éloigner avant l'effondrement. Une fois, mon père nous avait rassemblés dans l'escalier avec l'excuse d'aller boire un bol de chocolat au lait à l'étage du dessous et il nous avait chuchoté en vitesse, pour que les autres réfugiés ne l'entendent pas, faites pas attention, les enfants, quand maman est comme ça, c'est pas sa faute, depuis qu'elle est petite elle a eu tant de malheurs que vous en avez pas idée et elle a été forcée de s'occuper de tout le monde, mais ça va lui passer.

Mais ça ne lui avait jamais passé, et maintenant elle était là, en train de vérifier nos devoirs de petits travailleurs des rues, angoissée par le froid, et puis par la chaleur, épuisée par l'insomnie, lasse de grossesses, de vapeur de brocolis et de la carpette qu'elle avait lavée et relavée jusqu'à en faire de la charpie. Et elle voulait que les autres finissent comme ça, en lambeaux à ses pieds.

Si Elio Primo avait vécu, il aurait eu huit ans ce jour-là.

Quand arriva le tour de Saverio, je plissai les yeux pour ne rien perdre. Je luttais contre l'envie de disparaître derrière le rideau poussiéreux de la cuisine, de tourner le dos à ma famille malfoutue et de me planter là pour regarder la rue, comme une berceuse avant de dormir. Je savais que mon frère avait peur, résigné à son sort, et tellement culotté qu'il l'imposerait à nous tous sans le moindre remords.

La première gifle fit un bruit de verre, aigu, insupportable. Je sentis la bile qui refluait dans ma gorge et me levai pour affronter ma mère.

1949 – L'ESCALIER

Rome, Policlinico

La première chose que j'allais vérifier, en rentrant, c'était si Gilda dormait. Elle était sortie de la clinique depuis un bout de temps déjà et je n'avais pas encore pu jouer vraiment avec elle ; je mourais d'envie de tirer ses petits pieds, d'arranger ses cheveux avec un nœud, de lui chanter une comptine et de lui faire des chatouilles, de préparer pour elle des beignets fourrés à la crème, ma spécialité, et de prendre ses mesures pour lui arranger une des chemisettes raccommodées qui étaient devenues trop courtes pour moi. On n'avait pas eu le temps pour tout cela. Gilda était encore trop faible et moi je travaillais du matin au soir. Quand je rentrais, pour ma sœur c'était l'heure de dormir, tandis que m'attendait tout un rituel de décompression auquel je me livrais en une complète solitude. De toute façon, j'étais contente de savoir qu'elle n'était plus dans cette salle mal désinfectée où nous allions, avec mes frères, lui rendre visite le dimanche, restant toujours à distance de sa pneumonie galopante, de son encéphalite chronique et de sa méningite, la dernière et la plus grave des attaques du destin auxquelles elle avait survécu. Gilda est une miraculée, disaient tout bas les voisins pour qu'on ne les entende pas. Ils lui baisaient les mains comme à une sainte. Je ne supportais pas ça, mais je faisais comme si je ne voyais pas.

Si je la trouvais éveillée, je lui posais une main sur le ventre et je la berçais tout doucement pendant quelques minutes, sans rien dire, jusqu'à ce qu'on soit un petit peu contentes, toutes les deux, et c'était alors le moment de prendre congé sans remords de la journée. L'esquisse d'un sourire timide se dessinait sur son petit minois, me faisant deviner combien elle serait mignonne avec un maillot rouge, l'été d'après, au bord de l'eau avec les autres enfants. Je remontais ses couvertures, je lissais ses cheveux clairsemés d'une caresse, éteignais la lumière et sortais sur la pointe des pieds.

Un soir comme les autres, je m'étais penchée sur le berceau : en voyant son petit corps secoué par un tremblement de terre, les paupières renversées, les doigts livides agrippés au bord du matelas, j'avais appris en un éclair – un coup sans doute trop dur pour la petite fille que j'étais – que tout ce qui m'était le plus cher était destiné à souffrir.

Comment ça elle a les yeux qui tournent ? avait hurlé mon père en réponse à mon cri d'alarme.

Regarde-la bien, papa, tu ne vois pas ?

Tout s'était passé très vite. Ma mère était arrivée en courant, alertée par les cris, et mon père avait en vitesse enveloppé Gilda dans une couverture.

Une année s'était écoulée depuis lors, et je me rappelais parfaitement chaque instant, mais le souvenir ne me suffisait pas, je voulais comprendre quel était le moment exact où Dieu avait détourné Son regard de la plus faible des créatures, je voulais en demander raison. Quand je repassais dans ma tête toutes les séquences de cette soudaine sortie de scène, je revoyais les yeux noirs de ma mère : pendant que mon père emmitouflait Gilda à la hâte, elle était restée clouée sur place à un mètre du berceau. Et de là elle fixait la petite comme une chose qui lui était étrangère et incompréhensible. Elle devait avoir lu sur son corps la capitulation, c'est ce que disait son visage brisé par la défaite. Je l'avais détestée pour cette expression dénuée d'espoir qui, du même coup, anéantissait à jamais le mien. Se reprenant soudain, elle avait fourré un pyjama dans un sac, pris l'enveloppe de l'argent dans le tiroir des urgences et était sortie après Giuseppe et Gilda, rapide comme le vent. Elle ne pouvait pas, elle ne devait pas se concentrer sur cette image, trop erronée, trop insupportable, si elle voulait rester Rosa. Rosa forte et endurcie. Rosa seule et courageuse contre la mort certaine de sa dernière-née.

Ils étaient sortis en me criant toi, reste ici et occupe-toi de tes frères. Ils m'excluaient de l'action, complices d'une fin inacceptable. Dans la salle à manger, il ne restait que le silence. J'avais décidé de résister à mon instinct de désobéissance, je voulais mettre de l'ordre dans les horreurs qui tombaient une fois de plus sur notre famille. Je m'étais attardée, debout, devant la porte, combien de temps ? m'efforçant d'évaluer soigneusement la situation pour prévoir ce qui allait se passer et galoper plus vite que l'avalanche qui emporterait en aval de mon enfance tout ce que j'aimais, tout ce que je désirais. J'avais regardé les torchons posés sur les chaises, les tomates pelées dans les bouteilles sous vide, la planche à pain avec le couteau laissé là dans la fuite, sur les restes de mie. Il était absurde que les objets qui remplissaient la table restent identiques à eux-mêmes après ce qui venait de se produire.

J'avais compté jusqu'à cent en scrutant la rue sale en bas de la maison, le va-et-vient des gens qui ne savaient rien de nous. J'avais ouvert, puis refermé, puis rouvert la fenêtre pour faire entrer l'air qui manquait dans mes poumons, je le sentais. Et finalement, j'avais décidé de les suivre. Les autres se débrouilleraient tout seuls, moi, il fallait que je dise adieu à ma sœur.

Violents, les battements de mon cœur rythmaient ma course en direction du Policlinico. Encore une hospitalisation d'urgence pour ma sœur, mais cette fois c'est la dernière, voilà ce que je pensais. Le chemin était trop long pour que je coure comme une flèche jusqu'au bout, mais je n'avais pas épuisé mes forces et j'avançais rapidement vers le Tibre, d'un vert sombre pareil à une meurtrissure. Ils ont sans doute trouvé une voiture, une ambulance, de l'aide, me disais-je en évitant le flot des piétons qui entravait mes idées et mes pas le long de la conque de la piazza Barberini. J'avançais en me projetant en avant comme pour fendre de mon corps le centre de la ville. Les touristes faisaient des photos vers la montée scintillante de la via Veneto avec l'euphorie de ceux qui n'ont jamais eu le cœur en peine. Sans céder aux coups qui martelaient ma poitrine, assourdissaient mes tympans, je cherchais des forces en moi, me concentrais de plus en plus. La via delle Quattro Fontane était étroite et pentue, gonflée de voitures, de personnes et de bruits, mais ne tourne pas ici, me dis-je, va tout droit. Mon chagrin, mon angoisse de ne pas arriver à temps étaient un poing fermé dans ma gorge où il ne passait qu'un filet d'air, mais tant qu'il était là, cela valait la peine de garder le rythme, et j'avais donc continué à courir.

Dans le hall de l'hôpital, les infirmiers m'avaient arrêtée en bas de l'escalier pour m'empêcher de monter. Je hurlais Gilda, Gilda, mais ce prénom ne leur disait rien. C'est ma sœur, avais-je expliqué de manière désordonnée, laissez-moi passer. L'un d'eux avait posé une main sur mon épaule, un avertissement plutôt qu'une consolation.

Alors je l'avais entendue. Comme un frisson sombre le long de la rampe de l'escalier, la voix terrible de ma mère qui me réclamait d'en haut, m'inondant d'un poison nouveau. Elle m'ordonnait de griffer les bras du garde et de mordre les doigts du brancardier qui me retenait par les poignets. La voix terrible de Rosa qui rugissait, hurlait, braillait, absurde, et rebondissait de marche en marche jusqu'à ma vésicule biliaire enflammée. Sa voix hors du temps, mes ongles plantés dans les paumes, les mains de l'infirmier sur mes épaules. Le hall du Policlinico était vaste, blanc, froid, hostile, plein de poussière et de personnes qui se retournaient pour observer mon obscène désespoir.

Je fis tout mon possible pour me mettre au diapason du vieux fauve blessé qu'était ma mère et répondre à son ordre ultime, me défendre. Mais j'étais trop menue pour avoir le dessus, trop faible pour lutter vraiment et, au bout du compte, j'étais restée en bas de l'escalier, grimpant deux, trois marches au plus sans cesser de crier, de tendre mes muscles comme il fallait le faire pour se battre, je le savais. Ma mère, à l'étage au-dessus, ne put empêcher qu'on lui arrache la dernière de ses extrémités, emmenée de force dans le monde des morts.

J'étais restée debout, accrochée à la rampe, étrangère à tout ce qui n'était pas son hurlement, son cri réclamant une vengeance impossible pour la sauvagerie du destin.

Vengeance pour toutes les années de douleur et d'injustice, vengeance pour la misère et l'échec, vengeance et encore vengeance pour les gens comme nous, obligés de vivre et de mourir comme des mouches sur un mur.

1950 – LA MALLETTE

Rome, entrepôt de piazza Zama

Ma seule inquiétude, c'étaient les différents articles. La procédure était toujours la même : je commençais par faire, à vue de nez, une estimation globale, ensuite je vérifiais la liste point par point. C'est à ce moment-là seulement, quand j'étais sûre de mon chargement, que je le rangeais dans la mallette en suivant l'ordre de livraison, pour ne pas perdre de temps en présence du client, aussi pressé que moi de liquider l'opération. Si j'avais dû réorganiser chaque fois les compartiments, cela m'aurait exposée à des risques que je n'avais pas envie de courir. Par exemple, que la mallette ne s'ouvre pas et que les clients me jugent incapable, une honte que je n'aurais pas supportée. Ils prenaient tous vis-à-vis de moi un air expéditif sans se donner la peine de dissimuler sous l'urgence de rendez-vous imminents le désir de me voir disparaître au plus vite de leur salon. Pas de quoi se donner tant de peine, pensais-je, sombre, nous allions nous revoir sous peu : la semaine suivante au plus tard, ma silhouette menue croulant sous le poids de la mallette allait de nouveau faire son apparition et gâcher un autre quelconque quart d'heure de leur journée de coiffeurs. Mais le danger le plus grave, celui qu'il me fallait à tout prix conjurer, c'était qu'en me mettant à manœuvrer maladroitement avec une fourniture emmêlée, mal disposée – un fatras de brosses, baumes et épingles destiné à tant de quartiers différents de la ville –, mes treize ans et mon peu d'expérience marquent à leurs yeux le déclin irrémédiable de l'activité de mon père en lui ôtant en un instant la crédibilité construite en tant d'années de peine. Cela n'arriverait pas, en tout cas pas par ma faute.

*

Ce matin de printemps encore une fois, alors que je comptais rapidement et notais les produits sur la liste au fur et à mesure que je les rangeais dans ma mallette, Italo, le fils du propriétaire de l'entrepôt, se lançait dans un de ses numéros de satyre débutant. Il avait parcouru toutes les étapes de sa tentative d'assaut – fixé longuement mon décolleté de gamine, cherché mon regard en quête d'une éventuelle réciprocité et enfin, transgressant finalement ce qui lui restait de pudeur, saisi un de mes bras dans ses doigts avides – lorsqu'un peigne en os tomba et se brisa à l'instant même par le milieu. Je te le fais pas payer si tu me donnes un petit baiser. Je levai les yeux du comptoir et rivai mon regard à l'une des étagères situées derrière la nuque de mon adversaire. Tout était tellement humiliant et illogique. Je n'avais pas de temps à perdre avec ces petits jeux, j'étais trop jeune et trop prise par mes devoirs, cette sensation saumâtre qui commençait à menacer les fondements des filles de mon âge, du côté du pubis, elle ne m'avait pas encore visitée, jamais. Je voulais juste compter les articles et m'en aller en courant, je ne rentrerais pas à la maison ce soir-là si je n'avais pas l'argent dans la main. Ma mère devait l'avoir pour faire les courses, voilà deux jours qu'elle se débrouillait avec d'infâmes brouets sans consistance, mes frères n'en pouvaient plus, cela se voyait. J'abattis cinq lires sur le comptoir en métal comme un joueur parfaitement convaincu que son cheval est celui qui va gagner, fermai ma mallette et sortis d'un air résolu de l'entrepôt en claquant la porte. Je n'avais pas mangé depuis la veille et je n'avais pas faim.

Chaque détail, dans cette période difficile de ma vie de vendeuse ambulante, semblait pire que les autres. L'époque des pourboires avait inexplicablement pris fin, le climat hostile m'obligeait à des marches moites dans des chaussures déformées par l'eau et desséchées par la boue, les vieux clients fermaient leurs commerces ou choisissaient un nouveau fournisseur. Comme ça, du jour au lendemain, sans même qu'on ait eu le temps d'en parler. *Nous avons déménagé dans l'autre monde*, voilà ce que j'avais lu avec peine sur un papier collé sur le rideau roulant d'un salon où je m'étais rendue pour une livraison. Mais qu'est-ce qu'ils ont voulu dire ? m'étais-je demandé. C'était où, l'autre monde ? Si je l'avais su, j'y serais allée à pied à l'instant même, pour leur faire régler ce qu'ils n'avaient même pas eu la politesse de décommander. De sacrés malotrus. Et l'histoire des pourboires était tout aussi inquiétante. D'habitude, je les investissais en vêtements pour mes frères, qui sans ça se seraient baladés comme des pauvres miséreux, rabaissant de cette façon le nom de mon père en plus du mien, une autre honte que je ne pouvais supporter. Des chaussures pour Saverio, de la laine pour le pull d'Elio Secondo, un pantalon pour Silvano, des sous-vêtements pour Gilda, quand Gilda était encore là. Fini. Maintenant que notre petit commerce était tombé en disgrâce, il fallait qu'on se débrouille, chacun pour soi et Dieu pour tous, c'est ce que nous répétait sans cesse oncle Antonio en guise d'avertissement. Le visage de mon oncle se présenta à moi, brillant et rouge, tandis qu'il récitait une de ses sentences. Si, au lieu de prêcher, il avait fait quelque chose d'utile pour les autres, pour mes frères au moins, et pour Saverio en tout premier, ceux-ci auraient eu un exemple à suivre ; chacun aurait apporté son obole au plan de survie générale qui maintenait la famille à flot. Mais rien de tout cela : mon oncle vivait la majeure partie de l'année *soutenu* par nous, comme il le disait, sans aucune honte. Il n'apportait quelque chose à manger que lorsqu'il arrivait à mettre sur pied dans les environs une de ses nobles combines. Ces jours-là, il était presque plus pénible que d'habitude. Quand il entrait ou sortait de chez nous, tout haletant, on pouvait entendre le cliquetis des objets qu'il avait chipés. Deux jours après le début de ses trafics, il débarquait dans la cuisine pour proclamer d'un ton triomphal le dîner est servi, en montrant sur la table le pecorino, quelques bouteilles de sauce tomate, un morceau gras de cochon, une petite miche de pain maison, deux fiasques de vin. Félicitations, disait Rosa, on a fait sauter la banque, mais elle se dépêchait de couper le lard et d'en faire une bonne petite sauce pour nous tous qui bossions à son service et pesions moins que nous n'aurions dû.

Moi je continuais à marcher douze heures par jour, six jours sur sept. Je remplissais au maximum la mallette avec la certitude que je la viderais d'ici la fin de la journée. Et si je me débrouillais bien, si j'étais vraiment exceptionnelle, alors je reviendrais à l'entrepôt dans l'après-midi pour la remplir une fois encore avant la nuit.

Ce matin de printemps aussi, en claquant la porte de l'entrepôt derrière moi, je trottais comme une flèche en direction d'un nouveau salon des Colli Portuensi, en repensant, énervée, aux tortures infligées par Italo. Cet imbécile m'a fait commencer la journée avec une dette de trésorerie, ah, si je pouvais lui faire payer. À l'époque où j'allais prendre les fournitures avec mon père, le gamin se gardait bien de faire le coq. Peut-être parce que Giuseppe était le plus âgé des vendeurs qui venait se fournir à son entrepôt, ou peut-être parce qu'il payait avec exactitude et que, tant qu'il avait eu la santé, il avait travaillé inlassablement, Italo le respectait. On voyait à la façon dont il disait alors comment ça va aujourd'hui monsieur Giuseppe qu'il aurait aimé avoir lui aussi un père humble et souriant à la place de ce grossier fanfaron qui l'avait élevé à coups de trique et de pied dans le derrière.

Je me dis qu'il ne fallait pas que je rumine tout cela. Me concentrer plutôt sur le client suivant. Marche plus vite, murmurai-je pour moi-même. Au Porto Fluviale, des gamins blafards et anémiques se jetaient du haut du ponton du Conte en s'exhibant en acrobaties téméraires. Il ne fallait pas que je me laisse attendrir par leurs cabrioles ni que je croise leur regard faux, en une journée sans remise comme celle-là. Je parcourus le pont comme un brave soldat à la parade, faisant l'indifférente tandis que mes yeux, rebelles, glissaient vers le coin de mes paupières rougies par le soleil et la poussière. Une envie d'insouciance palpitait dans ma gorge, je l'aurais criée avec force si je n'avais pas eu honte de ma propre voix. Les hauts parapets du Tibre avaient l'air de grottes dans une crèche escarpée et les corps nus, musculeux et vrillants de ces gars-là évoquaient plein de pantins en miniature. Certains fumaient une cigarette roulée sous les frêles frondaisons des arbres, d'autres invectivaient ou félicitaient celui qui venait de plonger. Si je me débrouillais bien, l'été suivant, le jour des saints Pierre et Paul, j'irais avec mes frères à la plage du Flaminio, où l'herbe souple, les barques en location et les haies feuillues au fond constituaient un petit paradis pour nos sorties spéciales.

Au début de mon marathon, le poids de ma charge brûlait toujours beaucoup le long de la clavicule en remontant vers la nuque. La mallette de cuir épais, avec ses coins élimés et sa serrure à déclic fatiguée, était très vieille, mais elle portait tout le nécessaire de la meilleure des façons. J'aurais préféré qu'on me coupe un bras plutôt que de l'échanger contre une autre. C'était mon sac de travail, mon document d'identité, l'instrument qui me permettait de satisfaire à mes obligations et, un jour, de m'en affranchir définitivement.

Elle ne cessait de peser énormément qu'au moment où elle était complètement vide, en fin de journée. Alors, c'était comme si moi aussi je me vidais, je me défoulais, comme si j'avais tout dit de moi et que cette légèreté qui relâchait enfin mes muscles me prévenait : voici venu le moment de rentrer à la maison et de faire un bain de pieds avec du sel, arrête de te tourmenter avec toutes ces pensées qui reviendront te faire souffrir demain.

Mais pour le moment, s'en tenir à la réflexion, à la stratégie. Qu'y avait-il de bon dans la livraison qui m'attendait ? Quels espoirs ? Quels manques à combler ? Un nouveau client avec un salon grand comme celui vers lequel j'étais en train de me diriger, c'était une manne céleste, une bonne nouvelle quand même, il fallait le reconnaître. Je l'avais mis en haut de ma liste parce que c'était à lui qu'allait la commande la plus importante du jour : j'allais me délester d'un tiers de mon fardeau avec cette première visite, un vrai luxe. Et puis partir de chez un client sachant être large me ferait prendre un élan que, sans cela, j'aurais eu de la peine à retrouver, vu ce début si dur. À Porta Portese, la route était accidentée et pleine d'ornières, monter et descendre des monticules de gravats et de palettes m'obligeait à redoubler la tension, une entorse à la cheville aurait bousillé la journée de la pire des façons. Les dames en tablier partaient laver leur linge à la fontaine, avec leurs chignons gras tirés sur la nuque par des épingles, certaines me faisaient un petit signe amusé ou tendre : avec mon mètre vingt et cette sacoche de travail, je devais avoir l'air d'une poupée en fugue. Plus j'approchais de la place de la Radio, plus j'arrivais à analyser comment j'allais convaincre le client de commander une autre livraison spéciale. On était à la veille de Pâques, le rythme des rendez-vous allait certainement s'intensifier, où en était-il de ses shampoings à la camomille ? Est-ce qu'il était prêt à essayer la gamme de produits lissants que tous les coiffeurs de renom de Rome consommaient en ce moment comme des petits pains ? Tout compte fait, j'en avais à revendre, des arguments. J'allais doser les nombreuses flèches de mon arc avec cette politesse bien rodée qui, respirant l'honnêteté et l'efficacité, conquérait les acquéreurs les plus sceptiques, je l'avais compris désormais.

Regarde-les droit dans les yeux, m'avait appris mon père, souris ce qu'il faut, ne laisse pas une minute retomber leur attention. Oui monsieur, j'allais lui faire passer commande du triple pour la semaine suivante. Rosa allait devoir acquiescer en silence lors de la vérification des comptes, tentant de dissimuler l'admiration de ceux qui n'ont jamais travaillé. Je voulais la voir se mordre la langue, s'obliger à ravaler sa perpétuelle trombe d'insultes. Je distribuerais ma compense à mes frères et m'en garderais une bonne somme, dans la taie d'oreiller où je conservais le reste. Ensuite je m'accorderais du repos, en dormant des nuits tranquilles sur mon coussin de sous qui me libérait de ma condition d'esclave et de fille.

1952 – LES MOTS

Rome, Trinità dei Monti

C'est toi qu'as écrit ça ?

Qui ? Moi ? Non.

C'est ton écriture.

Pas vrai. Pour ce qui est d'écrire, je sais, mais pas comme ça, non.

Ça me semblait bizarre, en effet.

Silvano me jeta un dernier coup d'œil, déjà distrait par quelque chose d'autre, la coupe glacée d'un touriste, les jambes musclées d'une femme, impossible pour moi de le dire tellement j'étais pétrifiée par sa question à brûle-pourpoint. Il replia la feuille d'une seule main, comme un prestidigitateur. Chose qui aurait dû me calmer, mais j'étais encore trop inquiète.

Dis, juste pour savoir, tu l'as trouvé où ?

Oh, mais j'sais pas, moi, c'était dans la poubelle après le repas de midi, accroché au papier du sandwich. Maintenant ça sent l'omelette, ajouta-t-il avec un petit rire nasal en allumant sa Nazionale. J'en déduisis sans jalousie que ma mère n'oubliait pas de lui laisser quelque chose à manger devant la porte, pour le moment où il sortirait sur la pointe des pieds aux premières lueurs de l'aube. Moi, je n'avais même pas droit à un bonjour, si elle était mal lunée.

J'esquissai un sourire détaché et demandai au serveur deux cafés, en espérant que la conversation allait s'arrêter là. Bon, alors je le jette, conclut Silvano. Je haussai les épaules d'un geste vif comme pour dire vas-y, pas de problème. J'observais le mobilier luxueux, les miroirs, le comptoir en marbre vert, les poignées en cuivre, les petites cuillères en argent. Ce n'était là que de la mise en scène, et les papiers sales s'accumulaient, chassés d'un coup de pied par les serveurs. Là comme à Tor Bella Monaca, Rome était toujours Rome.

Une semaine sur deux, quand je passais faire mes livraisons dans un salon du centre, j'allais chercher mon frère à l'atelier de menuiserie où il travaillait le matin, pas loin de la piazza di Spagna. Le temps d'un petit tour jusqu'en haut de la Trinità dei Monti, où nous attendaient, pendant dix minutes, le café rituel et la ville à nos pieds. Nous nous rencontrions régulièrement, lui pour s'accorder une pause, moi pour ne pas le perdre de vue. Il rentrait tard le soir, quand il avait fini son service de l'après-midi où il travaillait dans un garage, et pour quelques heures seulement, le temps de dormir et de se laver. Après une journée double comme la sienne, n'importe qui aurait eu besoin d'un repos bien plus conséquent, mais Silvano, guéri d'une enfance maladive, était sain et fort comme un bœuf et ne semblait pas en souffrir. Ce va-et-vient sans justification lui était accordé en tant que garçon et fils préféré de Rosa qui le considérait comme indemne de la grogne et des graves manques de sa génération car héritier direct, pensait-elle, de ses gènes à elle. Silvano, ne s'intéressant qu'à ses propres besoins, accordait peu de poids aux avis des autres et gérait sa jeunesse comme un exercice d'autodiscipline en liberté. Il considérait le café que nous prenions ensemble comme un passe-temps, sans plus, et l'acceptait parce que cela ne le dérangeait pas trop. Si cela n'avait pas été le cas, il m'aurait ignorée sans problème, nous n'étions pas liés comme je l'étais avec Saverio. J'aurais pu m'éviter la fatigue de ce détour, espacer mes visites, mais je voulais le tenir à l'œil de loin, vérifier sur l'ovale de son visage l'absence de cernes et de dents gâtées.

Pour aller le retrouver, il me fallait tracer mon chemin au milieu des chevalets des artistes et des bancs des artisans de la via Margutta, un gymkhana de merveilles que je traversais à la course sans en profiter, avec une petite boule d'angoisse à l'estomac. Les dames serrées dans leurs jupes au-dessous du genou, le béret de travers sur les cheveux, la cigarette marquée de rouge à lèvres entre les doigts n'entendaient même pas mes excusez-moi je voudrais passer, tant elles étaient captivées par telle ou telle toile sur laquelle elles demandaient des précisions, prises entièrement par l'art et ses simagrées. Je captais au passage des bouts de phrase qui m'apprenaient un monde : peinture à l'éponge, pointillisme, pâteux, indigo, et je filais tout droit jusqu'à la petite fontaine des Artistes. Jamais je n'oubliais de m'arrêter pour boire de cette eau glacée crachée par le gros visage, m'approchant de lui comme d'un fiancé qu'on embrasse au moment de se quitter.

Convaincre Silvano du fait que je n'avais rien à voir avec ce bout de papier n'avait pas été très difficile vu que n'importe quelle thèse, même la plus absconse, l'aurait emporté sur l'hypothèse que quelqu'un comme moi puisse inventer quelque chose d'aussi élaboré. C'était l'histoire d'une hirondelle qui refuse de migrer avec les autres et passe l'hiver en ville, dans la gouttière d'un appartement en travaux, trompant ses journées de solitude avec le spectacle tantôt comique tantôt indigne de la vie des hommes. L'idée m'en était venue après un après-midi où il n'y avait pas eu beaucoup de commandes. Je longeais pensivement le Circo Massimo et la vue soudaine des premiers rassemblements d'oiseaux de l'automne avait fait gonfler ma poitrine. Les oiseaux pulvérisaient le ciel froid du soir, hauts et tyranniques au-dessus des ruines du Palatin, leur ballet d'adieu couronnait la rangée des arches roses, c'était le dernier avant le long voyage. Revenez, avais-je murmuré, me retournant brusquement pour vérifier que personne ne m'avait entendue. Mais il n'y avait autour de moi que l'herbe.

Le petit récit était insignifiant, sans trouvailles, ni rires ni larmes, il était dépourvu d'imagination comme de réalisme, de dialogues et de surprises, il n'aurait même pas intéressé un enfant. Je l'avais écrit comme ça, prise d'une soudaine inspiration, avec plaisir, me réjouissant mot après mot de ce que j'étais en train de faire, mais maintenant je préférais le voir finir dans la poubelle d'un bar plutôt que de reconnaître que j'en étais l'auteur. C'est à moi, c'est moi qui l'ai écrit, il aurait suffi de cela. Par la suite, bien d'autres choses à dire, mais au début juste cela. Prendre l'air détaché m'évitait d'avoir à m'enorgueillir et réduisait à une simple expérience ce premier essai casé entre les pauses sur les bancs des parcs et les moments d'attente devant les rideaux de fer baissés. Il n'avait été à moi que le temps de l'écrire, il pouvait bien finir en pâture aux déchets, maintenant.

Ah, tu te fatigues pas trop, hein ? Silvano se moquait du gars du bar et celui-ci, en retour, se dépêchait encore moins. Moi, triturant le paquet d'allumettes, je repensais à la catastrophe que je venais d'éviter. Il fallait que je fasse attention. J'imaginais la propagation de la nouvelle, la hargne de Rosa, la colère moqueuse des autres, suscitée par l'éventualité d'un avenir autre que ce futur de miséreux qui m'était assigné, les doctes prophéties d'un maître en veine d'expériences sur les gueux, et je me jurai dans ce café, dans cette poubelle, d'abandonner sur-le-champ ma fantaisie d'écrivaine.

Heureusement que Silvano était analphabète et tellement concentré sur lui-même. Il n'aurait jamais pu comprendre comment j'avais fait pour apprendre tant de choses en partant de rien. En y repensant, à moi aussi, ça me faisait peur.

Mon obsession pour les mots avait commencé peu d'années après l'interruption brutale de ma scolarité. Mon dégoût pour l'école, mon cœur qui s'emballait dès que j'y pénétrais avaient laissé place à une longue phase de tranquillité. En sortir de cette façon, avec une curiosité sans frein jaillie de nulle part, fut une véritable surprise.

C'était l'époque des dimanches passés avec Caterina, une fille de mon âge du quartier où je traînais par ennui. Élevée à coups de gifles et de petits boulots comme nous tous, Caterina était ce dont elle avait l'air : une fille simple, franche, sachant ce qui était indispensable pour survivre. Une copine facile et pas compliquée. Nos après-midi de repos commençaient par une marche pleine d'impatience, qui ressemblait plus à une course retenue qu'à une balade entre amies. Au bout de presque une heure, nous arrivions au patronage de Santa Maria Ausiliatrice, l'église de la via Tuscolana où Michele, le garçon dont elle était amoureuse, jouait au ballon avec ses copains.

J'essayais de me persuader que l'effort développerait mon souffle et me mettrait en forme pour la semaine à venir, je suivais, haletante, les grandes enjambées de Caterina, bien plus amples que les miennes vu notre différence de taille. Ma jupe se collait à mes mollets moites, et mes seins, ballottant dans la lingerie déformée, me faisaient mal. La via delle Cave était un zoo poussiéreux sans le moindre charme, il n'y avait que des vendeurs ambulants, des rails, le cinéma New York, des bistrots, le tout défraîchi entre les murs marron des grands immeubles qui humiliaient la moindre fantaisie. Durant notre trajet, en longeant la cour d'une école gigantesque – combien d'élèves pouvait-elle bien accueillir ? Des milliers, selon mes yeux inexpérimentés –, j'observais les traces dessinées sur la pierre rouge, les fenêtres munies de barreaux, et j'imaginais le tintement de la cloche qui les ramènerait le lendemain sur les bancs, et non dans la rue comme moi.

Une fois arrivées sur le mouchoir de terre battue que l'église offrait en guise de terrain de foot, nous nous disposions sur les bords, comme l'ordonnait Caterina. Moi je tournais le dos au jeu pour la laisser se concentrer sur Michele tandis qu'elle faisait semblant de me parler. Du moment où nous arrivions à celui où nous nous résignions à battre en retraite, il ne faisait que courir après le ballon dans un état d'agitation que rien ni personne n'aurait pu interrompre. Le gardien du patronage passait des cris pour un ballon sorti du terrain – ou tombé au beau milieu des dames en train de réciter leur rosaire en plein air – aux menaces si, au moment de la fermeture, la petite troupe hésitait à quitter les lieux. M'obligez pas à appeler Don Rino, parce qu'il s'en prendra d'abord à vous, et à moi ensuite, braillait-il, mais eux, tout heureux, ne l'écoutaient pas.

Jouer les faire-valoir ne me blessait pas, mais ne m'amusait pas non plus. Ma disposition naturelle à écouter ne parvenait pas à me passionner pour ce désir non partagé, et si j'avais pu choisir, j'aurais préféré le match des vandales aux bavardages de la vieille fille. C'était fatigant de rester plantée en plein soleil sur ce bout de ciment ensoleillé qui entourait le terrain, avec ma limonade vite tiédie entre mes mains poisseuses et une soif encore plus difficile à supporter qu'avant. Caterina ne parlait que de son mélodrame, me faisant sans cesse me déplacer un peu plus par-ci, plus par-là, oui comme ça, bouge pas, pour pouvoir mieux suivre le match, et elle continuait avec ses élucubrations sur les possibles développements de cet amour hélas encore juste platonique, mais tôt ou tard il allait craquer, répétait-elle, convaincue et pathétique. Je comprenais que Michele avait marqué un but quand Caterina – grande, grosse et le visage toujours en feu et moite à cause de la course et de l'émotion – s'efforçait de ne pas exulter ouvertement. Mais le résultat était sans doute encore pire : ses volumineuses boucles cuivrées trahissaient un trouble sans frein, se bousculant entre elles en une vague lourde de sentiments qui ne pouvait certainement pas rester inaperçue.

En plus du foot, le patronage offrait un autre spectacle : tous les dimanches, une fille plus vieille que nous, épaules larges et lunettes à montures dorées, se proposait de lire à haute voix pour un groupe de personnes âgées qui passaient toute la journée comme embaumées sur deux bancs parallèles, sous la fraîcheur des arbustes rabougris. La lectrice traînait une chaise pile en face de leurs bancs et, comme si elle s'exerçait pour une audition, se lançait : chapitre premier. Alors, un fleuve de mots coulait, léger, de ses lèvres charnues. Je tendais l'oreille le plus possible, survolant les jérémiades de Caterina qui me reprenait de temps à autre, vexée, eh Tullia, tu m'écoutes ou pas, t'as la tête dans les nuages, tu serais pas amoureuse des fois ? Peut-être que je l'étais vraiment, mais c'était de l'art de raconter qui prenait de jour en jour une place plus importante dans mon esprit.

Les histoires que disait la fille m'enchantaient, elles anéantissaient les chuchotis sporadiques de Caterina dans un outre-tombe insignifiant – il fait semblant de pas me voir, c'est juste qu'il est timide, même ma mère elle le dit – qui ne pouvait pas interférer avec la trame du roman. Je suivais d'une manière toute personnelle, sans comprendre, mais aussi sans en perdre une miette, je ramassais les mots comme des tesselles à associer en de brèves phrases entrecoupées, pleines d'intérêt à mes yeux. Je me répétais des fragments du roman pour fixer les nouveaux termes dans ma mémoire en les collectionnant comme des cartes postales de différents pays du monde. Je ne pouvais encore le savoir, mais ces journées de découverte inauguraient mon unique et authentique collection.

Bien vite, je ne désirai rien tant que découvrir par quels mots il me serait possible de décrire une princesse solitaire, un commandant prisonnier, un groupe d'enfants perdus. Le soir, ruminant l'histoire entendue dans l'après-midi, je me demandais pourquoi une fille si pleine de vie passait ainsi ses dimanches, ce ne pouvait pas être de sa part simple charité chrétienne. Peut-être était-ce que, voulant étudier l'art dramatique et voyant son corps de sirène confiné entre la tôle et le gravier du quartier, elle avait trouvé au patronage sa scène à elle, plutôt que d'aller se planter devant les studios de Cinecittà pour s'offrir à quelque metteur en scène qui aurait le dada de ramasser des gens dans la rue et de faire son beurre en les trayant comme des chèvres sauvages. Elle lisait aux vieux avec le même enthousiasme qu'elle aurait réservé à un parterre de théâtre, recevant en retour un accueil moins que tiède. Le public ne semblait ni intéressé ni indifférent, il absorbait l'histoire avec l'air neutre de ceux qui laissent faire pour vivre tranquilles. La seule personne à suivre sa lecture avec ravissement était une dame couverte de bijoux qui affichait toujours de voyants bonnets en tissu, du rouge à lèvres et des gants. Si quelqu'un le lui avait proposé, j'étais sûre qu'elle aurait rapproché sa chaise de celle de la lectrice pour mimer l'histoire de ses petites mains gantées. Devant un tel spectacle – un tableau mélancolique mais romantique qui me brisait le cœur – Rosa se serait moquée de la jeune comme de la vieille femme d'une seule expression perfide formulée tout à trac.

Durant la semaine, les petites histoires du dimanche après-midi revenaient me hanter. Nous abordâmes dans l'île sans vivres ni ambitions, le capitaine était furieux à cause de la mutinerie, le jour de la pendaison publique le peuple envahissait la piazza del Campo, les bigarrures du feuillage observées en transparence évoquaient des squelettes d'oiseaux de proie. Comme des formules magiques, les fragments du livre refaisaient surface, pêle-mêle, dans ma mémoire, sans lien les uns avec les autres. Malgré la grande confusion de la trame qui était toujours décousue, ils rendaient plus légers la traversée de la ville, les pieds enflés, le poids des invendus.

Le lundi était toujours le jour le plus difficile pour me séparer de ce monde parallèle, les premières opérations de vente et de négociation de la semaine me paraissaient étrangères, illogiques. Oh la blonde, on fait quoi, là ? me hurlait-on depuis les trois-roues chargés de paquets. Je sursautais, je levais les yeux et cessais de murmurer « méphistophélique, désarmé, sensible » en traversant à la hâte avec un signe de remerciement. Mais, les semaines passant, retrouver le détachement nécessaire par rapport à ces hallucinations devint plus simple. Je commençai à dédoubler les niveaux et à considérer ces morceaux de texte comme une compensation personnelle qui n'avait rien à voir avec le reste. Je savais qu'en refusant ce don – de simples mots, rien à se reprocher – c'en serait fini pour moi, je me dessécherais complètement jusqu'à me briser sous le soleil du mois de mai, trompeur à l'ombre et capable de brûler traîtreusement.

J'analysais chaque ligne comme si elle pouvait m'offrir une récompense définitive pour cette enfance trop brève. Au moindre texte qui me tombait sous la main, ma curiosité spontanée de débutante se transformait en obsession. Je ne faisais qu'une bouchée de la notice de mon médicament pour l'asthme, des enseignes des commerces, des titres des journaux accrochés avec des pinces dans les kiosques, des pancartes placardées sur les grilles des chantiers qui criblaient de trous le visage de la ville, étrange lune de béton constellée de messages cachés. Tenez, je l'ai déjà lu en entier, m'avait dit une fois, rassurant, un type dans la queue du bureau de poste en me tendant le journal. Je m'étais rendu compte qu'il compatissait à mon cou tendu, mes yeux qui clignaient derrière ses épaules, mais je n'en eus pas honte. Les groupes de filles qui bavardaient devant les entrées des immeubles s'écartaient de l'interphone pour me laisser déchiffrer les noms, comme je semblais pressée de le faire. Cirani, Martino, Cantagallo. Je me suis trompée de numéro, murmurais-je en m'éloignant.

Tous ces mots, chacun avec son sens particulier, m'exaltaient. Leur caractère insaisissable ne parvenait pas à les rendre moins désirables ni moins gratuits, dans une vie où rien ne l'était. Il n'y eut plus rien d'autre qui m'intéressait. Je partais à la chasse en proie à une sorte de furie, et plus grand était le défi – un journal à l'envers entre les mains d'un passager du tram, une affiche aveuglante sous le soleil de midi –, plus grand était le plaisir de lire, d'enregistrer, d'accroître mon vocabulaire en construction. Au moment même où les nouveautés venaient heurter mon pavillon auditif, comme des ailes d'oiseaux emprisonnés dans un espace trop étroit pour leur envol, la répétition transformait le terme mystérieux en terme familier et ce terme familier en terme tout à moi pour toujours. Qu'est-ce tu fais là, petite, tu lis ? m'avait demandé le concierge en me surprenant dans la cour avec une brochure de la paroisse à la main. Je l'avais jetée aussitôt dans le bidon où on faisait le feu, sous le regard étonné des dames qui préparaient le coulis de tomate pour l'année.

Le temps passant, les épreuves se compliquant, je m'accrochai à mon idéal de pureté. J'avais considéré comme un fait normal cette langue de plus en plus sophistiquée qui aurait paru complètement hiéroglyphique à de nombreuses personnes sans formation – des gens ordinaires comme moi ou comme mon frère qui, à cette époque-là, me voyait sans me regarder, m'entendait sans m'écouter. Je résistais aux romans et aux poèmes, je n'avais pas l'intention de débiter des choses sur l'opéra sans en avoir vu aucun et je me serais plutôt fait couper les mains que les poser sur un volume relié. Je restais Tullia, une fille simple.

Silvano ne me racontait jamais rien de lui-même pendant notre café, mais il ne demandait rien non plus, et c'était bien comme ça. Les mots n'avaient jamais dû l'intéresser beaucoup. Et ce jour-là, une fois éclairci le malentendu de mon petit récit, nous ne nous racontâmes rien d'autre, nous contentant de contempler en silence le panorama des toits du centre – tuiles entassées, conduits de cheminée, plantes grimpantes, coupoles grandes et petites, un ciel d'azur infini. On s'voit mardi prochain, dit-il pour couper court, impatient de prendre congé. L'observant une dernière fois en train de dévaler les marches blanches de la place, j'eus la confirmation de mon secret. Je pensai oui, être discrète, je dis fais attention à toi, Silva', et je me remis en marche.

1956 – AURORA

Rome, Saint-Pierre, hôtel Leonardo

Il avait dit « Aurora » et il était mort. C'est du moins ce que rapportait Elio Secondo, et nous n'avions pas d'autre choix que de le croire : c'était le seul témoin en plus d'Aurora elle-même qui, du haut de ses cent quarante-six jours, ne put toutefois saisir l'hommage.

Au moment des faits, ignorant encore tout, je me trouvais à l'hôtel, occupée à faire mousser le trente-septième cappuccino de la matinée. J'avais estimé pouvoir en préparer jusqu'à quatre-vingt-dix tasses par jour. Les pires clients étaient ceux qui s'asseyaient à huit heures, se relevaient à neuf, et en l'espace d'une heure s'étaient mis en tête de commander, à la suite, toutes les boissons chaudes ou froides de la carte. Une orange pressée s'il vous plaît un café allongé s'il vous plaît qu'est-ce que vous avez comme thés ? J'en voudrais un au citron s'il vous plaît. Comme ça, juste pour le plaisir de mettre à profit autant que possible le prix de la chambre. Beaucoup d'entre eux devaient être là en voyage d'affaires, je prêtais l'oreille à leurs conversations et relevais des énormités à tout moment. Entre deux fanfaronnades, ils se goinfraient comme des cochons, sans doute que l'idée de tirer parti d'une obligation pour jouir un peu de la vie devait aiguiser leur appétit et leur soif. Moi, si j'avais pu choisir, j'aurais imaginé un tout autre décor : petite table ovale, nappe en lin blanc bien repassée, journal fraîchement imprimé, cigarette à la vanille et son fume-cigarette en corne, robe de chambre en soie, service en porcelaine, pain français avec du beurre, fruits, glaces – oui, des glaces – et un piano. L'époque des après-midi au patronage avec Caterina était révolue et avait été remplacée par celle des films avec ma tante Fiorina qui, contrairement à moi, était une fana de cinéma. J'avais bien étudié ce cadre-là au cours de plusieurs films, et c'était vraiment le genre de petit déjeuner de dame chic qui me séduisait le plus. Hélas, n'ayant ni l'arrogance ni la rogne pour imiter les privilèges des riches, j'avalais d'un trait mon café au lait, debout, sans regret particulier, avant que les portes du salon aux miroirs de l'hôtel Leonardo s'ouvrent au nouveau jour.

Tout au plus, s'il y avait une chose qui m'agaçait, c'était de ne pas avoir une goutte de café dans l'estomac à cinq heures du matin, lorsque je sortais dans le noir et le froid des rues du Quadraro, comme un chien errant. Ma mère aurait préféré se faire arracher les ongles plutôt que de se lever pour m'en préparer un. La dernière fois où, avant sa grossesse, elle était rentrée de l'hôpital, le diagnostic qu'elle avait exposé à mon père concernant ses très délicats cycles du sommeil m'avait paru une déformation égoïste entièrement dépourvue de retenue. Mon père en avait naturellement pris note avec toute la prudence dont il était capable et il s'était religieusement conformé aux nouvelles dispositions : vous ne devez jamais me réveiller, mes yeux doivent s'ouvrir d'eux-mêmes, je me lève quand ça me chante. La belle vie ! avais-je simplement commenté en accrochant ma tenue.

Le col de ma chemise était acceptable, il pouvait tenir encore un jour de service.

Le travail à l'hôtel ne me déplaisait pas. La vie autour de la basilique Saint-Pierre était bouillonnante et mondaine. À chaque coin de rue on voyait des photographes en quête d'un cliché exclusif, des chauffeurs prêts à arnaquer le client, des guides lunatiques, et puis de riches acteurs américains qui aimaient à laisser des pourboires, à se goinfrer de gâteaux, à crier oh aï love zis citi. On entrait et sortait par des portes, des passages à niveau, des murs, je vous en prie, entrez, excusez-moi mais vous avez l'autorisation ? Des agents portant casque et gants blancs dirigeaient comme des chefs d'orchestre la circulation qui ne connaissait aucun moment de relâche.

Par ailleurs, l'hôtel m'offrait un avantage : je ne devais vendre que l'après-midi. Le matin, ma seule tâche était de servir des petits déjeuners. Je n'arrêtais pas une seconde, je voulais prouver au directeur qu'il avait fait une affaire en m'embauchant. T'es à l'essai, continuait-il à me répéter tous les deux jours pour me faire peur. J'acquiesçais humblement en faisant une mine terrifiée, mais au fond de moi je ruminais ma rage, je ne craignais pas le moins du monde de ne pas être à la hauteur, j'avais surmonté des épreuves autrement plus pénibles durant mes vingt premières années de vie, ou à peine. Ce qui m'inquiétait, c'était plutôt la tyrannie d'un homme aux commandes. Je refusais de le circonvenir avec les méthodes que d'autres employées, peut-être moins regardantes, avaient choisies pour survivre : ce boulot, je devais le gagner à la sueur de mon front. Si mon chef m'avait demandé de brûler les cheveux de mes collègues, je l'aurais fait sans sourciller. La concurrence était un problème pour celles qui connaissaient la faim. Nous étions nombreuses à sillonner la ville en chantier comme une arène, prêtes au combat ; l'euphorie procurée par telle opportunité à prendre ou à laisser ramenait les amitiés à de simples connaissances, et les connaissances à de potentiels sacrifices. Celles d'entre nous – filles des sous-sols – qui prendraient en marche le train du tourisme, rapide à cette époque-là mais généreux aussi, n'en descendraient pas avant d'en avoir retiré le meilleur. Certaines, favorisées par les lettres d'oncles émigrés en Amérique, hasardaient quelques mots en anglais pour paraître meilleures. Je les aurais tuées.

Rome élargissait et resserrait ses limites avec la prolifération d'édifices, de magasins, de logements de masse où je pensais que je finirais par habiter un jour, moi aussi. Je n'étais pas sûre que tout ce désordre me plaise et je continuais à chercher ma revanche, fondue dans la foule qui arpentait quotidiennement les rues poussiéreuses, faites puis défaites, détruites puis reconstruites en une nuit, afin d'atteindre le plus vite possible des destinations lointaines, de l'argent à gagner et dépenser, des maisons à habiter, de nouveaux êtres humains à mettre au monde. La nostalgie pour les concours de marelle sur les trottoirs de San Lorenzo ou bien pour les boyaux qu'on balançait par la fenêtre aux chats galeux de la piazza Risorgimento me tourmentait mais, si c'était ça la fête, eh bien je danserais moi aussi.

J'avais trouvé ce travail à l'hôtel Leonardo grâce à mon habituelle manie de fouiner et d'apprendre en silence. Anita, la fille d'un gars du coin qu'on appelait La Tomme parce qu'il venait d'une famille de bergers et qu'il avait ouvert une fromagerie-charcuterie, était revenue un jour de l'hôtel toute fâchée et vexée ; c'était quelques heures avant que je ne prenne sa place. Je l'avais entendue se plaindre, énervée et furieuse : ils m'ont dit vous ne nous semblez pas adaptée à l'emploi. En prononçant ces mots, elle avait mimé un ton détestable, la voix de l'ennemi qui ne lui permettait pas d'échapper au comptoir décrépi de la fromagerie familiale. Tu parles d'un emploi, mett' des nappes sur les tables, prendre les commandes : si j'le fais déjà tous les jours ! Qu'ils aillent se faire foutre, avait-elle ajouté, les nerfs de plus en plus à vif. Avec ces ongles noirs qu'elle ne s'était pas donné la peine de nettoyer, elle avait dû donner l'impression au propriétaire de l'hôtel d'être ce qu'elle était vraiment : une péquenaude finie, un cas désespéré. Je ne l'aurais jamais embauchée, pas même sous la menace – voilà ce que je me disais tandis que je rentrais chez moi prendre une douche froide, avant de repartir illico pour présenter ma candidature. Si j'avais su que l'hôtel m'empêcherait d'embrasser une dernière fois mon père, sans doute aurais-je été moins prompte à demander ce travail.

Ce jour-là donc, alors que mon père, d'un seul mot, m'assignait son ultime mission – élever Aurora et faire d'elle une personne plus gaillarde et robuste qu'il ne l'avait jamais été –, j'étais concentrée sur ma mousse de lait, que je voulais rendre crémeuse, pas trop épaisse, légère et digeste, comme exigé par le demi-chef. Encore une goutte de lait dans la tasse de café. C'est à cet instant-là que les poumons de Giuseppe avaient dû s'affaisser dans une douce harmonie, exhalant leur dernier souffle, un filet d'air extrêmement ténu mais qui contenait tout : les promenades et les pins parasols, le vélo et les cheveux mouillés, les biscuits secs, la couleur jaune et les chansons napolitaines. Une pincée de poudre de cacao pour décorer le tout. Les choses qui plaisaient le plus à mon père s'achevaient sur cette petite bouffée d'air, expirée pour ne plus jamais y revenir par ces poches désormais vides et inutiles qui s'étaient aplaties. La tasse sur la soucoupe, la petite cuillère brillante.

Mais tout cela, c'est plus tard seulement que j'allais mieux l'analyser, abritée par l'ombre du volet entrebâillé. À cette heure-là, j'étais encore en train de changer les filtres à café, je tirais les rideaux d'organdi du salon, je fourrais les croissants de crème chantilly à l'aide d'une poche à douille, bien loin de penser qu'à compter de ce jour toutes ces étapes du rituel en salle qui m'avait été confié me rappelleraient l'instant d'absence et de défaillance qui changeait tout, à jamais.

Aurora. C'était tout ce qu'il avait dit, vraiment ?

Ma sœur, de son côté, n'allait cesser tout au long de son enfance tronquée de demander à Elio Secondo de lui raconter ce dernier adieu, lyrique et atroce, en quête d'un détail – chaque fois le même, et chaque fois digne de stupeur – qui viendrait adoucir la déception de n'avoir jamais connu son auteur. Se pouvait-il qu'il ait choisi de consacrer sa dernière réserve d'énergie à prononcer son prénom ? Son prénom à elle et celui de personne d'autre ! Un grand geste que le sien, mais un geste inexplicable. Et quelle chance pour elle, malgré tout !

Aurora ne pouvait pas comprendre ce que mes frères et moi savions avant même qu'elle vienne au monde : elle était la dernière, elle était le fruit d'une grave erreur, et son microscopique nombril recelait l'espoir de guérison de la maladie qui tenait depuis deux ans notre mère à la merci des services de psychiatrie. Celle-ci avait abandonné à notre père la vacillante gestion d'une maison croulante, une tribu d'enfants à la dérive et une comptabilité en pleine débâcle, et pour lui, hériter de ce fardeau qui lui était transmis depuis l'immobilité d'un lit d'hôpital humide avait été l'épreuve la plus impensable.

C'est moi qui l'avais sauvé. Moi qui de tous ses enfants étais la guerrière qui me maintiendrais toujours à flot, et qui en ferais de même pour quiconque s'accrocherait à mes épaules robustes ; moi, la rencontre miraculeuse entre la bestialité de Rosa et la bonté de cœur de Giuseppe.

Sans toi, ma Tullié, j'aurais déjà crevé, me répétait-il ; et aussi : n'oublie jamais qui tu es.

Quand Rosa était à l'hôpital, pour se distraire un peu des électrodes fixées sur les tempes de sa femme, mon père avait pris l'habitude de passer les heures chaudes de la journée assis dans la cour. Les habitants de l'immeuble s'étaient accoutumés à sa personne qu'ils devinaient dans le décor en faisant leurs courses chaque jour, rassurante et digne, pliée comme un paquet sur sa chaise en bois. Du haut de l'étroite fenêtre de ciel qui séparait les immeubles, un rayon de lumière retombait sur lui et l'enveloppait tout entier. Là, dans son coin de silence à l'écart du va-et-vient du hall d'entrée, il se remémorait les moments les plus joyeux de sa jeunesse. Chaque jour, il pouvait choisir dans sa collection d'anecdotes le fragment unique qui m'accueillerait à mon retour du travail.

Je le voyais depuis le portail qui sautillait presque d'une fesse sur l'autre, excité par mon arrivée, impatient de me débiter sa petite histoire du jour. Dans la cour, on voyait les femmes, le fichu noué sur la tête, passer les bras chargés de linge à étendre sur la terrasse ; les ouvriers rentrer chez eux d'un pas chancelant, qui frottaient leurs mains noires sur leurs pantalons de travail ; et les gamins sauter à l'intérieur et à l'extérieur des cases tracées par terre à la craie. Giuseppe restait là, au milieu de ce vacarme, à n'attendre que moi. Je retenais mon sourire afin de ne pas lui révéler combien j'étais heureuse de le revoir et je pressais le pas – je sentais la tendresse qui explosait dans ma poitrine.

La manière dont il introduisait son anecdote était toujours prometteuse, car il préparait le terrain du comique grâce à différents trucs et mimiques : il frottait ses pieds par terre, s'éclaircissait la gorge, il jubilait, rayonnant. Bientôt il me ferait rire, non, mieux : il me ferait crever de rire, en me racontant cet épisode où l'oncle Antonio s'était fait prendre à voler les cierges de l'église, et le curé, indigné au plus haut point, n'avait pu s'empêcher de lui brûler la barbe. Ah, l'ignoble prêtre pyromane ! Et l'autre andouille qui s'était précipité pour plonger son menton dans le bénitier, offrant ainsi aux vieilles voilées une raison de plus pour prier. Il s'amusait, et moi avec lui, oubliant la journée qui venait de s'écouler et celle qui viendrait. Nous allions survivre, tous les deux, à toute l'impertinence du destin sans perdre la tête.

Aurora avait été prescrite par le médecin.

Deux années s'étaient écoulées depuis que le docteur, d'un air grave et sur un ton de reproche à peine voilé, avait décrété cette femme a besoin de procréer à intervalles réguliers et rapprochés, faites un enfant et ses nerfs guériront. À son âge, et après une si longue captivité des passions, mon père avait exhumé, en échange d'un peu d'espoir, les derniers sursauts de la chair. Mais lors des premiers mois de gestation, il était devenu de plus en plus évident que le docteur n'avait pas trouvé le remède adéquat. Le squelette au ventre gonflé de ma mère errait dans toute la maison, en proie au tourment, absorbant des litres de café noir – parmi les différentes interdictions, celle-ci non plus ne serait pas respectée – ; elle s'appuyait contre les murs de notre appartement dépouillé pour s'en écarter aussitôt, comme si elle s'était soudainement brûlée. Il était clair qu'à travers ces gestes de désaffection elle cherchait à punir Giuseppe, comme pour lui dire je ne suis pas heureuse, rien n'a changé. Sans compter qu'une grossesse, après tant d'années, ce n'était pas une mince affaire : beaucoup d'imprévus, d'insomnies, de douleurs.

La petite en avait pâti dès qu'elle était venue au monde : Rosa la laissait pleurer dans son berceau, l'habillait avec les vêtements usés que nous avions tous portés avant elle, la lâchait au premier venu dans une ambiance de nerfs en pelote. Toujours en train de chialer, grondait-elle. Lorsque j'étais à la maison, je ne quittais pas Aurora des yeux, de peur qu'elle finisse sous un meuble ou qu'elle reste sans manger pendant trop d'heures d'affilée. Lorsqu'au contraire je n'y étais pas, j'essayais de ne pas y penser, mais mes désirs légitimes de jeune fille s'envolèrent en fumée : après le travail, mon seul devoir était de rentrer chez nous pour vérifier que tout allait bien. Mes cousines, spectatrices aux premières loges de cette sentence sans appel, y allaient de leurs commentaires impitoyables : un petit être qui n'est pas né dans le désir paie un prix trop élevé. Je bougeais un peu les objets sur la table pour leur rappeler ma présence, ne parlez pas comme ça de ma famille, je voulais qu'elles comprennent. Mais elles, tu parles, elles se complaisaient dans la douleur, bien contentes que celle-ci concerne autrui. Pfff, elle a perdu la tête de toute façon, elle va pas s'en remettre, tu vois pas comme elle est maigre, au mieux elle mange une pomme et elle s'en contrefout du lait pour la gosse. Je détestais entendre leurs jugements de bas étage, jamais assortis de la moindre proposition d'aide. Je prenais la petite dans mes bras, je la lançais en l'air en disant hop là, et Aurora riait par petits sursauts, ouvrant sa bouche édentée.

Ils n'auraient jamais dû écouter cette canaille de médecin, me confiais-je à Saverio en lui ouvrant une bière bien fraîche, quand je rentrais de mes pérégrinations de nouveau à temps plein depuis que j'avais dû quitter l'hôtel. Les yeux éteints de mon père étincelaient un instant sur le goulot de la bouteille, secs comme les miens. Ça ne servait plus à grand-chose, les regrets, maintenant... Aurora était née, lui était mort, et moi, bien malgré moi, j'étais plus vivante que jamais.

1957 – LA CAISSE

Rome, Quadraro

Minute. Il y a un trou de caisse.

Bizarre.

Cinq mille lires.

T'as dû mal compter.

J'ai compté deux fois.

Compte une troisième fois alors.

Répète un peu pour voir.

J'ai dû les faire tomber de ma poche.

Saverio se taisait. Je parvenais à le voir, grand et fort au fond de la pièce, il faisait mine de ne rien entendre. Avec sa cervelle de grand bébé.

C'est jamais arrivé.

Ben aujourd'hui si.

Ma mère aspira à pleins poumons la dernière bouffée de cigarette, et deux longues traînées de fumée s'échappaient de son nez. Puis elle écrasa lentement son mégot dans la soucoupe, elle se leva brusquement de la chaise paillée et me flanqua une gifle en plein visage.

Je soutins son regard, veillant à garder mes deux mains immobiles sur la table, de manière bien visible.

Tout ça, c'est à moi.

C'est à papa.

À papa ou à moi, c'est kif-kif. Et puis maintenant tu vas la boucler, hein ! Sans moi, vous valez rien.

Ça, c'est toi qui le dis.

Vous êtes jamais allés à l'école, vous avez rien appris, vous avez pas de vrai travail. Vous savez faire que dalle.

Ah oui, et c'est qui qui passe ses journées dans la rue ? Et pour quoi ? Et pour qui je marche douze heures par jour jusqu'à en faire saigner mes pieds ?

Je vous ai élevés, je vous ai nourris, je vous ai cousu vos vêtements, l'un après l'autre. Et toi, tu viens me voler chez moi.

J'ai rien volé du tout.

Silence !

Mon frère continuait à se taire. Cinq mille lires rubis sur l'ongle et même pas une bonne excuse pour me défendre de toute cette humiliation.

Tu mériterais mon pied dans le cul, mais tu vas me les rendre, de la première à la dernière lire !

Ça, c'est les bons d'achat de papa.

Ah oui ? Première nouvelle.

Ça, c'est ma mallette à moi.

Tu veux une autre tarte ? Et ça, c'est ce que tu dois faire samedi.

Tu veux dire quoi ?

Ça, c'est la petite caisse, rangée par coupures. Retourne à table.

Non.

Retourne t'asseoir, j'ai dit.

Ah c'est à toi ? Eh ben vas-y, toi. Moi à partir de demain je me cherche un boulot.

Je gardai tout de même la mallette : pour une fois, elle transporterait des choses qui ne figuraient pas sur la liste du matériel habituel de laques et de brosses lissantes. Je commençai à la préparer, bien décidée à quitter cet enfer une bonne fois pour toutes. Je contrôlais chacun de mes mouvements pour qu'ils ne soient pas trop impulsifs : déverrouiller la mallette, évaluer l'espace disponible pour y mettre l'essentiel. Un frisson modéré de compassion pour mon petit corps frêle me traversa, sous ma robe de chambre. Au fond, il n'était lui aussi qu'un contenant rempli de babioles indispensables pour survivre.

Je m'approchai de la commode et ouvris calmement le tiroir qui m'avait été attribué des années plus tôt, lorsque nous avions déménagé au Quadraro, un quartier à mille lieues de l'agitation festive de l'immeuble de San Lorenzo où j'avais grandi, et qui, ces jours-ci, se montrait sous son jour le moins amical. Les ordures qui débordaient, les gaz des scooters en plein visage, les crieurs de journaux, les nuées de mouches, rien de tout cela ne me manquerait. Je devais simplement réussir à m'en aller sans faire de drame, assumer ma carapace d'enfant déshéritée, tracer ma route à contresens. Tandis que je faisais ma valise, je me revis gamine, cherchant à la hâte la couverture bleue d'Elio Secondo pour le sac de notre fuite, confrontée alors à d'autres incertitudes tout aussi graves. Je m'en étais sortie à l'époque et je m'en sortirais cette fois aussi, je ne devais pas en douter, vaciller n'aurait fait que me ralentir. Ça n'était plus ma maison, ici.

Saverio, appuyé au montant de la porte, me regardait rassembler mes affaires, ne sachant s'il devait s'approcher de moi pour me tenir compagnie ou bien continuer à avoir honte de sa lâcheté. Nous savions tous deux que cela n'avait plus la moindre importance : je ne lui en garderais pas rancune, il se réhabiliterait vite aux yeux de mes frères. Je m'en allais enfin, oui, mais où ? Ni lui ni moi ne parvenions à imaginer un plan crédible pour la vengeance promise à l'heure de solder les comptes. Les yeux de mon frère me demandèrent pardon, les miens lui répondirent que je m'en irais de toute façon. Et nous glissions lentement le long d'une même fissure, chacun avec la conviction de suivre une pente meilleure que celle de l'autre, ou pire, en tous les cas unique – alors que rien ne l'est.

Je devais me dépêcher, tout revirement aurait été une erreur. Je posai la petite valise sur le lit et y rangeai les quelques habits que je possédais : la robe marron à col roulé, la rouge brique avec de petites fleurs bleues, ma jupe en feutre, mon pull à boutons de cuir et mes sous-vêtements. Par-dessus cela, j'ajoutai le cahier de comptes, la boîte à couture contenant les photos d'Elio Primo, de Gilda et de mon père cachées sous les chutes de tissu, une broche en os et mon peigne. Je m'attardai un instant devant les objets inutiles que je gardais sur une étagère un peu plus loin : une cafetière en fer-blanc cabossée, un chapelet en plastique qui avait appartenu à ma grand-mère, la sonnette de la première et dernière bicyclette que j'aie eue, une collection d'images pieuses, une coupelle où étaient réunies les dents de lait de mes frères. Je décidai de tout laisser, espérant ainsi que leur épargner la soudaine désolation de ce coin de la maison atténuerait la nostalgie qu'ils éprouveraient – peut-être – pour ma personne.

Le bruit métallique des ressorts rouillés de la mallette me noua la gorge. Le jour de mon huitième anniversaire, mon père m'avait appelée, il m'avait fait asseoir sur ses genoux – signe que quelque chose de vraiment essentiel allait être dit – et il m'avait présenté mon outil de travail en l'accompagnant d'une mise en garde précise : toutes les deux, trois semaines, mets-y un peu d'huile, sinon les crochets vont rouiller. Je ne l'avais quasiment jamais fait et, maintenant que la rouille avait tout rongé, il n'y avait plus moyen d'y remédier.

Qu'aurait pensé Giuseppe de la décision que je venais de prendre ? M'aurait-il encouragée ou arrêtée ? Peut-être aurait-il troqué le chagrin de me voir quitter pour toujours sa maison contre la certitude que, derrière cette porte, m'attendait un destin différent et meilleur, inespéré encore quelques minutes plus tôt ? C'était là la seule idée que je poursuivais, et que je continuerais à poursuivre, le dénouement heureux de notre petite histoire.

La mallette était prête, il ne me restait plus qu'à partir, mais d'abord une dernière décision à prendre : dire adieu ou sortir sans un mot.

La maison était plongée dans un état d'hibernation, le chahut des bandes de garçons du quartier au repos, qui s'élevait généralement lors des après-midi comme celui-ci, avait été englouti par la tension qui régnait. Le brouhaha des gosses dans le hall de l'immeuble envahissait la salle à manger, rendant encore plus absurde, pour mes frères et moi, ce cérémonial de fin de partie. Je savais, sans avoir besoin de me retourner, que tous les regards de ma famille étaient braqués sur moi. Rien ne pouvait plus me déplaire : n'étant plus habituée à ce qu'on s'intéresse à moi, je l'acceptais difficilement. Baiocco, le chat de la voisine qui entrait de temps à autre par la fenêtre, me fixait d'un air interrogateur. Tu es sûre ? Sûre ou non, je n'avais pas d'autre choix, car céder à la pression du moment aurait été insensé. Je devais ignorer tous les souvenirs présents dans cette pièce, le fantôme de mon père impuissant en ce jour de rupture – son échec posthume mais prévisible –, le grincement, la rouille, le Quadraro hostile au-delà du portail, le vacarme de la circulation et l'égoïsme des personnes ennemies.

Tout à coup, un filet d'eau épaisse et écumeuse déborda de la casserole, éteignant la flamme. Ma mère râla mais elle ne se leva pas pour aller rallumer, et personne d'autre ne le fit à sa place. J'enfilai ma veste lentement. Aurora se tenait bien droite au bord de son petit lit pour se faire elle aussi sa propre idée de la situation, même si elle n'avait qu'un an. Avant de sortir, je lui donnai un gros bisou sur la joue en lui disant au revoir mon petit moineau, parce qu'elle manquait d'appétit mais aussi parce que j'espérais ne pas trop tarder à revenir la libérer.

Ils me regardèrent partir, penchés à la fenêtre, entassés les uns sur les autres. Je ne me retournai pas, afin de me sentir encore forte et déterminée au sortir de mon enfance.

1959 – LES FLEURS

Rome, Pinciano, Institut de Santa Costanza

Les sœurs, brutales mais pragmatiques, avaient choisi pour les orphelines les nombres ordinaux, comme si c'étaient de petits animaux dans un parc et non des êtres humains qui méritaient un nom propre. Dans leurs cinq petits lits métalliques, ce soir-là, les petites tournaient vers moi des yeux lourds de sommeil, mais brillants d'une confiance unanime qui faisait pitié, si insistants qu'avant d'éteindre la lumière je n'avais pas pu m'empêcher de m'arrêter pour les interroger du regard. Seconda s'était alors décidée à me demander ce que le groupe devait avoir discuté en mon absence : Tullia, tu nous racontes une histoire pour qu'on s'endorme ? Il restait encore vingt minutes avant la fin de la journée – dix heures plus tard, je commencerais mon tour du matin à l'usine, je ne devais pas me tromper – et il n'y avait aucune raison de refuser. Je connaissais une infinité d'histoires, mais la seule que je n'aurais jamais refusée aux petites pour ranimer une soirée était celle de ma tante : Giovannina.

Giovannina était le soleil de San Lorenzo. Elle avait fait de sa propre vie une œuvre d'art, ce qui lui avait valu le scandale et la jalousie de la communauté des bigots, mais jamais – comme elle l'aurait préféré – son désintérêt. Et cela pour la simple raison que tout en elle était une manifestation de beauté. Malgré les murmures qui accompagnaient tous ses gestes, accomplis dans la plus joyeuse insouciance, Giovannina savourait pleinement les occasions que le destin lui offrait, les saisissant toutes sans se préoccuper de démentir les commentaires fielleux du quartier. Elle affrontait effrontément les journées, nourrissant son esprit de nombreuses passions excentriques parmi lesquelles on retrouvait – en plus du spectacle – les fleurs, les étoffes et les chats. Les racontars la concernant s'étaient multipliés avec les années et l'accroissement de son charme, jusqu'à se superposer et s'accumuler en une légende urbaine sans queue ni tête dont elle restait l'unique et obscène protagoniste. On disait par exemple qu'un directeur de théâtre s'était ôté la vie à cause de son refus tenace de l'épouser (d'autres femmes se seraient fait crever les yeux pour ce genre de proposition !) et qu'une protubérance suspecte au niveau de son ventre avait disparu suite à un dangereux remède artisanal auquel elle avait eu recours dans la plus totale solitude (putain ! scélérate ! inconsciente !). Et encore qu'à Paris, où elle était arrivée en s'arrangeant pour se faire transporter en échange de certaines faveurs (imaginez lesquelles !), elle aurait bu des rivières de vin, fumé de l'opium et chanté dans les cafés malfamés du Quartier latin pour gagner son pain, tout en reparaissant d'un jour à l'autre à San Lorenzo, pâle et décharnée, en compagnie de sales gueules de la via degli Ausoni avec lesquelles elle traînait au coin de la rue. Seulement, le visage plus fardé qu'avant et une coiffure voyante qu'elle avait dû apprendre à se faire auprès des putains françaises, ses dignes camarades. Quoi qu'il en soit, elle était splendide, dans ses vêtements qui moulaient les formes de son corps svelte et plantureux et révélaient la fermeté de ce qu'ils dissimulaient au minimum et promettaient surtout. Son visage – un bouton de fleur aux pétales symétriques, pommettes hautes et fières qui dévoilaient les coulisses de ses boucles d'ambre – semblait peint.

De son côté, le quartier la craignait. Il suffisait que Giovannina traverse impétueusement la petite place du marché avec un sac en papier plein de raisin blanc serré contre sa hanche pour déchaîner des échanges agités de regards, admiratifs ou désapprobateurs, curieux ou secrètement troublés devant le mystère de sa joie effrontée. Elle semblait n'être venue au monde que pour cela, déboussoler les esprits, brouiller l'ordre des choses, survolter et semer la panique. Son irrésistible vitalité l'empêchait de dormir plus de quatre heures par nuit, mais pas d'affronter le reste du temps en pleine possession de son énergie, dans la plus totale satisfaction d'elle-même et l'extravagance contagieuse qui était sa vocation.

Mon grand-père, l'oncle de Giovannina, était un tailleur de banlieue parvenu aux premiers rangs de la grande classe. Dans la flopée de ses neveux et nièces, il avait choisi une disciple et tout parié sur son talent. Avec ce qui, à l'époque, avait semblé une obsession de vaniteux, il l'avait invitée à le regarder coudre pendant des heures alors qu'elle n'était encore qu'une enfant, en rapprochant petit à petit le grand tabouret de bois de sa table de travail, jusqu'au moment où il lui avait fourré dans les mains une craie, une paire de ciseaux et une aiguille pour la mettre au défi de démontrer ce que lui avaient appris ses longues journées de spectatrice. Giovannina s'était vite révélée une formidable coupeuse. Elle jetait un coup d'œil aux épaules du client, éteignait sa cigarette sous son talon et se penchait sur le tissu avec une concentration impénétrable qui lui permettait, en quelques gestes décidés, de découper juste ce qu'il fallait pour le vêtement, pas un millimètre de trop, sans dévier de la ligne tracée. L'oncle offrait un verre de rosolio au client, en l'accompagnant d'un seul commentaire satisfait : elle, c'est ma nièce. Il n'imaginait pas, le pauvre homme, la déception que sa pupille, trop prédisposée à l'ennui, allait bientôt lui infliger en abandonnant la couture pour aborder son milieu de prédilection : le théâtre.

À seize ans elle était déjà une des plus fameuses costumières de Rome. Son invention créatrice lui inspirait des modèles que seul un esprit qui avait grandi dans le rêve pouvait concevoir, faits de pierreries et de volants dorés, de broderies, d'entre-deux et de superposés de tulle. Tout cela avait eu un tel succès que les articles des revues bourgeoises commençaient à citer son nom dans les mentions spéciales sur la « pièce du moment » en évoquant « en particulier les costumes, créations oniriques qui ont contribué à renforcer la solennité et l'enchantement visionnaire que tout spectateur espère rencontrer sur scène ». Succès ou pas, le quartier l'avait adorée comme une perle pour la répudier ensuite comme une peste lorsque son sourire rebelle avait semblé trop enviable aux filles-mères de la petite place, peu enclines à montrer leurs bleus et leurs cuisses grasses, tandis qu'elle passait avec un panier rempli de fleurs qu'elle était allée cueillir qui sait où. Emporte-les au cimetière du Verano, décrétaient d'une voix acide ses rivales.

Elle n'y prêtait guère attention, à toute cette laideur qui poussait autour d'elle, trop fidèle à son euphorie pour se laisser distraire par le superflu.

Dans la version de l'histoire jouée pour les petites, c'était une certaine Netta, nièce de Giovannina, qui tenait mon rôle. Que tu es jolie, lui avait-elle dit une après-midi de printemps en croisant Netta dans la rue. Je m'étais arrêtée pour passer en revue mes invendus sur un petit mur avant le comptage qui m'attendait à la maison. En ce qui me concernait, Rosa pouvait toujours fumer son énième cigarette en patientant. Voir ma tante, après tant d'années où je l'avais seulement imaginée, me laissait sans voix, extatique et ignorant ce qu'il aurait été bon de répondre. Avec ça tu le seras encore plus, avait ajouté Giovannina en plantant une de ses fleurs dans mes cheveux, avec un clin d'œil en prime. Soudainement désintéressée de l'importante décision que j'allais prendre – planquer plusieurs paires de bigoudis dans la cachette habituelle pour m'éviter une soirée de gifles –, je m'étais contentée de lui répondre par un sourire honnête pour qu'elle comprenne au moins combien je lui étais reconnaissante. Un garçon qui passait par là à ce moment avait lancé des œillades appuyées à ma tante, en la regardant droit dans les yeux comme il n'aurait pas osé le faire avec une fille sérieuse. Giovannina avait répondu mais juste un instant, en esquissant un petit sourire de côté, malin et amusé, puis avait reporté aussitôt son attention sur moi pour ajouter : pourquoi ne viens-tu pas dans mon atelier un de ces jours ? Demande l'autorisation à papa, car maman ne voudra sûrement pas, mais bon, si c'est lui qui te donne la permission. Elle avait disparu comme elle était apparue, voltigeante et légère, pareille à un papillon ou à un poisson coloré venu d'une île lointaine où le temps est arrêté et où tout se passe au rythme de la musique. Au cours des mois suivants, jamais je ne mis les pieds dans son atelier, mais il n'y eut pas de jour où je ne pensai à elle.

Le soir de mon congé drastique des affaires de la famille, sortie de la maison pour ne plus y revenir, j'avais passé beaucoup de temps dans la rue sans bien savoir où aller, incapable d'imaginer dans la ville un seul refuge pour ma solitude. Comme dans les plus mauvais films où tout va de travers, même le moindre événement, pour que l'héroïne souffre et se décourage, une pluie fine mais tenace s'était mise à tomber dru. À la station du tram, une dame qui portait des sacs de courses m'avait dit mam'selle, soyez gentille, vous me donnez l'heure que j'arrive pas à la lire ? Tournant machinalement le poignet, je l'avais découvert nu, ma montre avait dû rester sur le bord de l'évier de la cuisine où j'avais l'habitude de la poser lorsque je faisais la vaisselle. J'essayai de parier sur celui ou celle qui se l'approprierait en premier ; au fond cette montre était bien peu féminine. Peut-être que Silvano la garderait pour moi en la soustrayant aux tics de mendigot de l'oncle parasite. Lequel, par contre, la revendrait sur-le-champ.

Dans le tram j'étais restée assise sans penser à rien et sans même regarder par la vitre. De temps à autre, je portais la main aux serrures en repensant aux ressorts en mauvais état, si je ne voulais pas risquer de perdre l'unique contenant de mes pauvres petits trésors il faudrait que je les arrange sérieusement. Qui sait si Giovannina avait chez elle l'huile qu'il fallait. C'était ainsi que, spontanément, presque par hasard, l'image de ma tante, lointaine, damnée et charmante, s'était présentée à moi. Lorsqu'elle m'avait trouvée sur son palier avec ma mallette rouillée, les yeux baissés de honte, elle ne m'avait pas déçue : la chaleur de son étreinte, ses paroles simples pour me réconforter sans solennité – ne me dis rien, j'ai tout compris –, la douce mais ferme pression de sa main sur mon poignet pour me faire entrer chez elle avaient résolu ma fugue. Tout aussi naturellement qu'elle m'avait ouvert sa porte, Giovannina m'avait accueillie en hôte d'honneur de son univers mystérieux, comme s'il ne s'était écoulé que quelques minutes depuis notre dernière rencontre.

À ce stade de mon récit, les petites semblaient stupéfaites, désorientées. Giovannina, l'étoffe, la petite valise et le tram. Je me dis que mimer la rencontre avec ma tante rendrait plus réel ce que les petites, avec le peu d'idée du monde qu'elles avaient, pouvaient seulement imaginer de façon très approximative. Je pris donc le visage de Quintina entre mes mains, exactement comme l'avait fait Giovannina ce soir-là, et je ris aux éclats (étais-je folle ? J'aurais pu réveiller la sœur Alda) en rapprochant mon visage du sien. Mais voyez ma petite nièce comme elle a grandi ! m'avait-elle dit en m'arrachant la mallette des mains et en me tirant à l'intérieur. Après m'avoir conduite au fond d'un couloir constellé de portes entrouvertes, de bougies allumées et de la musique triste du tourne-disque, elle m'avait montré un lit élégant couvert d'une courtepointe précieuse négligemment étalée en moelleuses draperies, semblable à la couronne d'une fleur sauvage grande ouverte par l'insistance du soleil. Tu vas dormir ici, dans mon lit, il est plus douillet. Je m'étais demandé si, outre celui qu'elle m'offrait, son appartement accueillait d'autres lits et à qui ils étaient destinés. À ce que je savais, ma tante n'avait pas de famille. Tu auras entendu dire que j'habite dans un bordel ! s'était-elle exclamée alors, prouvant ainsi l'acuité de son intuition et, ce faisant, elle avait affectueusement caressé un coussin vert bouteille. En effet, le terme le plus souvent utilisé par les cousins pour décrire son style de vie était exactement celui-là – un *bordel* – mais j'épargnais aux petites ce détail. Ils le disent tout le temps ces gros ploucs de notre famille, pas vrai ? avait-elle ajouté en me lançant le coussin. Je me dis, c'est peut-être une sorcière qui saisit chacune de mes pensées et me la révèle aussitôt ? Elle poursuivit gaiement, mais moi je leur en veux pas, au contraire je vais trinquer à leur santé avec toi, Tutù. Tutù ? Seule Rosa m'avait appelée ainsi jusque-là. Au même instant, un garçon mulâtre, jailli comme par magie d'une des mystérieuses portes et enveloppé dans ce qui m'avait semblé un déguisement de carnaval, nous avait offert deux petits verres à bords argentés pleins de… c'était quoi, de la gentiane ? Tante Giovannina avait fait tinter son verre contre le mien et avalé cette liqueur jaunâtre d'une seule gorgée, geste qui m'avait paru absurde et théâtral, mais que j'avais promptement imité pour faire honneur à l'atmosphère de la maison et inaugurer mon entrée sur l'avant-scène. La trachée en feu, je me dis, la voilà enfin la vraie vie.

Comme je le découvris ce soir-là, c'est toute une compagnie théâtrale qui habitait cet appartement. Les locataires changeaient en fonction des spectacles et des besoins – un toit et le couvert pour les artistes de passage, rien de plus –, mais certains d'entre eux étaient des résidents permanents. Sur tous, c'est évidemment elle, Giovannina, qui régnait. Avant de fermer la porte de la chambre qu'elle m'avait cédée pour cette nuit-là, mais dans laquelle elle me laissa dormir les semaines suivantes malgré mes promesses insistantes de m'adapter à des espaces moins confortables, elle me dit dors bien, demain tu viens travailler avec moi.

La fatigue d'un des jours les plus difficiles que j'aie eu à affronter me collait au corps comme une couverture de plomb, mais je ne parvins pas à m'endormir. Mon cœur riait de me savoir à l'abri dans un tel écrin, une résidence d'artistes ! J'avais un lit et la promesse d'un salaire, une tante qui portait du vernis à ongles, du rouge à lèvres, du parfum, des bas de soie et possédait d'innombrables livres, un membre de ma famille qui m'encourageait et me protégeait sans rien me demander en échange. Pour une fois, la chance était avec moi. Peut-être me gagnerais-je moi aussi un petit moment de bonheur, un désir conquis au mérite.

Mais qu'est-ce qui m'arrivait ? J'avais à peine fait la connaissance de ce monde et mes pensées prenaient déjà le tour d'un monologue, je me laissais aller à des rêves de gloire, moi qui avais parcouru en long et en large cette ville depuis l'âge de huit ans, avec une mallette pleine de flacons à vendre et les ongles des orteils en sang.

Et après ? Seconda me fixait d'un air incrédule, captivée par ma nuit d'insomnie et oublieuse de la sienne. Netta aussi a commencé à faire des costumes de théâtre ? Mais à ce stade les vingt minutes étaient dépassées depuis un moment, et me revenait amèrement à l'esprit la partie la moins exemplaire de mon histoire, celle où je tournais le dos à la seule personne qui m'avait manifesté de l'affection, en me respectant pour ce que j'étais, sans exigences ni accusations.

J'éteignis la lumière brusquement et dis bon, là, c'est tard, bonne nuit.

1959 – TIZIANA

Rome, piazza Vittorio

Chaque matin, je passais délibérément par la torréfaction Massimi comme devant un mur d'ex-voto. On aurait dit que, sans cette façade brillante de grains marron à l'entrée, la moitié de Rome allait s'effondrer sur elle-même. L'arôme, traversant la rue avec les flots de piétons, faisait de cette portion de trottoir la plus agréable de toute la place et rafraîchissait l'atmosphère de crépitements ininterrompus de moulin à café. Ce cliquetis soudain soulageait mon horrible petit boulot du moment qui m'attendait quelques portes d'entrée plus loin. Je m'étais fixé une règle : s'il coïncidait avec le moment précis où je me trouvais devant la porte du magasin, j'y entrais pour commander un expresso, sinon je filais tout droit en me contentant de cette petite joie. La torréfaction grouillait de clients à toute heure, des files de dames remplissaient sachets sur sachets comme si elles devaient fournir un bar. Le café. Depuis que ce n'était plus un luxe, nous en abusions tous sans modération. Les jours où j'étais d'humeur exaltée ou déprimée, cliquetis ou pas, j'entrais et je commandais mon expresso, ajoutant de nouvelles décharges électriques à celles qui tambourinaient dans ma poitrine. Le vice valait bien d'en prendre le risque.

Trois jours par semaine, je lavais les escaliers de certains immeubles plutôt délabrés à l'ouest de la place. L'incessant va-et-vient de toutes sortes de personnes, entre les résidents et les hôtes de passage venus en visite pour des rendez-vous médicaux, des affaires et des magouilles en tout genre, était à l'origine de cette saleté générale. Ces nettoyages extraordinaires étaient le gagne-pain qui me mettait à l'abri de la faim pendant que je cherchais un emploi plus décent.

Pour me remonter le moral, je m'efforçais d'évaluer les avantages d'un travail temporaire à piazza Vittorio. En premier lieu, ce n'était pas rien de partager mon occupation quotidienne avec une marée d'inconnus. Particulièrement le matin, la foule qui passait sous les arcades garantissait un spectacle unique. Journaux et sacs de pain sous le bras, vilains chapeaux, cannes, mégots de cigarettes, moustaches, barrettes, poignées de mains, mains dans les poches, poings serrés, bras ballants, mains en porte-voix pour hurler des insultes et annoncer des nouvelles. Tous ces signes de vitalité pris ensemble donnaient l'illusion de n'être jamais seul même lorsqu'on l'était totalement, comme c'était mon cas. Malgré tout, l'euphorie de mes divers déplacements, rares mais prometteurs, après avoir fui la maison résistait encore pas mal, et c'était dans cet état d'esprit que je traversais chaque jour mon zoo, avec pour seule compagnie l'espoir de temps meilleurs.

La piazza Vittorio était un port de mer. Les dames aux ongles vernis de rouge qui se mêlaient à la foule serraient bien fort entre leurs doigts les poignées de leur cabas de paille, les bancs à la peinture fraîche étaient occupés par des masses de fumeurs à chapeau et pochette, les enfants se faufilaient, tête basse, dans les rues latérales pour profiter de la pagaille générale et grappiller de-ci de-là ce qu'ils pouvaient, des piles et des piles d'objets occupaient tout l'espace horizontal et vertical sous les arcades, dans la rue et au centre du jardin. Les branches couvertes des feuilles encore vertes d'octobre gardaient au frais tous ceux qui s'engageaient au cœur du marché, en particulier les amoureux qui, pour assurer leur anonymat, ne choisissaient pas les petites rues secrètes mais le chaos. Autant de stratégies sentimentales qui continuaient à ne pas susciter ma curiosité, j'avais autre chose à penser et peu de temps pour les sympathies improvisées.

Votre cuisinière votre cuisinière fume fume. Les camelots les plus experts répétaient toujours tout deux fois. Mon oreille s'était faite au langage du marché et les subtilités créatives des vendeurs n'avaient plus de secrets pour moi. Ces gens-là c'étaient nous, nous le peuple de Rome, avec le goût du comique et une faim de loup, une vie partagée entre poussière et plaisanteries. Le théâtre des harangueurs ne connaissait pas de premier ni de second acte, il commençait le matin à sept heures et finissait l'après-midi, lorsque les étals se refermaient sur eux-mêmes comme des boîtes en fer-blanc réduites à leur plus simple expression pour décourager les vols nocturnes. Ils riaient les uns des autres, faisaient rimer des comptines, invitaient et menaçaient, improvisaient en bluffant sans cesse pour attirer l'attention des gens de la ville. Hé, la belle blonde, t'as jeté un coup d'œil à c'te poêle ? La plupart du temps, à ma grande surprise, la technique fonctionnait : des dames vêtues de robes droites à mi-mollet s'arrêtaient pour tester de petits coups de phalange la poêle qu'elles finissaient par emporter pour quelques lires sous le bras comme un sac à main de soirée. En allant et venant sur la place, je tombais toujours sur un groupe de vieux qui passaient toute la journée assis aux tables d'un café. Ils buvaient leur café arrosé de mistrà quand j'arrivais et du vin limé quand je repartais. Ils jouaient souvent aux cartes, parfois ils formaient un cercle autour d'un numéro de journal pour le feuilleter tour à tour. Je les observais attentivement alors qu'eux m'ignoraient. Ils lisaient les événements du jour puis les commentaient. Je les avais entendus une fois parler de l'énergie nucléaire et cela m'avait semblé un sujet compliqué autant pour eux que pour moi.

Ce tohu-bohu m'excitait un peu, mais pas la nostalgie de ma mallette : toute vente passait par une tromperie et cela, je l'avais désormais compris, ne m'allait pas. Je préférais être moi-même dans la solitude, répondre à la demande avec un résultat visible, recevoir ma paie sans me demander si ce que j'offrais en échange pouvait aller mal ou décevoir.

Quand je me trouvais derrière une dame aux longs cheveux noirs qui marchait d'un pas rapide et sautillant, son sac à provisions dans une main et sa cigarette dans l'autre, vêtue négligemment, sans la moindre hésitation face aux facéties des vendeurs, mon cœur s'affolait, pressentant la rencontre impossible à affronter, et les paroles de rancœur revenaient me torturer. Puis je m'approchais et je distinguais un nez aquilin, des lèvres fines, des bras de paysanne, je me calmais, Rosa était plus lointaine que jamais.

Pour me réfugier dans l'entrée du premier des quatre bâtiments que l'on m'avait assignés, je devais me faufiler entre les étals des vendeurs ambulants. Je me glissais derrière le lourd portail en bois massif, je récupérais la clé du cagibi dans la loge du concierge, je mettais mes gants en latex et je saisissais le seau et le balai-brosse. Contrairement à ce qui était convenu, le balai-brosse n'était jamais nettoyé par le concierge, et je devais souvent me résigner à l'étriller sommairement dans la cour. Puis je me mettais à décaper la saleté accumulée pendant une semaine d'allées et venues, en commençant par les escaliers de marbre qui menaient au premier étage, au deuxième et montaient jusqu'au cinquième étage, sans m'accorder de pause, si ce n'est pour changer l'eau lorsque la surface lisse du seau se transformait en une couche huileuse marron foncé. Au-dehors, les cantilènes criées du marché continuaient à promettre des miracles domestiques à prix cassés. Ce seau sale était le miroir de ma condition du moment, sur le point de se transformer encore et encore. Je n'étais pas encore arrivée où je le souhaitais, mais je me sentais en bonne voie. Il n'y avait aucune urgence à comprendre ce qui devait se produire, l'imprévu faisait partie de mon plan, l'objectif d'une juste survie me maintiendrait debout encore longtemps.

Dans les immeubles où je faisais le ménage, il circulait toutes sortes de gens ; de vieilles dames boiteuses qui sortaient acheter des légumes frais, des mères haletantes avec leurs enfants sur les bras, des habitués de bar à la démarche indolente de flemmards, des jeunes toujours nerveux et survoltés. Le flux ne ralentissait jamais, surtout dans l'immeuble le plus huppé des quatre qui abritait divers cabinets médicaux, commerciaux ou que sais-je encore. Je n'entendais que des on peut passer ? je passe bien au bord, veuillez m'excuser. Tout en nettoyant une marche après l'autre, je mesurais combien de personnes faisaient confiance à des professionnels pour améliorer leur vie d'une manière ou d'une autre ; peut-être que moi aussi, qui pourvoyais à mes propres besoins, tôt ou tard je pourrais faire la même chose. Pour répondre aux divers excusez-moi, je me démenais pour inviter tous ceux qui passaient à gâcher mon travail, je vous en prie, pas de souci, faites seulement attention à ne pas glisser. Je répétais la formule qu'on m'avait indiquée, en me rongeant le cœur pour le coup de balai-brosse supplémentaire dû à chaque sollicitation. De toute façon, qu'ils y marchent dessus ou pas, tu dois toujours la passer deux fois, la serpillère, m'avait expliqué le concierge d'un air mi-résigné mi-menaçant, du genre je suis désolé mais ou tu le fais comme il faut ou tu dégages. S'était-il fait trop vieux pour supporter cette corvée lui-même ou avait-il obtenu un nouveau rôle qui l'exemptait des tâches les plus pénibles ? Il semblait content d'y échapper et comment lui donner tort.

De tous les immeubles, mon préféré était celui qui était à côté de l'étal du type qu'on surnommait Romano le Gaillard. Il vendait des bricoles pour de menues réparations, des ampoules, des boulons, des rubans adhésifs, des sprays. Ses tirades à l'adresse des dames qui circulaient, l'air sceptique, devant son bric-à-brac étaient marrantes, agressives et surjouées, souvent mal à propos. Mais voyez comme elle s'est pomponnée aujourd'hui, ma p'tite dame, ça y est je suis amoureux ! Mais je parie que sous ce vêtement bien repassé, c'est un vrai diable, hein ma p'tite dame ? Et alors je vais pas venir, moi, chez le diable lui apprendre à faire du feu, bien vrai ? Trois cents lires l'huile sensass pour le four, m'dame ! Ha, ha, j'aime bien ça, moi, être un pauvre diable ! Des bêtises, mais si amusantes que je m'efforçais de faire le moins de bruit possible en lavant les escaliers pour n'en manquer aucune. C'est ainsi que lorsque Tiziana, qui avait dû me reconnaître dès la première marche, avait fait irruption sans demander je peux ou je peux pas, en courant comme si un serpent l'avait mordue, j'avais eu de la peine à détourner mon attention de la voix de baryton de Romano pour l'empêcher de passer.

Tizia', Tizia', ah mais c'est toi. C'était bien elle, et je ne mis pas longtemps à lire sur son visage sa gêne de ne pas pouvoir justifier d'être sortie d'un appartement de la piazza Vittorio à neuf heures et demie du matin.

Ah, Tullia, je t'avais pas reconnue. Regarde-moi ça, t'es devenue si belle. J'étais venue trouver, tu sais, une vieille amie à moi. Et toi ? Tu travailles ici ?

Je me rappelais ce que les mauvaises langues de San Lorenzo disaient d'elle : elle a tout vu dans sa vie pourvu qu'au bout il y ait de la monnaie.

Oui, je travaille ici et ailleurs. Je me demandai vite si je voulais que Rosa apprenne comment je gagnais ma vie. En récurant les escaliers d'un immeuble, les cheveux en bataille et des cernes noirs comme l'encre.

Écoute un peu, tu sais que ta mère est en train de devenir dingo avec tes flemmards de frères ? Pourquoi tu reviens pas ? Elle avait parlé d'un seul jet avec élan, mais je ne lui rendis pas son sourire.

Je lui dis au contraire : alors, tu la vois encore ? Je croyais que non.

Tu plaisantes ou quoi, Rosa est ma sœur et vous êtes mes neveux, du premier au dernier. Elle va pas bien, Tù, se barrer comme ça, quitter sa famille, qu'est-ce qui t'a pris ? T'aurais pas mieux fait de rester avec elle à gérer vos affaires ?

Ses affaires, plutôt. Et puis, Silvano, il est pas parti, lui aussi ?

Mais c'est un garçon, lui, ça n'a rien à voir.

Pour moi c'est pareil, garçon, ou fille. Toi, tu le sais bien comment ma mère me traitait.

Tullié, tu es grande maintenant et il y a des choses que tu peux entendre sans prendre peur : Rosa, elle est pas toujours bien, y a des fois où elle perd un peu la boule.

Je sentis monter en moi le désir de l'agresser, de lui arracher son corsage et de lui hurler qu'elle était une menteuse comme toutes les putains. Mes narines se dilatèrent sous le coup de l'émotion, prémices évidentes d'une crise respiratoire. Je pensai à une injure qu'il lui serait difficile de comprendre – péripatéticienne, concubine, débauchée – mais je me retins.

Là, j'y vais, Tizià, j'ai encore trois paliers à faire. Si tu reviens voir ton amie on se reverra ici.

Je crois pas que je vais revenir de sitôt, mais oui, ça me ferait bien plaisir, ma petiote. Allez, je te laisse, il commence à se faire tard.

Elle perd un peu la boule, elle perd un peu la boule, comme aurait dit un des types sur la place. J'avais encore trois paliers donc six coups de serpillère puis l'immeuble des médecins et puis, de nouveau, la rue !

1960 – LES CHIFFONS

Rome, Trastevere

Ce mois de novembre-là, un froid humide et abrasif était brutalement tombé sur Rome, du ciel aux collines et des collines aux rues jusqu'aux rives du Tibre. Les corneilles, mal préparées à cette rudesse climatique, erraient désorientées et agressives à la recherche d'un refuge dans les fourrés, sans y trouver autre chose que des charognes sur lesquelles passer la rage de leur privation. Je marchais à quelques pas de leurs sordides pitances, me sentant la sœur de personne si ce n'est de ce genre de bêtes stupides et hargneuses ; la désillusion m'avait rendue muette. Pendant que je cherchais une cachette, tous les maux qui s'étaient accumulés sur le haut de mon estomac restaient comme ils l'avaient toujours été, muets et mortels.

Pourquoi n'avais-je pas su protéger contre de continuelles attaques la seule chose vraie qui me poussait dans le ventre ? Pourquoi n'éprouvais-je pas de dégoût pour ce minable qui avait disparu en moins d'une semaine après avoir compris que de mon gonflement abdominal ne viendrait rien de bon ? Pourquoi ne m'étais-je pas défendue contre cet autre pauvre type qui continuait à proposer des solutions barbares à ce qui, pour eux, n'était qu'un pépin gênant ? Et comment avais-je pu me refuser un légitime accès de bile contre Selene qui, vu mon état, avait retiré sa promesse de me faire engager à ses côtés dans la maison où elle travaillait ? Ce demi-travail m'aurait donné de quoi vivre au moins jusqu'au moment où je me serais complètement requinquée moi aussi. Je ne voulais même pas penser à ce qui se passerait après.

La vue du fleuve jaune de novembre ne pouvait rivaliser avec celle de la plage estivale du Flaminio lorsque toutes les gamines assises en rang, excitées par le spectacle des plongeons, se pinçaient mutuellement les mollets pour atténuer la gêne provoquée par l'exposition des corps. Pas un vendeur de lupins, pas un tissu à étendre au soleil, pas un chœur venu des banlieues pour les démonstrations d'arrogance et les acrobaties. Rien sinon mon pas rendu boiteux par la tristesse.

Plus que quiconque, je me détestais moi-même. J'avais permis qu'on aborde ce genre de question. Et pourtant cela ne regardait que moi, moi et la créature encore inconnue que je portais en moi. J'aurais dû imposer le silence autour de cet événement pour penser, développer et affirmer mon indiscutable volonté. Ce que je désirais vraiment, sur le moment, c'était juste continuer à marcher, filer droit sur des kilomètres, comme quand j'étais enfant, à la recherche de la réponse qui me rendrait la paix, jusqu'au seuil d'une conclusion simple où j'habiterais heureuse sans la sympathie de qui que ce soit. Je ne pouvais faire grand-chose pour annuler ce qui s'était passé. C'était arrivé, j'avais baissé ma garde – moi, pourtant si différente et entêtée –, mais eux, niant le caractère sacré de mon ventre, se faisaient des illusions s'ils pensaient que je finirais par céder là-dessus aussi, sur ma seule possibilité de beauté. Je ne contenterais personne d'autre que moi-même, je ne restreindrais pas la dimension de mon rêve.

Les cris des chiffonniers annonçant leur passage se faisaient écho d'un côté à l'autre de la rue tandis que moi, peinée par la brutalité à mon égard, j'affrontais la reddition des comptes en marchant et en donnant des coups de pied dans les pommes de pin rongées par les rats. Tout était faussé, Rome était trop sale et vorace, moi, trop rétive et sauvage. Un vieux monsieur dormait affalé sur un coin de pré moite, ivre sans doute, son visage plein de rides déformé par une grimace de souffrance évoquait un cauchemar en cours. D'un grand conteneur crasseux dépassaient les ailes d'une corneille avide d'immondices. Personne ne change, pensai-je, et cette ville putride est ma seule amie. Allez, allez, zou ! hurlaient comme des fous les chiffonniers, à quelques pas de moi. Au fond, eux aussi s'arrangeaient comme ils pouvaient, ils tiraient des charrettes sordides en long et en large, prêts à affronter les pires martyres, espérant même qu'ils arrivent au plus vite, ces martyres, pour pouvoir les subir enfin. Le désir consolateur de disparaître dans leur bric-à-brac, en me laissant plonger dans le chaud grouillement de déchets et d'ordures, effleura mon esprit et m'arracha un sourire. Cela aurait été parfait de pouvoir ne plus penser, de quitter ce monde comme j'y étais entrée, par hasard. Le gros oiseau, perché sur le bord de la poubelle, criait, mécontent. Plonger dans les détritus poussé par la faim et ne rien trouver en échange, telle était notre histoire à tous, sans consolation aucune.

Le souvenir de ma séquestration, l'après-midi, en compagnie de cette brute qu'était mon beau-frère, ne parvenait pas à me décevoir comme cela aurait dû être le cas.

Je t'emmène chez un docteur, un bon que je connais, qui se formalise pas, trois mois ou quatre, c'est pareil. Il fait ce qu'y a à faire et *basta*.

Je l'avais laissé parler en le suivant comme un petit chien, en montant et descendant des escaliers à la recherche de cabinets médicaux trop cachés pour ne pas être clandestins, dont nous avions été chassés automatiquement à peine j'avais précisé avoir un poumon mal en point. La respiration de mon beau-frère, refus après refus, était devenue lourde comme celle de quelqu'un qui doit se contrôler pour ne pas donner un coup de poing dans le mur. Mais je savais qu'il résisterait tant que notre objectif ne serait pas atteint.

J'aurais bien une autre solution, m'avait-il dit en me fixant de ses yeux de loutre. Tu vas chez les bonnes sœurs, tu te mets à travailler pour elles, tu laves par terre et tu leur fais la cuisine. Quand le moment arrive, tu le laisses là-bas et tu t'en vas.

J'éprouvais du dégoût pour ce type, et une profonde peine pour moi de devoir faire semblant de l'écouter. Mon cœur était devenu de verre puis de fer, puis, tout à coup, de feu ardent.

Si tu crois que je vais laisser mon gosse aux nonnes, t'es qu'un imbécile.

Mais ce problème, faut que tu t'en débarrasses, Tù, faut le faire pour toi, et aussi pour tous ceux que ça concerne. C'est pas le moment d'en faire qu'à sa tête, ça regarde pas que toi et on a déjà assez d'emmerdes comme ça.

Sa voix sentait la bière et il y avait quelque chose de noir entre ses dents, j'en eus de nouveau la nausée.

Si ça se trouve l'autre pauvre type était dans le pétrin, peut-être à la prison de Regina Cœli ou Dieu sait dans quel autre sale trou digne de lui. Cela ne m'intéressait pas. Cela ne m'aurait pas intéressée même si je l'avais su mort.

Bruno, que ce soit clair entre nous, moi c'petit je l'ai dans le corps et je compte pas m'en débarrasser, ni pour toi ni pour personne d'autre. Si ton frère, il a pas tenu parole, c'est son problème, il en rendra compte devant le Père éternel, moi ça me fait ni chaud ni froid.

1962 – L'EMBOUTEILLEUSE

Tor Sapienza, usine chimique

De toutes les filles, c'était Nandina qui avait l'allure la plus tapageuse. Voyons comment elle se sera attifée aujourd'hui, cette barjot de Nandina, se demandaient à voix basse ses collègues pimpantes qui ricanaient en se versant le premier café de la journée de travail. Moi, je me tenais à l'écart sans dire un mot quand, à l'abri des regards, elles passaient une bonne partie de la pause à évaluer avec mépris, feignant de ne pas l'envier, ses cheveux teints en blond et ses yeux charbonneux maquillés à la Cléopâtre. C'était son genre. Ces bécasses qui ne pensaient qu'à dénigrer ne remarquaient pas le raffinement qu'elle apportait au moindre détail. Elle changeait de couleur de vernis à ongles tous les deux ou trois jours, passant du rose à l'argenté, de l'argenté à l'ivoire, avec le fard à paupières assorti chaque fois. Elle portait toujours une barrette recouverte d'un nœud ou des bijoux bon marché, petits caprices insolites pour une ouvrière exposée du matin au soir aux vapeurs des machines et au rythme nerveux des leviers d'acier. Elle utilisait deux sacs à main, l'un joli, genre jeune fille qui se balade en ville le samedi après-midi, et un autre plus abîmé et anonyme, où elle mettait son repas de midi et le linge de rechange. Il lui était venu la fantaisie de nouer, autour de la lanière du joli sac – en cuir bon marché mais bien entretenu, et plus brillant le lundi, sans doute après un bon coup de brosse du dimanche –, un foulard coloré, semblable à ceux que les autres portaient en général autour de leur chignon quand elles se faisaient belles, et ce foulard changeait aussi de semaine en semaine, dans les deux ou trois variantes qu'elle possédait, comme le reste de son vestiaire. Moi, jamais je n'aurais fait tous ces chichis de malade, mais à la différence des autres, les harpies, je les respectais, c'était le signe de quelqu'un qui est fidèle à soi-même et ne se juge pas inférieure à une fille des beaux quartiers juste parce que, au lieu de faire des études à l'université, elle travaille à l'usine ou fait le tapin.

Rien qu'à la regarder monter la rampe en ciment, le long du bout de campagne entre l'arrêt de bus et les pavés de l'usine, on comprenait qu'elle voulait être remarquée. Annoncée par son parfum bon marché, elle se délectait tous les matins de la haie d'honneur spontanée qui s'ouvrait devant elle. Les ouvriers qui s'en allaient vers la fabrique de bière s'arrêtaient sur son passage avec une excuse ou une autre, au milieu de la foule de ses collègues anonymes, et se retournaient pour profiter de son apparition, comme un bonjour de cinéma avant le train-train de toujours. Sa haute queue-de-cheval se balançait en rythme contre le ciel bleu de la campagne urbaine. Son regard, qu'elle détournait de quiconque gênait sa marche, errait avec inquiétude sur la cour de l'usine. Derrière elle, les champs et les hangars constituaient le décor d'une glorieuse entrée de gladiatrice. Face à ce paysage plat, usurpé par une ouvrière qui marchait sûre d'elle et sans rivales, on tordait le nez, beaucoup, mais on baissait encore plus les yeux. Moi, non, sûrement pas.

Invisible comme toujours, je saisissais des instantanés de cette situation nouvelle, cette énième invention décidée pour ne pas mourir de faim.

Le jour où je fis enfin sa connaissance, Nandina avait une main posée sur sa taille fine et l'autre en l'air, qu'elle agitait pour souligner abondamment ce qu'elle criait à gorge déployée : ah ! c'est toujours moi qui dois m'y coller !!! Non non non, mimaient ses hanches, non non non, répondait sa nuque endiablée. Nous étions toutes dans le local principal, un vacarme assourdissant de pistons et de tapis roulants l'obligeait à élever la voix. Si elle braillait comme ça, c'était à cause de la relève à l'embouteilleuse, une brimade de la chef d'atelier, non méritée selon Nandina. La perspective d'un mercredi entier à la machine la plus embêtante, et ce en plein milieu d'une semaine de boulot, l'énervait pas mal, et il était évident qu'elle n'allait pas garder son mécontentement pour elle. Celle-là, il faut qu'elle fasse des histoires tous les jours, tels étaient les commentaires des autres filles, à voix assez basse pour ne pas être entendues de Nandina. Elle fait chier tout le temps, renchérissaient les plus impitoyables. Regardant la chef d'atelier à la dérobée, je la vis qui marchait en faisant semblant d'examiner certains échantillons : elle aimait commander mais se gardait bien de régler les disputes, comme tous ceux qui gagnaient un tout petit bout de pouvoir.

Je ne m'étais pas laissé impressionner par cette petite scène. J'en avais connu d'autres, des femmes individualistes et fantasques, à San Lorenzo, à piazza Risorgimento et un peu partout dans Rome, au cours de mes nombreux boulots. Versatiles, mécontentes, elles passaient la journée à fumer comme des Turques. Elles divisaient le monde entre alliés et adversaires, et se bagarraient entre elles à la première occasion. Échappant dès que possible à leurs obligations, elles n'étaient solidaires avec les autres que lorsqu'elles se retrouvaient avec les mêmes problèmes qu'eux. Je méprisais ce genre de femmes, et passais au large s'il m'arrivait d'en rencontrer.

Pas possible que ça tombe encore sur moi, y a quelqu'un qu'a triché sur les postes de travail, ah mais à moi on me la fait pas, eh ! Je ne levai même pas les yeux, l'accusation ne pouvait pas être dirigée contre moi qui, présente dans l'établissement depuis moins de quinze jours, avais l'interdiction absolue de m'approcher des machines les plus compliquées à manœuvrer, comme l'embouteilleuse. Vous êtes au courant de rien, hein, mesdames ? Bravo, félicitations ! Allez crever, vous et qui vous a pondues. Mais celle-là, quand même ! disaient les visages ahuris tout autour. Ébahies, les autres ouvrières échangeaient des regards en espérant que l'une ou l'autre allait répondre au nom de toutes, mais aucune n'eut le courage de le faire, à part des grimaces pathétiques qui voulaient dire : laissons tomber. Comme si ignorer Nandina était une marque de force. Rosa, elle, aurait démoli l'usine.

Moins on la calcule, plus vite elle arrêtera son numéro, avait confirmé une grande fille depuis le fond pour éviter à toutes les autres de faire le premier pas. Mais Nandina ne se résignait pas, elle savait qu'on la craignait, et c'est pour cela qu'elle continuait à s'agiter autour de son poste de travail comme un fauve qui se débat à l'idée de la cage, emportée par la fougue de son propre spectacle. Je mourais d'envie de la pousser d'un coup d'épaule, de prendre sa place et de me mettre à alimenter la machine. Si seulement une de ces filles avait bien voulu m'expliquer comment faire, j'aurais convaincu M. Arduni de me déplacer des tâches basiques qui étaient les miennes. J'étais capable, je le savais, ou il ne me faudrait pas grand-chose pour le devenir. Tu files comme un diable, me disait mon père en m'ébouriffant les cheveux quand je le suivais pour apprendre à vendre. C'était ça, la plus belle période de ma vie, aussi vive encore dans mes souvenirs qu'un coup de cravache à froid. Les feuilles mortes le long de la rue, le café au bar après le déjeuner, la barre de la bicyclette de Giuseppe avec moi dessus en train de danser sur les pavés. Maintenant personne ne se soucierait plus de m'apprendre quoi que ce soit : mes collègues m'évitaient comme si j'avais la peste à cause de ma petite Marzia née de père inconnu, ces grandes dames moralistes. Après le travail, je lui porterais un biscuit au miel de chez le boulanger, pour lui faire plaisir.

Bon, allez, je m'y colle, moi, si tu m'expliques comment on fait.

D'où me venait ce courage ?

Tiens donc, voilà qu'on a madame je-sais-tout, maintenant ! Ça fait deux semaines qu'elle est là et c'est elle qui veut s'y coller !

Ben, quoi, pas compliqué, il suffit de se faire la main.

Nandina fit une pause théâtrale et tourna autour de moi, comme pour évaluer par où ce serait le plus marrant de se jeter sur moi.

J'y ai mis six mois à apprendre à le faire marcher, c'machin-là !

Les autres ouvrières en avaient assez de l'entendre gueuler. Elles me dévisagèrent d'un air suffisant, se demandant laquelle de nous deux méritait le plus leur antipathie, elles ne m'étaient pas reconnaissantes de ce que j'étais en train de faire, avec mon air gris et fané, je ne devais pas avoir fait leur conquête, même un minimum. De toute façon, ça ne m'intéressait pas de gagner leurs bonnes grâces.

Sandra, la chef d'atelier, coupa court à cette confrontation parce qu'elle voulait que Nandina arrête d'énerver tout le monde : alors, y a qu'à lui faire essayer. Après quoi, s'adressant à moi, je te montre le mouvement une fois, c'est tout, parce que je peux pas perdre de temps, et après tu continues toute seule. Si t'y arrives au bout de cinq tentatives, c'est toi qui prendras le tour de cette parano. Et sinon, prends ton courage à deux mains, Nandi'.

La machine engloutissait d'un seul coup la bouteille en la remplissant instantanément de liquide, c'était dur de la saisir au moment exact où le plateau tournant passait à toute vitesse, plein de flacons à capsuler. Tout devait être fait assez rapidement pour que le cycle d'embouteillage n'enregistre aucune perte. Une prétention acrobatique conçue avec cruauté par celui qui avait programmé ce traquenard.

La première bouteille m'échappa des mains et le liquide se répandit entièrement. Je m'efforçai d'ignorer les claquements de lèvres dans mon dos et continuai à me concentrer sur le plateau. Je m'en tirai bien avec la deuxième, mais elle était mal calée, hésitant entre se renverser ou sauver à tout prix le médicament qu'elle aurait dû conserver. Je m'y colle, répéta Nandina en me singeant, ce qui suscita une hilarité sauvage chez les plus âgées. Sandra fit taire le chahut d'un avertissement guttural digne d'une barbare, juste à temps pour que les filles puissent admirer le troisième et impeccable embouteillage que je réussis sans la moindre difficulté, m'adjugeant la corvée la plus odieuse avec un sourire secret que je ne dédiai qu'à moi-même.

1963 – LE MUR

Rome, via Petroselli

Voyez-moi celle-là, dit un vieux qui parlait tout seul en me dépassant en hâte, qu'est-ce qu'elle fich'là, en équilibre com'ça ? Je levai les yeux, je la vis. Elle était de l'autre côté de la rue, je la discernais parfaitement au milieu de la circulation de la via Petroselli. J'eus un coup au cœur, sentis mes poumons devenir deux balles de papier froissé, et toussai. Rosa marchait sur le bord du trottoir, posant un pied après l'autre juste sur l'angle, attentive à ne pas tomber de côté. Je retins mon envie soudaine de traverser la rue et de la pousser contre le mur pour la sauver sans tarder du danger. À ce coin de rue, les voitures prenaient le virage serré, si elle avait glissé, elles n'auraient pas eu le temps de freiner. Se maintenant en équilibre instable, elle avançait, mal assurée, tout en continuant à fixer ses chaussures d'un air pensif. Quand elle écarta brusquement les bras pour retrouver son équilibre, je fus sur le point de pousser un cri. Un couple qui passait à côté d'elle la dévisagea de la tête aux pieds, curieux et amusé, sans s'inquiéter qu'elle puisse remarquer leur manque de discrétion ; elle devait avoir l'air de ces personnes qui ne s'aperçoivent de rien. J'aurais voulu leur courir après, faire tomber d'une gifle le chapeau rose pâle de la demoiselle, arracher des mains de l'autre les clés qu'il avait pointées contre sa tempe pour indiquer que ça ne tournait pas rond chez ma mère.

Quand les voitures s'arrêtèrent, Rosa abandonna soudain son jeu, fixa les bandes du passage clouté pour piétons et traversa avec la plus grande prudence. Elle avançait, vacillant sur ses jambes, peinait à maintenir une trajectoire rectiligne. Un arrière-goût douceâtre remonta dans ma bouche, comme quand on va vomir. Une fois atterrie de l'autre côté du cours, au lieu de suivre la direction qui était la sienne, si du moins elle en avait une, elle s'arrêta tout net et, comme elle avait un poteau à portée de main, s'y agrippa avec force, avec l'air d'un marin qui s'accroche à son bateau dans l'incertitude de l'horizon. Eh, petit, t'as une cigarette ? lança-t-elle à un jeune. Elle faisait traîner les mots d'une voix basse et rauque que je ne lui avais jamais entendue et cherchait d'un clin d'œil la complicité du garçon. Lui, il se contenta de lui tendre la cigarette sans entrer dans son jeu, frotta une allumette sur son talon, lui alluma la cigarette et passa son chemin. *Erci*, dit Rosa, sans le M initial.

Je me plaquai contre le mur, avec le double du certificat de naissance de Marzia tout humide dans ma main qui tremblait. J'étais à quelques mètres d'elle, un spectacle épouvantable comme toujours. Elle aspirait la fumée en faisant disparaître tout le filtre dans sa bouche, le regard fixé sur un point quelconque de la rue. L'arc de Janus, me dis-je, peut-être que c'est de là que va arriver la personne ou l'événement qu'elle attend. Elle finit la clope en l'avalant presque en trois ou quatre grandes bouffées qui me révélèrent ses ongles, longs, jaunes et rugueux, épais comme de la couenne de porc. On aurait dit qu'elle ne se lavait pas depuis longtemps.

Je ne savais pas si je devais m'approcher, essayer de lui dire quelque chose. N'importe quelle phrase qui me venait à l'esprit était trop – maintenant tu vas venir avec moi à l'hôpital – ou trop peu – salut maman, comment ça va ? Ma respiration sifflait dans ma gorge, comprimait mon cœur à un endroit précis. Si elle attendait quelqu'un, je ferais bien de m'éclipser en rasant le mur, de me glisser sur le *lungotevere* et de me mêler au chaos. Ce que je craignais le plus, c'était de rester là et d'assister à quelque chose de secret, quelque chose qui ne devait pas être. Quelque chose tramé par elle-même, elle qui n'était capable de sortir de son quartier que pour aller rendre visite à ses cousines à Zagarolo, hors du contrôle de mes frères et de Tiziana, et maintenant là, en équilibre, vêtue de loques, irritée contre le monde.

Mais je n'arrivais pas à bouger. Elle portait une petite veste de drap trop lourde pour la saison, que je reconnus pour l'avoir vue sur son dos une quantité de fois. Sous la jupe, les mi-bas avaient glissé presque jusqu'aux chevilles. Quand je remarquai ses cheveux, mon estomac se contracta comme un poing : ils étaient entortillés en une petite queue de rat grasse et fine, la raie au milieu révélait un sillon de chair rose au centre du crâne, le lit d'un fleuve triste dans lequel elle naviguait seule sans peur.

Son regard passa sur moi à plusieurs reprises, comme si j'étais invisible, la cataracte voilait peut-être le panorama, ou quelque chose en excès dans son sang l'empêchait de me reconnaître. C'était mieux ainsi.

Je l'entendis alors qui chantonnait ma fi-i-lle. Elle fit le tour du poteau en répétant ma fi-i-lle, pour dissiper tout malentendu. L'espace d'un instant, je fus terrifiée à l'idée qu'elle ne se souvienne pas de mon prénom. Je ne bougeai pas d'un millimètre, le certificat de naissance encore plus serré dans ma main, il fallait que je relâche un peu la pression pour ne pas l'abîmer. J'inspirai à fond, attendant qu'il se passe quelque chose.

Elle continuait à sourire, comme elle l'avait fait au garçon de la cigarette.

Je te le dis à toi, renchérit-elle, t'entends ? Elle avait toujours cette expression hébétée sur le visage.

Je m'étais contentée de répondre à son regard. Elle me fixait, ébahie.

Je t'oublie pas facilement, tu peux t'en aller où ce que ça te chante, le sang ça disparaît pas comme ça.

Je pris mon courage à deux mains pour lui demander : mais qu'est-ce que tu fiches là, maman ? T'es sûre que ça va ?

Moi, ah ça oui, je me sens bien, très bien. Y faut que je rencontre un monsieur qu'est plein de sous, t'imagines ?

Exactement ce que je ne voulais pas lui entendre dire.

Et c'est qui, cet homme-là ?

Qu'est-ce que ça peut te faire ?

Bon, je vais attendre avec toi.

Ah, t'es bien gentille. Tu l'aimes, ta maman, t'as toujours été affectueuse, toi.

Je ne répondis pas à son ironie et m'énervai tout de suite, c'est que j'ai eu une maîtresse, la meilleure. On peut savoir qui c'est, ce type, et où tu vas toute seule comme ça ? J'avais envie de pleurer.

Comme ça comment, tu veux dire quoi ? Tu crois que j'sais pas ce que disent les gens ? Mais moi, on m'embrouille pas.

Finalement, elle lâcha son poteau et ajouta à voix basse, comme revenue à la raison, cessant de jouer :

quelqu'un qui vous paie vos dettes, voilà qui c'est, rien de plus, rien de moins.

Je n'eus pas le temps de poser d'autres questions : Rosa, changeant de regard, me dit t'as bien fait de t'en aller, t'es mieux avec la petite et le vernis à ongles, tu pouvais pas continuer ce truc affreux de la, mais elle s'interrompit, distraite par une famille de touristes qui passait à côté de nous, marchant rapidement vers le Teatro Marcello. Ma mère les regardait avec hargne, les mains plongées dans ses poches toutes peluchées, marmonnant quelque chose tandis qu'elle suivait ces gens d'un regard noir, on aurait dit qu'elle les maudissait pour leur union, la joie des vacances, la complétude – père, mère, enfants, tous ensemble. Je profitai de ce moment de distraction pour monter au vol dans le premier autobus qui passait, même si ce n'était pas le mien. Alors que je pensais me cacher au milieu des passagers, je me retrouvai finalement dans un bus à moitié vide. Je payai mon billet et la regardai une dernière fois à travers la vitre. Elle m'avait immédiatement repérée, comme si elle s'attendait à cette fuite. Elle souriait de nouveau, mais avec une émotion différente, pointant sur moi ces énormes yeux de feu et de poésie, sans raison ni rancune. Pour la première fois, tandis que je m'éloignais, l'idée me traversa qu'elle m'aimait et me comprenait.

1964 – L'APPARTEMENT

Rome, Portonaccio

Pour que je puisse recommencer à respirer sans ce râle au fond de la gorge et dormir plus de quatre heures par nuit, il ne me manquait qu'un logement. C'était devenu une obsession dès la première fois où je l'avais visité. Deux pièces en tout au quatrième étage d'un immeuble très haut, coincé, empêtré au milieu des autres dans la conque de Portonaccio, pas très loin de cette Rome où j'avais été enfant. Même pour un esprit peu sentimental tel que le mien, la coïncidence avait l'air d'un signe. Avant d'abandonner mes forces sur le matelas raide à côté duquel j'avais bien installé le lit de Marzia, plus petit et joli, les détails de ce jour-là me revenaient en mémoire. Je humais l'oignon rissolé, le ciment frais, les aisselles, les biscuits, l'égout, j'écoutais les klaxons, la radio, les comptines, le bruit de ferraille des trams qui rentraient au dépôt, les trompettes folles d'une foire perpétuelle qui ne laissait dormir son peuple ouvrier que la nuit. Voilà ce qu'était Portonaccio, mon ambition, mon futur possible.

Le bâtiment était grandiose mais anonyme, le petit balcon et les trois fenêtres cachés par des rideaux roulants à moitié abaissés, au milieu d'un grillage d'autres petits balcons et d'autres fenêtres, tous identiques.

À l'intérieur, la cour en ciment rappelait la cour de la piazza Risorgimento de mes années de réfugiée. Sauf que c'était avec le visage gris et carré de la banlieue. Les vêtements de travail qui dansaient comme des marionnettes sur les fils à linge, les échafaudages empilés sur la nouvelle façade de l'immeuble jumeau, la queue de femmes emmitouflées dans leur manteau se dirigeant vers l'arrêt de bus, les billes des enfants éparpillées devant l'entrée, l'avenue déserte ponctuée de pins secs et de bancs glacés : tout m'avait semblé être déjà à moi, comme un village où l'on a passé les vacances enfant, oublié pendant des années et finalement redécouvert, moi qui, en vacances, n'y étais jamais allée, pas même une fois.

J'avais été avertie pour l'appartement – une occasion en or, te le laisse pas souffler – par Emilia, une fille pâle et maigre que j'avais connue à la lingerie, toute contente d'être obligée de rentrer en Calabre dans sa famille pour des histoires compliquées de morts, d'héritages de terres arides et de sereine adaptation à une vie simple, mais sans risque en tout cas.

Ce jour-là il régnait sur la ville un soleil étrange, aveuglant mais frais, capable de soudaines escapades. L'été cédait le pas à un mois de septembre romantique pour tous, sauf pour moi. Tout était nouveau, crédible et juste. Tandis que nous grimpions les quatre étages d'escaliers – Emilia devant, sautillant presque, moi derrière, tâchant de dissimuler mon essoufflement – ma collègue n'arrêtait pas de parler, passant des informations pratiques aux anecdotes et gestes superstitieux sur le compte de la propriétaire, qu'elle jugeait sévère mais gérable. Elle était bizarre, Emilia. Elle récitait des malédictions incompréhensibles en calabrais, riait à gorge déployée, puis redevenait aigre, le tout sans rechercher ma complicité.

J'avais passé au crible les quelques mètres carrés de ce taudis, les yeux grands ouverts sur le moindre recoin pour une première liste des changements à y faire. Une étagère pour les tasses, verres et pichets, le petit plateau tournant pour le savon, dans le placard des séparations en bois tapissées de papier. Le fait d'avoir fait des ménages pour arrondir mes fins de mois m'avait beaucoup appris. Le tour de ces petites pièces terminé en une dizaine de pas que permettait le logement avait été comme me piquer en pleine poitrine avec une aiguille électrique. Pendant toute la visite, je n'avais pas arrêté de me dire : notre chez-nous, enfin !

Merci de me l'avoir proposé, avais-je dit timidement à Emilia à la fin de la visite. Elle souriait comme une petite fille qui a appris à aller au pot. Tu cherchais un logement, oui ou non ? Il manquerait plus que ça que tu me remercies ! Peut-être que c'est juste une fille qui a bon cœur, avais-je pensé en me repentant de ma méfiance initiale.

Les jours suivants, je fus incapable de ne pas échafauder des plans. Avec toutes les solutions que j'avais en tête, j'allais gagner l'espace dont Emilia pouvait se passer sans que ça lui pèse, vu qu'elle était seule et, d'après ce qu'elle racontait en bavardant, peu préoccupée des choses matérielles. J'avais d'autres problèmes à résoudre, moi. J'allais laisser la seule chambre à ma fille pour en faire son petit univers, où elle vivrait comme il lui plairait. Ce logement, notre maison à nous deux, Marzia et moi, allait devenir un nid, une niche, un salon confortable où éprouver de la tendresse et ne faire que de beaux rêves. Je peindrais la cuisine couleur crème, une teinte élégante, parfaite pour les petits déjeuners du dimanche matin, la lumière entrerait par la fenêtre pour exalter la couleur chaude, elle rendrait tout parfait, et ferait de ce lieu particulier le meilleur pour s'y dire bonjour. Sur le rebord de la fenêtre, le basilic bien touffu, luxuriant, serait notre petite touche de grandeur. J'allais éliminer du cagibi de l'entrée les balais cassés d'Emilia pour y entasser les vieux et les nouveaux jouets de Marzia, y compris la bicyclette que j'allais à coup sûr lui offrir à Noël avec les économies que je faisais depuis des mois. Qu'est-ce que tu fais ? Tu pleures ? m'avait demandé Emilia cet après-midi-là sans cesser de rire. J'avais menti en répondant que j'étais allergique à la poussière.

Tous les signes d'un nouveau départ étaient là, en rang autour de moi pour me dire c'est comme ça, prends ta revanche, vas-y. En proie à une espèce d'euphorie, j'en avais des frissons jusque dans les chevilles, je me touchais les lèvres, tirais sur mes sourcils, me grattais le front, faisais craquer mes doigts. Ce jour-là, je m'en souviendrais toujours, au milieu de mon nombril, comme celui du bond de l'avant à l'après.

Après avoir visité l'appartement, en revenant vers mon quartier, je m'étais attardée devant les vitrines de plusieurs pâtisseries avant de choisir celle qui me semblait la meilleure. Pendant que le serveur, guilleret et bavard comme si c'était sa fête à lui, emballait la petite tarte aux fruits, je dégustais par avance l'effet que la surprise peindrait sur les joues de Marzia quand je la sortirais à la fin du dîner.

Les jours passant, trop heureuse pour tout garder rien que pour moi, j'avais une énorme envie de voir mes frères et ma sœur. Le seul à portée de main, Saverio, fut le premier à qui j'en parlai. Je m'étais promis de lui raconter sans trop exagérer – lui, à la différence de moi, n'avait pas de domicile fixe et s'arrangeait comme il pouvait, passant d'un endroit à un autre –, mais finalement mon récit avait été plus palpitant que je ne souhaitais. Save', j'ai un appart, Save' ! Y faut que tu voies ça comme c'est beau. Peut-être épaté de me voir tellement émue, mon frère avait caressé mes cheveux en bataille comme quand on était petits, puis, surmontant sa gêne, m'avait serrée dans ses bras plus fort que d'habitude et soulevée en faisant une pirouette que j'avais fait cesser tout de suite en lui murmurant à l'oreille arrête, arrête.

Nous n'avions jamais eu un logement vraiment à nous, sauf quand nous étions si petits que nous ne pouvions pas considérer l'endroit où nous habitions comme quelque chose de tellement particulier. Maintenant que l'un de nous y était arrivé – désir exaucé sans la charité de personne – il n'y avait pas de honte à exulter.

Des jours, des semaines passèrent, rapidement au début, lentement ensuite. Je consacrais tous mes loisirs à la recherche de meubles pour remplacer ceux de la chambre de location que nous ne pouvions pas emporter. Mon plus grand souci était le lit pour Marzia, je le voulais solide, en bon bois, pour qu'il dure. Sur les marchés de Rome, je ne voyais que de la camelote à trois sous, pleine de vers, lourde comme du plomb et moche à faire peur. J'aurais été furieuse, si j'avais cédé à l'amertume. Je devais résister, me retrancher en un juste optimisme pour cette vie nouvelle qui allait commencer dans quelques jours, le reste n'avait pas d'importance. Emilia, cependant, avait disparu. J'étais allée la voir pour lui demander le jour exact de son départ, mais la fille, moins exaltée que le jour de la visite, m'avait dit qu'on en reparlerait le samedi suivant, parce qu'elle ne savait pas encore et préférait ne pas me dire quelque chose qui n'était pas encore sûr. Excuse-moi, vraiment, Tullia, mais aujourd'hui j'ai un pacson de trucs à faire. Dans sa bouche, cette façon de parler me parut bizarre.

Face à l'incertitude, je passais mes nerfs sur la propriétaire de la chambre meublée, en attendant de lui annoncer la grande nouvelle de notre départ. J'imaginais avec satisfaction le jour et l'heure où j'allais lui dire tu sais quoi ? eh bien on se tire de ton sale trou à rats. J'allais lui jeter ça à la figure comme un défi, pour qu'elle monte tout de suite sur ses grands chevaux et qu'elle me réponde du tac au tac, croyant que je fanfaronnais. À ce moment-là, sans rétorquer quoi que ce soit, je tirerais les valises et les malles stratégiquement cachées derrière la porte et, muette, en faisant attention à ma petite, je jouerais la scène de ma vengeance ultime : descendre lentement les marches de l'immeuble en laissant cette folle furax. Ça, je le raconterais pour toujours comme un geste héroïque. En attendant on continuait de se prendre le bec tous les jours pour le monopole de la corde à linge, le ménage en retard, deux œufs qui manquaient et une odeur de poubelle révoltante dont on rendait l'autre responsable sans nous résoudre à jeter les détritus en question, histoire de ne pas céder.

Quelques semaines encore et je dirais adieu à ces prises de bec de péquenaude. Dis, maman, c'est quand qu'on s'en va ? me demandait Marzia. Elle savait qu'elle allait bientôt avoir une chambre rien que pour elle, et mourait d'impatience. Je me trouvais idiote de lui avoir annoncé ça trop tôt.

Quelques semaines plus tard, les choses n'avaient pas bougé. La confirmation qu'il me fallait pour pouvoir me détendre et préparer le déménagement restait la date du départ d'Emilia. Après quoi, un beau jour, elle était venue me trouver pour me raconter qu'à cause de ses chefs elle avait dû reporter son départ à la période de Noël pour le déménagement définitif. Ils ne me laissent pas partir comme ça facilement, m'avait-elle dit, à la fois embêtée mais plutôt fière. Comme si son travail était important. Peut-être qu'il l'était. Peut-être qu'on se sous-évaluait. Il allait me falloir attendre plus que prévu.

Une autre question délicate et encore à résoudre concernait le montant du loyer, la propriétaire avait l'intention de l'augmenter pour la personne qui reprendrait l'appartement après Emilia, mais celle-ci me jurait qu'elle l'avait persuadée de me réserver les mêmes conditions qu'à elle en lui promettant en échange une personne fiable. Y sont tous pareils, ces riches, avait-elle commenté sur un ton exagérément excédé qui m'avait semblé faux. Pour avoir cet appartement, j'aurais bien payé quelque chose de plus que la somme convenue, mais il valait mieux que je ne le dise pas.

La certitude que nous ne mettrions jamais le pied dans ce que je m'étais déjà habituée à appeler notre « chez-nous » me coupa le souffle, une fois où j'étais assise à une table devant le plus amer de tous les cafés. J'avais retrouvé Emilia dans le bar où on s'était donné rendez-vous ce samedi-là, à l'angle de la via Appia Nuova et de la via Saluzzo, elle était en train de tourner et tourner la petite cuillère dans son cappuccino sans se résoudre à en boire la moindre gorgée.

Avant de m'asseoir, j'attendis qu'elle ait fini de minauder avec le gars derrière le zinc. Elle avait un regard vague, brillant, on voyait qu'elle était follement entichée de lui. Allez, dis-le-moi, répétait-elle. Non, toi d'abord, répondait-il. J'interrompis la petite scène en me plaçant entre eux, renfrognée, je voulais une réponse claire. Rien du tout, avait-elle commencé par dire sans se perdre en phrases de convenance, ils me rendent folle, ces gens-là. J'étais encore toute retournée par la dernière algarade avec ma propriétaire qui venait de se produire sur le seuil avant que je sorte, et je me retins de sauter à la gorge d'Emilia pour lui faire expliquer de qui elle parlait. Ces gens qui ? D'abord ils m'ont dit Noël, et maintenant ils arrivent en me proposant le double de ma paie si je reste jusqu'à fin mars parce qu'y en a une – Sainte Vierge, elle est complètement folle ! Et moche, en plus, moche comme la mort –, elle s'est entichée de moi. À voir la façon dont le gars du comptoir la regardait, je compris qu'ils avaient déjà couché ensemble, et pas qu'une fois. Mais moi je voudrais redescendre au pays, et finalement je reste ici. Pour faire quoi, j'te l'demande ! Elle devait avoir crié assez fort pour qu'il l'entende, le sourire radieux du gars pendant qu'il posait en tremblotant le café sur la table me donna envie de lui planter dans la cuisse le manche de ma petite cuillère. Voilà où j'en suis, pensai-je : suspendue aux humeurs de deux imbéciles, dans un bar horrible.

Je me demandai si ça servait à quelque chose d'agresser Emilia en la menaçant de débarquer coûte que coûte dans son deux-pièces – c'est ta faute si j'ai pas d'endroit où faire dormir ma gamine de quatre ans, imbécile de plouc – ou s'il n'était pas plus raisonnable de faire comme si ça ne m'embêtait pas trop qu'elle se dédise vu que j'avais tout autre chose en vue, un appartement bien plus joli et spacieux que le sien. Rosa surgit dans ma poitrine, se moquant de toutes mes illusions. L'idée de susciter une quelconque réaction chez cette parfaite inconnue dans les mains de qui j'avais mis toute mon existence me parut idiote, parfois les choses tournent mal et on ne peut rien y faire, me dis-je, impavide. Laissant derrière moi cet affreux quartier de la ville, je m'engageai dans la saleté de la via Saluzzo. Je vis mon ombre se gonfler sur l'asphalte et s'évanouir sur les poubelles noires, je pensai à l'abri pendant les bombardements, à la chaussure perdue dans l'escalier, aux murs verts et au plafond écroulé, au dernier jour dans un vrai logement tout à nous, avec mon père, avant qu'il ne soit détruit.

1965 – LES PETITS GÂTEAUX

Rome, Arco di Travertino

Saverio venait manger tous les dimanches midi. Il arrivait toujours seul, pile à une heure moins le quart, avec un plateau de petits gâteaux gras et fourrés, remplis de fruits confits et de ricotta. Je me demandais où il se les procurait. Je l'imaginais en train de se glisser à la porte d'une boulangerie de quartier et d'accepter le paquet des mains enfarinées de la pâtissière, le papier translucide d'huile sous ses narines noires d'ogre qui se dilataient pour accueillir l'arôme familier des petits gâteaux frits. Moi j'y touchais à peine. La chaleur torride de ce printemps-là m'avait épuisée, je n'avais plus d'appétit. Je sentais mes poumons lourds comme des fers à repasser en fonte au milieu de ma poitrine, la moindre respiration était un effort précis, surtout le matin quand, une fois que j'avais dépassé ce bout de campagne où on avait atterri, je prenais la grande descente de la Tuscolana en tapant des pieds pour me débarrasser de la terre qui collait à mes semelles. Je sortais sans savoir combien j'allais grappiller dans la journée, avec une seule certitude pourtant, c'est qu'au retour il faudrait remonter.

Voir Saverio s'empiffrer et grignoter sans répit, il n'en fallait pas plus pour me donner la nausée. Combien de kilos avait-il pris les trois dernières années ? Au moins une dizaine à en juger par son gabarit, peut-être plus, probablement vingt. Et il n'avait pas l'air de vouloir s'arrêter là, son acharnement à s'anéantir sous une montagne de gras irait jusqu'au bout, comme le promettait son tee-shirt éclaté au niveau de la taille. J'arrivais à visualiser le moment précis où ça se passerait : le collapsus des os, ployés puis brisés sous la chair, un racornissement monstrueux, l'abattement final, le corps encore chaud, inerte, au sol, laminé par la dernière ventrée. Un nouveau dimanche d'appréhensions muettes assombrissait le ciel délavé de Rome sans que je puisse faire grand-chose.

Une fois déchirée l'enveloppe huileuse, mon frère engloutissait les petits gâteaux entre deux verres de lait comme si c'étaient des pastilles à la menthe plutôt que des petites bombes de beurre et de glaçage. Les paroles que je lui adressais pour le distraire faisaient le tour de son torse enflé, rebondissaient sur ses joues agitées et revenaient à l'expéditeur vidées de leur faible sens initial. Je me sentais inutile et en colère, mais libre aussi de laisser tomber.

Il arrivait parfois qu'en plus de nous deux et de Marzia, absorbée dans ses rêveries, il y ait l'un de mes frères débarqué en ville pour le week-end, ou plus souvent la cousine Nadia, persuadée qu'elle devait se dépenser en minauderies et petits cadeaux ordinaires pour la petite fille qu'elle appelait « ma nièce », alors qu'elle n'avait jamais été encouragée à le faire. Je soupçonnais que ce qui la rendait si affectueuse, c'était la perspective d'un déjeuner loin de sa solitude. Les repas sauvages de Saverio laissaient le spectateur, quel qu'il fût, atterré par la quantité de nourriture qu'il arrivait à avaler en une seule séance. Avec une voracité qui ne connaissait pas de frein, mon frère se saisissait d'un plat après un autre, mâchouillait et déglutissait, après quoi il recommençait, encore et encore. Un combat mauvais qui n'avait pour seule victime que celui qui l'organisait.

Saverio ne cherchait pas à dissimuler l'horreur de ses repas, laquelle ne devait pourtant pas lui échapper totalement. Il accompagnait le passage d'un plat à l'autre à coups de gros morceaux de pain à peine mâchés et avalés sur-le-champ pour séparer les hors-d'œuvre des entrées et les entrées des plats. Avec une habileté de maestro, il n'interrompait pas la conversation, si l'on pouvait définir ainsi son verbiage inepte. Bouche pleine, il intervenait avec des blagues nulles sur les sujets les plus variés. Il choisissait des commentaires vagues pour continuer à participer, du genre y a de quoi en devenir fou ! mais j'suis pas au courant ! toi aussi t'as raison ! c'est dingue ! j'y crois pas ! et autres expressions aussi dépourvues de sens.

Quand j'étais d'humeur un peu plus tonique, je parvenais à transformer la visite du jour de fête en comédie. Je saisissais une note gaie dans le regard de Saverio – deux pupilles gonflées et rondes comme le reste de son corps – et quelque chose me chuchotait c'est mon frère, si nous ne nous entraidons pas, comment finirons-nous ? Il pouvait arriver, les meilleurs dimanches, qu'un brin de son esprit d'autrefois se manifeste, un signe de son aptitude à écouter, cette expression docile, encore capable d'accepter une vision simple mais amusante de la réalité. Des yeux, il me disait tu t'en souviens, Tullia ? et des yeux je lui répondais ah ça oui, je m'en souviens.

Mais le plus souvent, l'angoisse s'emparait de moi. Je voyais son manque d'équilibre s'aggraver de semaine en semaine. Incapable de monter les marches sans un appui, de s'asseoir sur un tabouret, de rester debout plus de cinq minutes ou de prendre Marzia dans ses bras, mon frère était seul. S'il voulait mourir, pourquoi faire traîner les choses ? Je comprenais que ce qui l'attachait encore à l'existence, c'était une couche de plus en plus mince d'amour-propre. Il comptait sur mon aide, même quand il faisait semblant, c'était toujours vers moi qu'il revenait. Mais moi je pensais je vis la période la plus dure de toute ma vie, je suis trop fatiguée et démoralisée. Je nettoyais les toilettes des paroisses pour quelques lires, je faisais du porte-à-porte en proposant mes services à la journée, tout cela pour en tirer le minimum indispensable pour payer le loyer, et avec l'éternel problème de caser Marzia quelque part. La patience de mes voisines, de ma sœur et de Selene commençait à flancher. Nous sortions d'un long hiver et je n'étais pas sûre d'avoir tout ce qu'il fallait pour affronter la suite. Il fallait que je tienne pour ma fille, elle ne devait pas apprendre avant l'heure ce qu'était le découragement.

D'habitude, après le repas, nous passions le temps à parler de tout et de n'importe quoi. De nos vieilles connaissances de San Lorenzo, des programmes pour la semaine à venir, des nouvelles d'Elio Secondo arrivées de Vénétie, et enfin, ce qui m'ennuyait au plus haut point, des exploits d'Ascanio, la seule personne que Saverio pouvait sans mentir appeler son ami. J'aurais dû faire plus attention et m'inquiéter de temps à autre de la façon dont se passaient les choses avec sa fiancée imaginaire, Patrizia. Pour des raisons évidentes, chaque fois que je l'invitais à l'amener avec lui, ma proposition tombait dans le vide. Saverio me rapportait les remerciements de Patrizia, Patrizia regrettait, Patrizia m'envoyait le bonjour. Elle aurait bien aimé venir, mais elle était chez sa mère, chez sa grand-mère, dans la région de la Sabine pour la récolte des olives ou dans qui sait quel autre endroit inventé, jusqu'au moment où, par gentillesse, j'avais cessé de l'inviter, acquiesçant tranquillement chaque fois que la jeune fille fantôme était intentionnellement citée.

Maman m'a demandé de tes nouvelles, me dit-il un jour.

Se mettre à parler de Rosa, comme s'il avait dit demain il ne fera pas beau ou cet été je vais à la mer. Je pariai sur son désir de se venger de moi à cause du jugement qu'il devait avoir lu sur mon visage. Je suis peut-être obèse, mais moi je n'ai pas abandonné ma famille du jour au lendemain comme toi.

Ah oui ! Et qu'est-ce qu'elle voudrait savoir ? répondis-je, renfrognée.

Elle demande une rencontre.

On en était là, désormais : une façon mafieuse de s'exprimer, chez moi, si on pouvait nommer chez moi cette location non déclarée, une espèce d'étable.

J'ai pas envie de la voir, Save'.

Elle va pas bien, tu sais.

Elle nous enterrera tous. Y en a déjà un qu'elle a envoyé dans l'autre monde.

Parle pas comme ça.

Et pas qu'un, si on réfléchit.

T'es pas obligée de répondre tout de suite.

Non, dis-lui que non, c'est tout.

Saverio acquiesça, le regard triste devant cette gangrène de rancune. Elle était plus forte que moi et que lui ensemble.

Quand il s'en allait, je débarrassais la table en quelques gestes calculés au millimètre, je grattais de l'ongle les bouts de mie de pain collés à la nappe pour ne pas être obligée de la relaver et je la repliais en mettant les coins parfaitement face à face. Dans la chambre à côté, Marzia recommençait à chantonner les petits airs qu'elle s'inventait. Je remplissais la bassine d'eau chaude et de savon, et j'y plongeais un à un les couverts, les verres et les assiettes. Je les frottais énergiquement avec un linge rêche pour qu'il n'y reste pas la moindre petite tache, pas même la plus légère trace de gras.

Ce n'est pas que je n'aimais pas voir mon frère, mais chaque fois une espèce de nausée s'emparait de moi. Il avait été l'enfant le plus affectueux de nous tous, toujours entouré d'amis qui l'adoraient et qu'il ne commandait jamais. Pendant notre enfance il était le seul à m'emmener avec lui pour me faire sortir de cet isolement où je serais restée autrement, sans personne avec qui rire. Il avait été mon meilleur ami.

Si je confrontais le passé avec la situation actuelle, je voyais d'un côté un enfant joyeux au centre du monde et de l'autre un homme perdu, contraint de s'accrocher au repas dominical comme à l'une des rares occasions de trouver de la compagnie. Qu'il ait pu gâcher un don tel que le sien sans s'en rendre compte, c'était absurde, mais qui était responsable ? Lui ? Ou nous tous qui ne l'avions pas protégé ? Il me mettait tellement en colère quand je le voyais, avec son air désintéressé, s'asseoir sur la chaise dont il débordait, l'air de trouver normal tout ce qu'il y avait de beau. Alors que rien ne l'était.

J'avais décidé de ne pas fouiller les raisons de ce malheur qui était le sien et je n'avais pas envie de continuer à deviner. Les bourgeoises pouvaient bien se désoler tant qu'elles voulaient de trop de loisirs, les gens comme nous, il fallait qu'on reste droits, qu'on tienne le coup.

Ensuite le noir tombait sur toute la zone de l'Arco di Travertino, les voisines ramassaient le linge sur le fil avant que la fraîcheur de la nuit le rende humide, et les chiens errants ruminaient, le museau plongé dans les sacs amoncelés devant les maisonnettes pour se trouver un bon petit repas. On entendait le vrombissement des moteurs sur la Tuscolana, il se mêlait au commentaire de la partie de foot qui criaillait sur la radio d'un supporter niché quelque part dans les parages. Je n'avais ni faim ni soif ni envie de sortir marcher un peu.

La bulle d'eau et de détergent s'accrochait mollement à la céramique de l'évier avant de glisser dans le trou noir. Je tendais l'oreille vers le gazouillis indéchiffrable de ma fille – c'était quoi, ça, de l'amusement, de la douleur ? –, en espérant qu'elle me donne un sens en me réclamant quelque chose, n'importe quoi, ce qui m'aiderait à échapper à mes pensées. Saverio se débrouillerait même sans moi, je ne pouvais pas me charger de ce fardeau, il ne m'en restait ni le temps ni la force. Je continuerais à subir ses invasions comme un événement violent mais inexorable, à faire comme si tout était normal et que Rosa n'existait pas, n'avait jamais existé. J'essuyais mes mains au torchon, je le pliais et l'accrochais à la barre du four. Les hurlements pour un but raté ou une faute quelconque se mêlaient au dernier crépitement du robinet. L'eau coulait, forte, et pourtant mes pensées ne redevenaient jamais limpides.

1967 – LE CHÂTEAU

Santa Severa

Marzia grandissait, mais d'une manière qui restait une énigme. Ses frêles épaules recelaient un fragile secret que je n'avais pas encore renoncé à percer. Son comportement, à six ans seulement, laissait voir un caractère altier, une grâce innée étrangère à ses deux parents, en tout cas pour ce que je me souvenais de l'autre. Ce qu'elle partageait avec moi, au mieux, c'était la tendance au silence prolongé, l'aptitude à trouver un réconfort même au milieu de vastes espaces vides, la capacité de se contenter de la seule compagnie de son regard sur les choses. Jamais l'arrogance des riches ne m'avait autant impressionnée que cette petite fille, tellement unique, mienne. Bien, me disais-je, elle va donner du fil à retordre au monde entier.

Sans se douter de mon étonnement, Marzia s'essuyait la bouche avec soin après avoir mangé, pliait sa serviette et la reposait à côté de son assiette. Avant de débarrasser la table, j'avais toujours un instant d'hésitation, comme s'il me fallait d'un moment à l'autre attendre un commentaire courtois et étudié, du genre de ceux dont les clients de l'hôtel ne se privaient pas, par principe. Transmettez mes compliments au chef, le lapin était très tendre. De qui elle tenait ces façons de demoiselle de bonne famille, cela restait inexplicable, mais on ne pouvait nier qu'elle était faite comme ça. Lorsque je compris de quoi ma fille avait réellement besoin – de la beauté, sous toutes ses formes, et à n'importe quel prix – je fis tout ce que je pus pour le lui procurer, jusqu'à aller contre ma propre nature, comme doit le faire toute vraie mère. Certaines créatures naissent différentes, inutile de se demander pourquoi. Je la peignais chaque matin, mais il n'était pas rare que je la surprenne l'après-midi en train de passer légèrement ses petites mains dans ses cheveux lisses, noirs et brillants comme ceux de Rosa, semblable à un chaton qui se lave lestement en restant sur son quant-à-soi. Ou alors en train de replier le bord des chaussettes que je lui avais enfilées en vitesse sans trop faire attention, pour que la broderie – cousue avec le reste de son trousseau pendant les longs mois de ma grossesse – soit plus visible et que ses chaussettes toutes simples aient un quelque chose de plus gracieux. Je lui avais répété « maman », obstinément, jusqu'à la nausée, mais le premier mot que Marzia avait prononcé, à onze mois, avait été « merci », et le deuxième « çasuffit ».

La confier à une amie de Nadia qui avait tout le temps nécessaire et besoin, aussi, de s'occuper d'elle en échange d'un peu d'argent était une véritable torture. Lella semblait indigne de veiller sur ma fille, prête qu'elle était à éclabousser de sauce son petit col, à lui apprendre des gros mots idiots, à la menacer de gifles si Marzia osait opposer son « çasuffit » à la pomme qu'elle préférait épluchée alors que l'autre, trop paresseuse, s'obstinait à lui proposer des quartiers asymétriques. Comme je courais, sur le chemin du retour, pour la soustraire aux manières négligées de sa gardienne ! Je profitais des congés qui m'étaient imposés par le directeur quand, au terme de son défilé de caporal à la parade, il me trouvait trop blême et plissait une lèvre de côté en signe de mépris pour ma faiblesse. Il n'avait qu'à s'y coller, lui, à la machine ; au bout d'une journée, son cœur aurait explosé en un feu d'artifice d'infarctus, voilà ce que je pensais tout en feignant l'indifférence. Il suffisait qu'il me donne l'ordre – Tullia, vous ne revenez pas avant demain matin, allez ! – pour qu'à l'instant même j'enlève ma blouse de travail et la glisse dans le sachet du linge sale, que je salue mes collègues d'un ton plaintif avec pour toute réponse le hochement d'une tête couverte de la coiffe de rigueur et un coup d'œil accusateur, et que je disparaisse en vitesse. À partir de là, tout était chronométré pour me permettre de profiter pleinement de ce cadeau qu'était un nouvel après-midi passé en compagnie de ma fille. Il fallait juste que je presse le pas en direction du vestiaire, que j'ouvre la porte métallique d'un grand coup d'épaule, que j'ôte d'un seul mouvement ma coiffe ainsi que mes sabots de travail en les coinçant entre le talon et la pointe, que je secoue énergiquement la tête pour libérer mes cheveux comprimés depuis des heures et que je savonne mes mains avec du désinfectant. Cent quatre-vingts, deux cents secondes au plus. À ce moment-là seulement, quand je rencontrais dans le miroir ce visage vieilli avant l'âge mais encore étroitement lié à une idée de moi-même qui résistait à tout, alors je m'offrais un petit clin d'œil amical : tu fais ce qui est juste.

Espérant surprendre un flagrant délit, je débarquais à la maison en noyant mon ton inquisiteur dans un bonjour plus relax, déçue de ne jamais rien trouver d'assez grave pour me décider à arracher une fois pour toutes Marzia aux soins de cette bécasse. Pour la faire aller où ?

Pour en faire quoi ? La colère s'emparait de moi quand je voyais ma fille, le nez plein de morve, assise par terre sur le sol couvert de poussière au milieu d'un tas de chaussettes, de tasses ébréchées, de boutons et de rouleaux de gros-grain. Nerveuse, sur la réserve, consciente sans aucun doute de sa situation de petite fille mal tenue et seule au monde, elle jetait dans ma direction un regard hautain qui signifiait : finalement, tu daignes arriver.

Mais je ne perdais pas espoir. Bien que rares, les sourires de Marzia me récompensaient de mon humiliation et de mes sacrifices. Dans ces rares explosions de joie, je reconnaissais la signification de toute chose, l'encrier, la carpette, l'escalier, la mallette, la caisse, les chiffons et la vapeur. Quand je voyais ses petites dents de lait, blanches et bien droites, apparaître entre ses lèvres couleur cerise, je pensais quel dommage quand elles vont tomber. Si je n'avais pas été toujours autant occupée à regarder si la petite avait suffisamment de viande, de chaleur et de distraction, je me serais amusée à les lui toucher de mes doigts noueux, ces quenottes, pour m'assurer de leur solidité, dont dépendait la mienne.

Un dimanche de juin, par surprise, ces dents rangées en croissant de lune me dirent bonjour. Le petit visage rond de ma fille me dévisageait, plein d'attente, depuis le bout de mon lit. Qui sait depuis combien de temps elle était là. Je m'aperçus que Marzia touchait le bout de mes pieds à travers le drap, délicatement, en me pinçant de manière imperceptible. Chaque fois qu'elle plissait les yeux, ils avaient une nuance de lueur rusée : elle voulait que je me lève. La veille, le patron de l'entreprise, au cours d'une visite extraordinaire dans l'établissement, m'avait coincée.

On me dit que vous êtes asthmatique.

Oui, mais maintenant mes crises sont rares.

Et que fait une asthmatique à la presse ? ai-je demandé, et vous savez ce qu'ils m'ont répondu ?

Non.

Que vous êtes la plus rapide, la meilleure et la plus efficace de toutes les ouvrières.

On a exagéré.

Je vous félicite donc de votre implication dans le travail.

Je vous remercie, je n'ai fait que mon devoir.

Mais je ne veux pas que même une seule de nos employées soit malade.

Je ne le suis pas.

Aucune, pas même ces ouvrières infatigables qui se sentent immortelles et veulent monter en grade ici dedans.

Monter en gr…, pensez donc.

Parce que si c'était comme cela, je serais obligé de vous faire remplacer tout de suite, vous comprenez ?

Oui.

Au revoir, bon courage.

Je me levai et allumai la radio comme je le faisais toujours le dimanche, les nouvelles des affrontements entre la police et les étudiants me frappèrent comme une rafale de vent glacé. Cela n'a rien à voir avec la journée grandiose qui nous attend, me dis-je, et j'éteignis la radio.

Dehors, le soleil fort et haut invitait tout Rome à se transporter à la mer. Santa Severa, sinon quelle autre destination ? C'était le seul endroit de la côte que je connaissais pour y avoir passé au moins un dimanche par mois dans les années où nous étions piazza

Risorgimento, quand Silvano était tombé malade et que le docteur, contrarié par l'ossification qui ne se faisait pas, énervé par l'abcès tuberculeux qui se développait – l'enfant pourrait rester handicapé à vie, telle était sa lugubre sentence –, avait imposé le placement dans un établissement de soins au bord de la mer : le bon air le remettrait sur pied.

Marzia n'avait jamais été à la plage, sauf lors d'une brève incursion alors qu'elle était au berceau, ce dont elle ne pouvait avoir le souvenir. La nouvelle de cette balade la prit par surprise, insufflant dans tout son corps une énergie irrépressible. Après avoir pris le petit déjeuner debout – juste une tranche de pain avec du miel, tant était grande l'impatience de sortir –, nous arrivâmes à la gare Tiburtina sous une lumière absolue qui blanchissait tout. Les cheveux de Marzia, que j'avais légèrement humectés d'eau fraîche à la fontaine, étaient déjà secs. Nous laissâmes derrière nous une ville éreintée par la chaleur estivale, les pelouses sèches, les baraques de Pietralata, les mouches sur les fruits trop mûrs.

Avec mes frères et mes cousins, quand on rentrait du travail le samedi après-midi, on ramassait des petits bouts de bois dans l'herbe, à la Mole Adriana, et on tirait à la courte paille, en retenant son souffle avec l'espoir d'avoir le brin le plus court : c'est que l'argent que Rosa nous accordait pour la visite à Silvano ne pouvait payer qu'un seul billet de train. Un de ces samedis-là, c'est moi qui avais eu le petit bout de bois.

Dans l'autocar, le contact du tissu des sièges avec la peau rendait la chaleur encore plus insupportable, mais tandis que je l'éventais pour lui rafraîchir les joues, Marzia ne semblait pas en souffrir, absorbée comme elle l'était par le paysage qui se déployait, sans en perdre le moindre détail. Loin du cimetière du Verano, loin de la longue via Salaria, loin de l'aéroport de l'Urbe, loin loin le long d'une route verte, grise, et verte à nouveau, en coupant la ville et sa campagne par le travers, en roulant vers l'ouest puis vers le nord, tout droit jusqu'à une ligne bleue au fond qui ne pouvait être autre chose que : la mer, dit-elle sans se retourner pour chercher une confirmation sur le visage de son unique compagne de voyage.

Devant le même panorama, les mains serrées autour de la boîte préparée avec les autres pour Silvano, j'avais ressenti quelque chose de différent. À l'intérieur de l'écrin de laiton qui m'avait été confié, il y avait tout ce que nous, les enfants, pensions pouvoir rendre heureux un garçon de notre âge : des bonbons, des petits magazines pour enfants, un soldat en bois, des tee-shirts neufs, pour qu'il ne se sente pas pauvre au milieu des malades. Heureusement que mon frère était un petit garçon dont les états d'âme étaient modérés, tellement insouciant qu'il recevait ma visite comme quelque chose d'agréable, mais de normal, au fond. Moi, au contraire, une balade de ce genre me faisait un effet bien différent. J'étais indignée que ma mère nous refuse une somme suffisante pour voyager au moins en compagnie, et fêter mon frère avec plus d'enthousiasme.

L'autocar nous laissa à quelques mètres de la grande plage, déjà bondée de familles. Au fond de la langue blanche de cailloux qui coupait la pinède, on apercevait une réalité nouvelle, dominée par le vacarme et l'agitation. Plus on se plongeait dans ce paysage, plus ses détails devenaient nets à travers les branches serrées des arbres : la peau scintillante des gamins qui s'acharnaient sur leur ballon, le rire vulgaire des dames sous leur parasol, les conversations en gestes de leurs hommes, le sautillement des tout-petits d'ombre en ombre. J'étais amusée par l'euphorie de cette journée de vacances ; en observant les habitudes des gens qui s'agitaient, j'imaginais que toutes ces personnes avaient elles aussi passé une semaine dans le silence compact du boulot et éprouvaient maintenant le besoin de se défouler, de profiter, de rivaliser, avant de se livrer de nouveau à la monotonie quotidienne. J'avais apporté, dans un panier en paille, un grand tissu qui devait nous permettre de nous fondre dans la foule. Les autres baigneurs allongés sur la plage ne feraient pas attention à nos ridicules maillots de bain noir tricotés au crochet, dépassés par les fantaisies géométriques et colorées du moment. Marzia s'était accrochée à l'une des anses du sac, prolongement plus acceptable que ma main, et, bouche entrouverte, cheveux en bataille, chaussettes plissées sur les chevilles, marchait d'un pas décidé en direction du grandiose château de Santa Severa, qu'elle reconnaissait peut-être comme sa véritable demeure, l'explication finale, tant espérée, du malentendu après tant d'années passées dans la tromperie d'un meublé de Rome Est.

Maman, ça c'est un château.

Il te plaît ?

Qui c'est qui y habite ?

Maintenant plus personne, mais avant, ici, il y avait les nobles.

Une princesse ?

Oui, une princesse aussi.

Et maintenant, il y a qui ?

Je ne sais pas, Zaza. Toi, t'aimerais vivre dedans ?

Moi j'ai ma maison à moi.

Elle était comme ça, ma fille. Trop fière pour hurler que oui, le château était à nous, pourquoi pas ! Et la plus belle chambre, derrière la dernière fenêtre à droite qui s'ouvrait sur le jardin de palmiers à pic sur la mer, c'était sa propriété, c'est là qu'elle dormait en compagnie de ses chiens et de ses chats, sur un grand lit rose à baldaquin à côté duquel elle avait installé sa tout aussi grande et tout aussi rose maison de poupées.

Prétextant le besoin de fouiller au fond du sac à la recherche d'une belle pêche à éplucher, je fis en sorte que Marzia se détache des anses du panier. Si je voulais qu'elle devienne comme moi, il fallait que je l'aide à lâcher prise. La petite laissa flotter sa main libre et, de manière inattendue, comme si elle avait saisi du courage et non de l'air, elle pressa le pas en direction du coin de plage le plus proche du château, seule face à ce prodige architectural. L'horizon brillait derrière sa petite robe blanche et le gris-rose du château soulevait la bande de sable à la verticale en une prodigieuse unité qui provoqua en moi une émotion si intense que j'en toussai. La ville n'était qu'une erreur distante, dénuée d'importance.

Ce jour-là, l'autocar était arrivé plus tôt que d'habitude, en avance d'une heure sur l'horaire des visites. L'atmosphère pâle, dérangée par de soudaines lueurs puis à nouveau voilée, passait du froid au chaud, de rafales de glace à des rubans de tiédeur qui effrayaient et réjouissaient les oiseaux en voyage. Je savais que, si j'insistais, les infirmières me laisseraient aller me fourrer dans la chambre de mon frère avant l'heure officielle, je fis comme si ce n'était pas le cas et me dirigeai vers la plage en suivant les ombres des nuages sur la surface humide. Le bord de mer était pratiquement désert, mais cela ne diminua en rien la fantaisie qui me vint de m'allonger sur le sable telle quelle, sans me soucier du sable dans mes cheveux ou de mon jupon froissé. J'ai grandi comme un garçon, moi, murmurai-je à mi-voix à un observateur imaginaire, et s'il pleut je trouverai un abri. Le vent fouettait les murs du château de rafales chargées de sable. L'idée d'aller plus loin aurait sans doute dû effrayer une fillette de mon âge, ignorante des tours que peut jouer un paysage, mais est-ce que oui ou non j'étais Tullia, l'aînée des enfants, la fille de Giuseppe, la gardienne de la boîte aux trésors, venue de la guerre à la conquête de tous les quartiers de Rome avec une mallette pleine de bigoudis pour dames vaniteuses ?

Une fantaisie de la marée avait planté dans le sable une petite branche courbe que Marzia, saisie par la vue du château, n'avait pas remarquée. La voir se relever sur-le-champ, se frotter les genoux et, soudain, se tourner vers moi pour me rassurer suffit à effacer l'ombre d'une inquiétude. Une princesse apitoyée par le garde qui la suivait à quelques pas respectueux de distance, le château était à elle, les gardiens n'auraient aucunement hésité à abaisser le pont-levis pour qu'elle puisse entrer et aller voir son poney dans sa stalle, jouer longuement avec lui, jouer tant qu'elle en aurait envie !

Ainsi avais-je marché et marché, jusqu'à remplir mes poumons d'iode, sentant mes narines picotées et dilatées par l'effort. Le mistral éparpillait les nuages en des formes que je désirais inventer, laissant libre cours à mon imagination. Étendue dans cette pose si peu commune pour mon corps – c'était donc ça, le vrai repos, une libération des pensées plutôt que des jambes douloureuses –, il ne me restait qu'à observer le profil du château, haut contre la mer noire, défendant une idée de robustesse, une idée identique à la mienne ! que personne ne pourrait envahir. Le soleil tiède parvenait à peine à me réchauffer le front, il confirmait la sensation de limpidité et calmait enfin ma respiration.

Malgré la perspective limitée que lui imposait sa stature d'enfant, Marzia sut choisir une oasis libre de foule. Ici, donc, pensais-je. Ici, dit-elle à voix haute. À cet endroit-là, nous allions nous étendre pour prendre le soleil et construire des châteaux, copies imparfaites du seul et majestueux modèle qui était juste un peu plus loin. De ce château, nous allions décrire minutieusement les parties intérieures, en racontant tout ce qui se passait dans le secret des vastes salles, le long des dangereuses tours de garde érigées contre la menace des Maures. Nous allions dessiner les arcs, les blasons et les créneaux, soigner les plantes de la cour et replacer la croix sur le toit de la chapelle d'où elle était tombée. Nous allions fixer dans notre mémoire la moindre petite brique, la moindre lucarne, le moindre mot peint à la main sur le panneau accroché aux échafaudages : RESTAURATION SUR COMMANDE DU PIEUX INSTITUT DU SAINT-ESPRIT. Tu vois, ils sont en train de l'arranger juste comme il faut pour quand tu seras grande, lui murmurai-je dans le creux de l'oreille. Puis je lui tendis la main pour se lever et courir vers la mer, prise par une envie soudaine de mettre les pieds dans l'eau jusqu'aux chevilles, peut-être jusqu'aux genoux. Mais pas plus. Marzia n'avait pas encore appris à nager.

La première chose qui emplit mes yeux quand je les rouvris fut la façade du château qui regardait la côte, recouverte des jaunes du couchant. Combien d'heures avais-je dormi ? Difficile à dire, mais un après-midi entier avait dû s'envoler sans que je m'en aperçoive, et il était désormais trop tard pour me présenter à la visite. J'étais restée immobile durant les quelques minutes de mon réveil, assise sans avoir la force de me libérer de la couverture de sable que le vent avait étalée sur moi. Il me fallait trouver tout de suite une solution à l'incident, creuser un trou pour la boîte et cacher son contenu sous ma robe, puis courir jusqu'à l'arrêt à temps pour le dernier autobus. Durant le voyage, je réfléchirais à comment me défaire également de mon ton de voix mal assuré. Je ne pouvais pas prendre le risque qu'il démente le récit de ma visite à Silvano. Plus rapide que mes mouvements, ma pensée me suggéra, avant même que j'aie pu élaborer un plan en bonne et due forme, de ne révéler la vérité qu'à Saverio sans hésiter à mentir au reste de la famille, en particulier à mes cousins, lourdauds et mouchards, jaloux de mon excursion à la mer. À Silvano, j'enverrais une lettre d'excuse accompagnée des petits cadeaux que j'avais sauvés. S'il avait honte de se la faire lire par un autre patient, il aurait au moins quelque chose avec quoi jouer.

Ce jour-là, j'avais appris comment on enterre les preuves d'une faute ; Marzia n'aurait pas à faire autre chose que de rêver.

1969 – LA VAPEUR

Pietralata, blanchisserie de la clinique Itor

Personne ne m'avait jamais traitée d'infâme. Ce ne fut pourtant pas pour cela qu'une stupeur amère me serra la gorge quand je lus l'insulte claire comme le soleil sur les lèvres de Leila. Elle parlait de moi avec vivacité, nerveuse, aux filles de l'équipe. Les autres l'écoutaient en hochant la tête : elles étaient toutes d'accord. Elles se contentaient d'acquiescer sans laisser voir qu'elles m'observaient, mais plusieurs, furtivement, s'étaient retournées pour me regarder, révélant ainsi, comme s'il subsistait encore des doutes, contre qui était dirigée une telle fougue dans les commérages. Débutantes de la médisance. Un jour seulement avec Rosa et elles seraient rentrées chez elles la tête basse, sans se perdre en paroles superflues. Mais elle n'était pas là, et il fallait que je me débrouille toute seule, comme toujours. L'espace d'un instant, la tête me tourna. À travers la vapeur de la blanchisserie, une chose de ce genre semblait plus affreuse.

La vapeur était un problème. Elle vous montait à la tête tellement elle était dense, donnait lieu à quatre évanouissements par jour au minimum, également distribués entre les bonnes sœurs qui, peut-être à cause d'un trop grand ennui spirituel, se retranchaient en un après-midi de lavages intensifs, et les blanchisseuses affligées d'humeurs menstruelles qui, plus faibles et essoufflées qu'à l'habitude, tombaient comme des quilles. Tout cela par la faute de la vapeur, c'était banal et c'était trompeur. Cela promettait une rencontre spéciale avec la vie du dehors, mais une fois sorties des sous-sols de la clinique, l'air froid par contraste nous glaçait la nuque, et adieu le romantisme. Il ne nous restait plus qu'à nous regarder l'une l'autre, cherchant parmi les camarades l'assurance que nous survivions. Qu'étions-nous, sinon une flopée de blanchisseuses excitées ? Nos mains rouges et gercées, nos visages gonflés pleins de boutons, nos cheveux tirés, serrés, cachés avant et après que nous ne nous rendions à notre geôlière – la vapeur, elle seule, toujours –, compactes mais d'une certaine façon trop seules, sur le seuil d'un petit enfer sans reines ni sujets.

Deviner l'outrage qu'une fille plus jeune, plus belle et plus insouciante me faisait avec tant de désinvolture, se croyant invisible – mais dans la position où je me trouvais, penchée sur les draps que toutes avaient refusé de préparer, sauf moi, rien ne m'échappait –, c'était une contrariété difficile à supporter. Je fis attention à ne pas perdre le rythme du pliage. Leila, sourcils froncés sous sa volumineuse coiffe de travail, continuait à chuchoter ; avec son visage rond, ses yeux gris écarquillés par l'indignation, on aurait dit une chatte prête à bondir mais en équilibre. J'effleurai de ma main gauche le fer incandescent, quelques millimètres de plus et je me brûlais le petit doigt. En période d'essai, cela signifiait l'expulsion et pour moi, qui venais juste de la terminer, dans le meilleur des cas, une baisse de salaire. Attention, murmurai-je pour moi-même en avalant un juron, à ne donner de satisfaction à personne.

Ce matin-là, prise d'une bizarre envie de me promener, j'avais pris le tram deux stations plus loin que d'habitude. La veille j'avais traîné tard sur un gros livre de la bibliothèque, un titre choisi au hasard sur le mur de la littérature, comme ça, pour essayer de faire quelque chose de différent. Je n'avais pas l'habitude de lire des romans, je m'éternisais sur les pages, je devais réfréner mon envie d'émietter les mots comme de la mie de pain et je m'égarais au milieu des syllabes, perdant ainsi le fil de l'histoire. Si, au moment de rendre le livre, la bibliothécaire – unique témoin de mon défi – m'avait demandé un avis sur le texte, que lui aurais-je répondu ? Les heures avaient passé, sans tranquillité.

Sur le chemin du travail, j'avais inspiré à grandes bouffées l'air du viale Regina Margherita jusqu'à sentir le froid dans ma gorge et mes poumons. J'allais en garder le regret jusqu'au soir. À cette heure-là, les commerçants ouvraient leurs magasins et balayaient leur devant de porte, déjà fatigués, fredonnant des chansonnettes dont ils ne se rappelaient pas toutes les paroles. J'étais contente d'avoir menti au contrôle médical. Oui, j'étais asthmatique, mais légèrement ; oui, par le passé, j'avais eu quelques crises, mais voilà un bon moment que ça ne m'arrivait plus. Bien sûr, je serais tout à fait en mesure de surveiller mon état de santé et si je ne me sentais pas bien, je ne manquerais pas de le signaler. La responsable de la salle avait acquiescé en faisant semblant de me croire, il y avait un besoin urgent d'une nouvelle blanchisseuse et j'avais dû lui sembler la pauvre fille parfaite pour ce travail, prête à accepter le premier boulot qui lui tombait sous la main. Ventre affamé prend tout en gré, c'est comme ça qu'on disait. Qu'est-ce que j'aurais aimé élever la voix et d'une réplique de péquenaude couper le sifflet à cette sœur laïque aux ongles soignés – Holà, qu'ess' tu crois ! Suis forte comme un taureau, moi ! J'ai mis bas d'un seul coup, moi ! Mais ça aussi ça aurait été un mensonge ; et puis il valait mieux éviter de susciter la curiosité sur ce sujet : au fond de la grande salle, le comité des harpies assoiffées de scandale attendait avec impatience de pointer le projecteur sur mon annulaire nu.

Vue de loin, la maison de repos n'avait rien d'un spectacle agréable : grise et immense, carrée comme une boîte sans fenêtre. Les rues alentour l'isolaient des habitations du quartier, créant un espace intermédiaire où passaient sans s'attarder médecins, patients et employés comme moi. J'avais appris par cœur la succession des bâtiments, les camions de restauration ambulante, les commerces de plus en plus rares au fur et à mesure qu'on approchait de cette bizarre conque de Rome Est. Les champs, autour, pâlissaient derrière les immeubles, mais en plissant les yeux, on arrivait à visualiser quelques silhouettes pliées en deux, sur quoi ? Chicorée, oignons, pommes de terre, le peu que donnait la mauvaise terre des périphéries de Rome, quelque chose à mettre dans l'assiette le soir.

Je savais très bien avec quoi Leila montait la tête des collègues : j'avais dit que nous étions disponibles pour préparer la salle opératoire le samedi matin, jour de repos. Cela faisait la troisième fois que j'acceptais sans hésiter, quand le Dr Paganini me le demandait ; jusque-là il ne s'était adressé qu'à moi, mais au moindre signe de résistance de ma part, son doigt se serait tourné vers une des collègues, et la malchanceuse saurait à qui elle devait dire merci. Créer un précédent, elles appelaient ça comme ça.

Je ne comprenais pas comment on pouvait se soustraire à une tâche nécessaire : sans draps, serviettes et tissus stériles, la salle d'opération ne pourrait pas fonctionner. Est-ce qu'elles croyaient que je pouvais devenir sur commande le genre de personne qui empêche un patient de se faire opérer parce que sur l'emploi du temps il y a écrit ceci plutôt que cela ? En échange de quoi aurais-je dû m'opposer ? Ça ne m'intéressait pas d'avoir l'air supérieur par rapport à ces pouffiasses, j'avais su que je l'étais dès le premier jour où j'avais mis les pieds dans la blanchisserie, il était temps que les médecins s'aperçoivent à leur tour de la différence. Il y avait celles qui s'échinaient, celles qui en faisaient un minimum pour qu'on ne les dérange pas et celles qui volaient leur salaire avec une bonne conscience angélique. Le fer grésilla d'un ton rauque sur la dernière taie, signalant ainsi que la vapeur était terminée et la journée de travail aussi ; je le débranchai et le posai sur la table pour le laisser refroidir.

Au coucher du soleil, les grandes baies de la blanchisserie se paraient d'une beauté éphémère, même si elles donnaient sur le néant. Des touffes d'herbe garnies de rosée glacée, des rigoles et de la boue, au fond de la rue. Les châssis en acier des fenêtres interdisaient le moindre espoir d'une vue panoramique. Ce n'était pas un endroit agréable, ce n'était pas un coucher de soleil, mais la fin d'une journée de travail.

Je me mis à empiler les draps en prenant soin de tourner les lisières du côté extérieur du chariot de manière qu'il soit plus facile de les attraper pour les étaler sur les petits lits, si nécessaire. À chaque strate, une idée tombait de mon esprit comme une pierre dans un puits profond. Idées de condamnation que je gardais bien cachées dans les plis des heures de silence.

Qu'elles fassent comme elles veulent.

Des cervelles creuses et des cœurs secs sont des armes risibles contre la réalité.

Le pacte est clair : je me débrouille pour le surplus de travail, mais fichez-moi la paix.

Perdre la face, perdre sa dignité, c'est une erreur qui ne porte pas ma signature.

Plutôt renoncer à ma paye, mais refuser d'obéir à ceux qui me font vivre, jamais.

Chacun arrive où il peut, chacun fait ce qu'il croit bon de faire.

J'irai dormir sans rien devoir à personne, cette nuit encore.

La pendule marquait cinq heures, je pensais à moi comme à une femme mûre, sûre de ses idées et de ses raisons. D'autres ouvrières, dont le seul exploit était de ne pas être restées chez elles à se faire tabasser et engrosser, se sentaient toutes-puissantes, alors qu'on était toutes suspendues à un fil, et accepter ce fait aurait été bénéfique pour l'angoisse de toutes. Elles n'avaient qu'à faire grève, si elles voulaient, mais qu'elles laissent travailler celles qui en avaient envie et besoin.

En regardant le travail fini, je me sentis mieux. Le parfum de la lessive, la blancheur et la tiédeur de l'étoffe à peine repassée, cette pile bien ordonnée, disposée sans imprécision séchaient ma sueur et me libéraient de tout remords. Je laissai à la voix de présentatrice de radio que j'imaginais quand j'étais d'humeur sarcastique, une voix chaude mais pas douce du tout, la gloire de déclamer une sentence de conclusion – il y a une grande consolation à se sentir dans le juste, même si on est le seul –, en me félicitant moi-même pour l'avoir élaborée comme ça, d'un seul coup. Puis je serrai les mâchoires et me préparai à la bataille.

Quand ma mère partait à l'attaque, je choisissais un objet sur lequel me concentrer, quelque chose de solide que j'utilisais pour endiguer les remous provoqués par la colère. Tandis que Leila se rapprochait du secteur repassage, rapide comme un nuage noir, je choisis le chariot. Les pas de mon adversaire, trop semblables à des bonds, ne laissaient pas de doute sur sa nature animale : une chatte hallucinée, amusée par la chasse. Elle était sûre que son entrée en scène allait attirer l'attention de toutes. Les spectatrices, sans la moindre pudeur désormais, étaient entassées au fond de la salle pour savourer l'agression ; en sueur et sans gêne, elles piaffaient d'impatience pour se régaler de la bagarre. L'air se fit métallique ; je saisis la poignée du chariot, m'interdisant de le bouger ne serait-ce que d'un demi-centimètre, pour ne pas avoir l'air d'en faire un bouclier. Cinq heures une.

Alors, t'as commencé à lécher le cul au chirurgien.

Rosa lui aurait tout de suite cassé la figure, à brûle-pourpoint, tranchant la conversation avant qu'elle ne commence.

Et tu t'en viens jusqu'ici pour me dire un truc intelligent comme ça ? Tant mieux si t'as rien d'autre à faire.

T'as peut-être pas compris c'que je veux dire : si ça te plaît de faire la chouchoute du patron, on se mettra toutes en travers.

Ça me regarde, c'est à moi qu'il l'a demandé, et ça

ne vous regarde pas. Je vous ai déjà demandé quelque chose ? Je crois pas.

Disons que si t'arrêtes de le servir et de l'adorer, alors peut-être que le savant, il va se souvenir que le samedi, c'est un jour de repos.

Ce que je fais ou fais pas, ça te regarde pas, Leila. J'ai toujours fait le travail pour quatre, j'ai mélangé mon linge avec le vôtre quand la chef de salle faisait les comptes pour que vous n'ayez pas l'air des tire-au-flanc que vous êtes.

Mais bien sûr ! Et où c'est-y que je peux m'incliner, madame la lavandière ? À travailler pour quatre, on peut savoir ce que t'y gagnes ? Juste que t'as l'air d'avoir dix ans de plus que ton âge et que t'as pas une seule amie, même que tu les paierais.

Je fis ce que je m'étais promis d'éviter : je déplaçai le chariot. Je savais renoncer à avoir le dernier mot, dans une situation de ce genre. Pourvu que les roues effacent à l'instant même les vérités qui m'attristaient le plus, pourvu qu'on me rende au plus vite à ma solitude, en dehors de ce souterrain où la vapeur embuait les idées et où le sens des mots se collait sur les surfaces en disparaissant.

Leila fit le geste de balancer par terre la pile de draps que je venais de repasser, mon cœur battit la chamade, mais c'était juste une feinte, un avertissement pour m'intimider. Les autres braillèrent comme des guenons, moi je ne dis rien, gardai la tête haute.

À cinq heures deux, je poussai mon chariot le long du couloir. Un autre jour de guerre venait de se terminer.

1971 – LE PAVILLON
Rome, Santa Maria della Pietà

Le jour où il me vint le désir de la revoir, je n'y réfléchis pas trop longtemps, je pris un bus, marchai longuement jusqu'au moment où je la vis, assise au centre d'un groupe de femmes. Elle portait, comme toutes les autres, une tunique blanche en coton léger et des chaussures en toile sans lacets et pleines de terre. Elle avait réussi, dans un endroit comme celui-ci, à se faire plus d'amies que moi qui étais libre. J'essayai d'avoir honte de mon peu de compassion à son égard, elle qui était isolée de la réalité comme quelqu'un qui ne mérite pas d'en faire partie – mais je me donnai l'absolution, parce que le crédit était de mon côté.

Je pris une grande inspiration en gonflant la poitrine jusqu'au moment où je sentis une vague sensation de brûlure à la base des poumons. Même à l'asile, ma mère conservait sa supériorité. Je restai en apnée deux minutes et observai la scène de loin. Rosa était assise au centre d'une table rectangulaire en bois, comme Jésus sur le poster que j'avais vu et revu quand je mangeais seule, le visage tourné vers le mur, dans le réfectoire de la Itor. Devant elle, et devant les autres, il manquait cependant les assiettes, les verres et les miches de pain du tableau. Ses compagnes, certaines avec des façons mystiques de saintes, d'autres l'air inquiet, gravitaient autour d'elle comme des satellites mineurs. L'une d'elles oscillait lentement en serrant ses coudes l'un contre l'autre, une autre dessinait de son doigt un motif imaginaire sur le dessus de la table, et si l'une d'entre elles prenait la parole, c'était toujours en regardant seulement et exclusivement Rosa. Elle suivait ses compagnes du regard, les bras croisés, les mains posées sur les avant-bras, sans taper du pied en cadence, sans bouger la tête à droite ni à gauche, sans étaler ses longues jambes maigres, sans se mordiller les ongles ni compter ni chantonner, sans faire craquer ses doigts ni souffler fort la fumée par les narines. Elle se taisait et écoutait. Je ne l'avais jamais vue conserver une pose détendue aussi longtemps – portes claquées sans raison à sept heures du matin, linges frottés et cinglés contre la faïence, coups secs de brosse, griffures de balai – et j'acceptai cette dernière déception, devinant dans cette tranquille concentration l'effet des médicaments. Je soufflai avec satisfaction, en pensant à mes frères et ma sœur. Nous avions bien réussi, tous, à nous sortir de cette erreur, l'un après l'autre avec plus ou moins de conviction. Moi, à la différence des autres, je savais que c'était juste ainsi. Rosa nous avait servi une enfance rance comme une soupe recuite qu'on a laissée moisir, je n'avais pas l'intention de récompenser la négligence par la tendresse.

On l'avait internée dans le septième pavillon de Santa Maria della Pietà. Ah, la maison des fous, bien sûr, m'avait dit une fille dans le quartier Ottavia en indiquant la grande rue qui partait du quartier, dix minutes tout droit et t'y es. J'avais parcouru toute l'avenue sans me presser, en imaginant les premiers mots que je lui dirais si elle commençait à m'agresser parce que je n'étais jamais allée la voir auparavant. Mes chaussures à talons achetées via Frattina et renforcées récemment pour qu'elles durent plus longtemps résonnaient sur le trottoir gonflé de verrues entre les racines des pins. La formule sèche « je travaillais » suffirait, je n'ajouterais pas un mot à ces deux-là qui disaient tout ce qu'il y avait à dire, je n'avais pas à me justifier. Le soir venu, sur le châlit sanglé du triste dortoir où j'imaginais qu'on devait l'attacher, elle aurait certainement la possibilité de méditer toute seule sur les raisons de ma lutte pour la survie. Je me la représentais en train de regarder le ciel noir par la fenêtre et de se repentir, ne serait-ce qu'un peu. Dans mon dos, pas l'ombre d'un visiteur, ce parc au bout de l'avenue faisait peur à la ville. Tout en tâtant mon chignon banane pour vérifier que mes cheveux ne s'étaient pas échappés pendant le trajet, je pensai et repensai à Selene : l'analphabète, soudain en veine d'approfondissements, avait découpé pour moi un article contre les hôpitaux psychiatriques. Pourquoi ce cadeau ? Voulait-elle m'informer, m'effrayer ou empoisonner mes nuits de culpabilité ? Montrer du doigt, un talent répandu.

Lorsque je m'enquis de Rosa Tarquini à la guérite de l'entrée, un homme qui avait l'air d'un médecin arrivant au travail montra son visage à la portière de sa Fiat 600. Il était pressé d'entrer. Sans même se donner la peine de me regarder en face, il ordonna d'un ton brusque à un brancardier montre à la dame le chemin du pavillon sept. Mademoiselle, pensais-je en me faisant de la bile. Je n'étais pas étonnée qu'il se souvienne du nom de ma mère, il avait dû la remarquer au milieu de la masse des fous dès sa première visite. À peine fûmes-nous seuls que l'infirmier chargé de me conduire – un monsieur d'âge moyen, trapu et gros, avec une cicatrice horrible qui lui fendait le front en deux, et les cheveux plantés si bas qu'ils touchaient presque les sourcils – n'y alla pas par quatre chemins. Je t'y amène, moi, aux dangereux, me dit-il en passant devant moi et en soulevant de son pas traînant des nuages de poussière qui montaient de l'asphalte pour aller se déposer sur ma jupe crayon couleur crème repassée de frais.

Je m'étais préparée pour être magnifique, pour lui faire sentir lourdement, comme un poids, la différence entre ma forme – viande deux fois par semaine, mollets galbés par de longues promenades, faux cils, rouge à ongles, bague en or au petit doigt, parfum à vous faire tomber dans les pommes – et son état désespéré. Je suivis le brancardier le long du sentier qui faisait le tour de la pelouse pelée ; les différents pavillons de l'hôpital psychiatrique étaient dispersés comme les bungalows d'un village de vacances que j'avais attentivement regardé sur un prospectus. Quelques jours plus tôt, j'étais entrée dans une agence de voyages sans réfléchir, sous le coup d'une envie de luxe. M'en souvenir dans un endroit comme ça, c'était presque gênant.

Les pavillons, à la différence des bungalows du village de vacances, étaient des constructions sans fleurs ni rideaux verts aux fenêtres, leur allure de soupe populaire me mit en garde. La journée était terriblement humide, je sentais mes cuisses frotter l'une contre l'autre, mes tempes bourdonner, mon souffle se dilater. Je demandai pourquoi est-ce que vous dites qu'ils sont dangereux, qu'est-ce qu'ils font ? Au lieu de se refuser à une réponse détaillée, comme je m'y attendais, l'infirmier répliqua sur un ton mécanique l'étiquette qu'il devait avoir apprise par cœur pour les membres de la famille sceptiques comme moi. *Agressifs avec les autres ou avec eux-mêmes.* Je pesai la définition. Je n'avais aucune peine à croire que Rosa pouvait être agressive avec les autres, disons même que je n'aurais pas pu l'imaginer autrement. Mais qu'elle se fasse du mal à elle-même, c'était autre chose. Est-ce qu'on m'avait caché quelque chose ? Je l'imaginai en train de se planter un poignard dans le ventre. Ensuite, en remettant l'horreur à sa juste place, je vis une veine tranchée, un cou rouge de griffures. Saverio n'avait pas raconté les détails de l'épisode qui avait précédé son hospitalisation, et je n'avais pas insisté, de toute façon ce serait un non-dit de plus ou de moins entre nous.

Travailler dans un endroit comme celui-ci, ça avait dû sécher le sang dans les veines d'un homme tel que cet infirmier qui marchait devant moi. Et les sentiments, c'est pas une paye qui te les rend, pensai-je pathétiquement juste avant qu'il ne me dise la voilà, vous la voyez ?

Quand elle me reconnut de loin, ma mère n'eut pas un sourire. Elle se leva brusquement, effrayant une femme qui était assise à sa droite et qui, à la différence des autres, avait les bras croisés sous sa blouse, ce qui lui donnait l'air d'être empaquetée dans une grande housse, toute sale de terre aux fesses et aux coudes. Bouleversée par le mouvement imprévu de Rosa, la femme poussa un cri et puis plaqua son visage contre ses cuisses, se refermant comme pour refuser d'assister à l'obscène spectacle des hommes. Je te comprends, pensai-je, tu es seule et perdue, et juste après, en regardant la plus lumineuse de toutes, je dis salut mam'. Rosa ne répondit pas, ne fit pas le moindre signe, elle s'approcha de moi à la hâte et me poussa l'épaule de ses doigts durs comme le bois qui signifiaient : éloignons-nous. Je lui fus reconnaissante de m'avoir épargné la rencontre avec les autres patientes, qu'est-ce qu'elle aurait été obligée de dire dans une situation pareille ? Je vous présente ma fille que je n'ai pas vue depuis des années, ces personnes sont mes nouvelles amies, les malades mentales du pavillon des patients dangereux. Je me sentis ridicule, avec mon petit sac à main et ma jupe pleine de poussière. On n'était pas à une fête de village, là.

Appuyées contre un muret à l'écart comme si c'était l'endroit où on se retrouvait pour papoter, nous regardions toutes les deux les feuillages tombants pour éviter de nous regarder l'une l'autre. Les arbres faisaient une tache verte et confuse à travers laquelle il n'était pas facile d'observer les autres bâtiments. Conservant l'illusion qu'il s'agissait d'un parc, j'éprouvai une sensation de béatitude – maison de vacances, petit bois avec sentier, pain et confiture, claquettes pour la douche, crème solaire.

Je t'ai apporté le café, lui dis-je en lui montrant le paquet.

C'est bizarre qu'ils ne te l'aient pas gardé à l'entrée.

Je l'ai caché sous ma jupe.

Bien ma fille, me dirent les yeux sombres de ma mère. Ils s'étaient illuminés, avides, sous ses cils noir enfer au seul mot « caché ». Elle reconnaissait en moi son élève et en était fière.

Alors, comment ça va, ici, pour toi ? lui demandai-je, comme si la comédie de la maison de vacances se mettait en route.

Bah, pour tout dire, au milieu de ces dérangées je me sens presque à ma place.

S'ensuivit un éclat de rire âpre, en deux temps, qui ne cherchait pas ma complicité. Je vais me guérir un peu les nerfs, et puis je sors. Typique de Rosa, cette façon de se mettre en situation de supériorité au moment de la plus profonde humiliation.

Bien, dis-je pour lui faire plaisir, et je me tus en attendant la contre-offensive.

Et toi alors, qu'est-ce que tu me racontes de beau, tu travailles ?

Oui, à la clinique Itor, je suis montée en grade.

Et le patron, comment il te traite ? Il se comporte bien ?

Dans son code, le patron était le tyran auquel je m'étais sacrifiée par orgueil au lieu de veiller aux intérêts de la famille en vendant des brosses à des gens plus misérables que nous.

Il n'y a pas vraiment un patron, c'est l'État qui tient tout. J'ai un chef, il me traite justement, ni bien ni mal, j'ai besoin de rien.

Et la petite, elle grandit ?

Demander des nouvelles de sa petite-fille – ma Marzia sans père, mais aussi sans grand-mère – après tout le reste, comme écrire le mot « citron » en bas de la liste des courses, en tout petit parce que ça ne rentrait pas. Elle ne l'avait pas réclamée, à part deux ou trois fois, et avec l'intention évidente de se débarrasser de ce souci.

Il fallait que je prenne sur moi pour contenir ma déception, répondre sur le ton le plus neutre dont j'étais capable, que j'accepte la misère morale avec indifférence, c'étaient là mes tout nouveaux boucliers contre ce qu'il y avait de cru dans la réalité. Je me répétai à ton côté il y a une femme brisée, nue sous une chemise mal désinfectée, recluse entre suicidaires et malpropres dans ce que le journaliste de l'article découpé par Selene avait défini comme un « cauchemar dantesque », et je commençais à percevoir de plus en plus clairement ce qu'il entendait par là.

Marzia va bien, maintenant elle dit tout le temps « peut-être » ou « pourquoi pas », qui sait où elle a entendu ça.

Rosa détourna son regard de la cime des pins, comme si elle venait de se souvenir de quelque chose d'important. Elle aimait sa petite-fille, mais elle n'avait pas pu accepter son origine : un amour illégitime, qui à ses yeux était sale, quelque chose de moche. Si à l'époque elle ne m'avait pas arraché les yeux, c'est que j'étais déjà loin au moment où elle avait appris la nouvelle, soustraite pour toujours à son jugement. Ou du moins était-ce ce que j'avais pensé à ce moment-là. Par la suite mes frères m'avaient raconté que dès qu'elle avait été au courant des faits elle les avait envoyés à la recherche du responsable. Il faut lui prendre tout ce qu'il a, avait-elle ordonné. Mais vous imaginez si ces malheureux, perdus comme un troupeau de bœufs, avaient été en mesure de menacer et d'agresser : ils avaient bien essayé, obligés qu'ils étaient, tout en sachant qu'ils n'allaient venger ni moi ni elle. Alors elle était allée elle-même frapper à la porte de ce grand homme et elle lui avait craché à la figure. Sa mère avait griffé les bras de Rosa qui avait en retour arraché à l'autre une mèche entière de cheveux. Ça aurait été amusant de la voir, cette mèche de vieille dont ma mère n'avait pas eu pitié. Elle m'avait fait parvenir une somme modeste que j'avais presque entièrement dépensée en lait, parce que je n'en avais pas assez pour allaiter, et couches pour bébé en coton. Je regardai un peu plus attentivement en direction du bâtiment auquel elle avait été assignée.

Je te l'amènerai la prochaine fois, Marzietta, dis-je en me repentant d'avoir prononcé ces mots au moment même où ils sortaient de ma bouche.

Quelle chute idiote ! Le ton enjoué avec lequel j'avais parlé trahissait l'envie de lui plaire et de la rapprocher de moi, de jouer à la mère et la fille, à la grand-mère et la petite-fille.

Il vaut mieux pas. On se verra directement quand je sortirai.

Le pavillon n'avait, en apparence, rien de dangereux ; on n'y voyait pas voltiger de gifles ni de cailloux, pas de têtes écrasées contre le mur, pas de cris ou de râles. Durant ma visite j'avais entendu quelques haussements de voix, un air de malaise général qui n'avait pourtant pas grand-chose de différent par rapport à celui que je respirais dans la rue ou au travail. Dans ce « cauchemar dantesque », il manquait la terreur annoncée par l'infirmier. Je ne savais que penser de cet institut et de ses méthodes ; l'isolement, pour les quelques personnes qui y étaient contraintes, était-il normal et malheureusement inévitable ou bien était-ce une grave erreur, comme le prétendait le journaliste ? Dans son article, l'asile était « une contrainte anti-éducative et hypocrite », « une honte pour la société qui l'héberge », « le symptôme de la dégradation culturelle d'un pays qui ne pourrait jamais soutenir la comparaison avec l'Allemagne ou l'Angleterre ». L'Allemagne, vraiment ! Ces cochons d'Allemands qui avaient sous mes yeux assassiné de sang-froid des enfants de la campagne parce qu'ils les avaient surpris en train de porter des messages en haut des montagnes. Est-ce qu'ils pouvaient vraiment soigner mieux que nous la maladie mentale, des gens comme ça ?

Au bout d'une heure passée dans cet étrange parc, je commençais à deviner quelque chose de caché, mais rien qui me semblait vraiment indécent. C'était un exil, une suspension, pas un enfer mais un purgatoire, une réalité écrasée en mode mineur. Ça allait parfaitement à Rosa, aussi bien qu'une de ces robes longues et bien repassées qu'elle portait pour la promenade du dimanche quand elle était d'humeur. Ils lui ont fait l'électricité, avait dit Saverio d'un ton grave. Je n'avais pas su quoi répondre parce que je ne voulais pas y penser.

Rosa fumait en silence. Tout à coup je sentis un besoin urgent de m'en aller, de mettre un terme à cette visite, de sortir au plus vite, dépasser la guérite de l'entrée, sans même un salut à l'infirmier qui avait voulu m'effrayer ou un coup de pied dans les tibias au médecin pressé. Les dangereux. Un remue-ménage soudain vint à mon aide, mettant un terme aux mauvaises pensées qui me venaient. Je vis les patientes se lever de leur banc, comme prises d'une brusque frénésie, et se diriger vers un édifice d'où entraient et sortaient des aides-soignants en uniforme. Remue-ménage, excitation, allégresse presque. C'est prêt pour manger, dit ma mère. Qu'elle participe au banquet, c'était exclu, elle qui n'avait que la peau sur les os, comme d'habitude. Il faut que t'y ailles, dis-je en sentant s'ouvrir un vide entre mes poumons. Oui, laisse-moi, j'y vais, allez. Alors, on se voit bientôt, ajoutai-je. Rosa, qui savait ce qu'il était juste de faire, plutôt que de mentir ne répondit pas, ébaucha un sourire privé de sarcasme et prit mon poignet dans sa main, un geste qui remplaçait une étreinte. Et puis elle me tourna le dos et rejoignit toutes les folles qui avaient mis leur point d'honneur à l'attendre, obligeant la cohue des affamées à se diviser en deux rangs pour la laisser passer. Je regardai le profil de ma mère sur le fond vert des arbres, léger mais dur, qui s'en allait vers sa nouvelle famille.

1974 – LE KIOSQUE

Portonaccio, H. L. M.

J'avais entouré la date limite au stylo rouge sur le calendrier. Jusque-là, Marzia serait libre de réfléchir sur son choix : l'école ou le travail. Je savais déjà que le jour du verdict le ciel serait nuageux et l'atmosphère, décevante, sans caractère, ni chaude ni froide, comme un jour de bruine idiote. Un peu de vent, tout au plus, mais bizarre, venu d'on ne sait où. J'allais tenir bon, sans me laisser impressionner par la grisaille des immeubles ni par le ciel oppressant, et je combattrais la solennité de ce choix que j'avais moi-même imposé, j'accepterais mon rôle. Voilà ce qu'elles font, les vraies mères : indiquer une issue possible, mais aussi une limite. Ne pas jeter un enfant à la rue comme un déchet. Par conséquent le calendrier était au milieu du mur, là où jamais aucune personne raisonnable ne l'aurait accroché. Je voulais que Marzia l'ait sans cesse devant les yeux et prenne sa décision en temps voulu.

Le compte à rebours avait commencé au moment du troisième appel téléphonique de la directrice adjointe. Votre fille se présente en classe trois jours sur six, madame, d'après vous que dois-je faire ? Elle m'avait demandé cela sur un ton neutre que j'avais trouvé blessant. Elle méritait si peu de compassion, la triste histoire scolaire de ma fille ? La directrice adjointe avait pris l'expression de quelqu'un qui est prêt à écouter une réponse quelconque, plus par éducation que par intérêt réel, sans donner de crédit à un seul mot. Elle jouait avec la branche de ses lunettes, peut-être qu'elle s'attendait à une justification, une protestation indignée, une accusation aigre. Comment vous permettez-vous, vous ne comprenez rien de ce que nous sommes. Moi cependant je n'avais rien à commenter. Je m'étais aperçue depuis longtemps que Marzia séchait les cours avec une régularité acharnée et je savais que faire mon enquête n'aurait servi à rien. Attends, laisse-la tranquille, elle va peut-être arrêter toute seule.

Je n'arrivais pas non plus à imaginer où elle pouvait passer toutes ces heures-là. Est-ce que ses amies étaient absentes, elles aussi ? Les deux plus proches étaient dans la même classe qu'elle. L'idée d'en demander plus sur la question à la directrice adjointe me guérit à l'instant de ma curiosité. Vous comprenez que si nous continuons comme cela, Marzia devra redoubler son année, avait-elle ajouté comme pour renforcer la dose, tout en astiquant nonchalamment les verres de ses lunettes avec un bout de sa chemisette en coton. Je pensai idiote, médiocre enseignante, et je dis au contraire, je comprends, merci, je vais faire mon possible.

Je pouvais admettre que Marzia n'aime pas l'école, qu'elle ne ramène pas à la maison des bulletins de notes à encadrer et qu'aux rencontres parents-professeurs ces derniers ne se répandent pas avec les mêmes compliments sur le visage renfrogné de ma fille que sur les élèves des premiers rangs, leurs tresses et jupes plissées. La seule chose sur laquelle je n'admettais aucune objection, c'était cette date : un jour précis, entouré en rouge sur le calendrier pour rappeler à Marzia qu'elle avait le temps de décider, mais que le délai approchait. Si elle choisissait de quitter l'école, je ne protesterais pas.

J'étais fatiguée des idées de grandeur des crève-la-faim dont nous étions entourées, à les entendre tous des génies empêchés avant même d'avoir pu commencer. J'ai pas pu faire des études, sans quoi… Facile de réclamer la justice pour masquer sa flemme, soulager en chœur sa conscience avec la comptine retenue par cœur : classe sociale, capitalisme, inégalité. Si j'avais dit à voix haute ce que je pensais, si je m'étais laissée aller à le faire comme j'en étais capable, en glissant des mots nouveaux, les plus difficiles, à l'intérieur d'un discours emberlificoté, je les aurais sidérés et réduits au silence. Mais je souffrais trop, j'étais trop fière pour me dévoiler et condamner le peu de connaissances de ma fille ; je préférais lui refuser la possibilité d'un rattrapage forcé, la laisser être vraie – les enfants, ça pousse comme ça veut, disait mon père – à condition qu'elle soit libre. Aérer ses poumons avant qu'ils ne deviennent lourds comme les miens. Un subjonctif n'améliorerait pas ce que les professeurs et les bourgeois appelaient la culture, le niveau de ses connaissances resterait aussi bas que celui du Tibre au mois d'août.

Je la comprenais, j'avais détesté l'école obligatoire à l'époque où j'en avais été renvoyée et je ne l'aurais pas non plus supportée maintenant, à aucune condition. Rosa m'avait jetée dans la rue sans entourer de date sur un calendrier ni me proposer une alternative. Que peut choisir une petite fille, d'ailleurs ? Le talent, c'est autre chose : le fils des Fabrizi, une famille plus pauvre que la nôtre qui avait souffert de la faim et de la guerre, enseignait maintenant dans un lycée et était un intellectuel respecté de tous. Mais lui, il s'était toujours distingué par rapport aux gens du quartier, il ne se sentait pas meilleur qu'eux, mais seulement différent. La nature décide qui peut et qui ne peut pas; tout ce que l'homme possède, c'est à la sueur de son front, y compris le droit de survivre.

Pendant une brève période, Marzia, encore petite et peu intéressée par les jeux dans la rue, avait laissé voir un frémissement prometteur. Elle restait penchée sur son petit bureau à additionner des chiffres, solitaire, concentrée sur les colonnes. Quand elle avait tiré un trait décisif sous le résultat, fière d'avoir saisi l'attrait mystérieux de l'addition, elle me regardait avec une expression joyeuse qui me donnait envie de la prendre dans mes bras. Je ne pouvais pas me reprocher la fêlure qui avait rapidement séparé l'avant de l'après : dès que les bonnes notes étaient apparues sur ses cahiers bien tenus, je n'avais pas manqué de les récompenser par quelque petit cadeau et de nombreuses phrases marquant mon estime – très nombreuses, pour moi –, espérant que les livres seraient plus amicaux pour elle qu'ils ne l'avaient été pour sa mère, qu'elle passerait avec succès tous les examens et qu'elle supporterait sans trop de peine la vie sur les bancs de l'école, au milieu de camarades indifférentes et de maîtresses malintentionnées. Qui sait, peut-être que cette petite silencieuse, ma fille à moi, finira un jour derrière un bureau plutôt que derrière un comptoir, avais-je pensé. Mais j'avais bien vite compris que son histoire allait suivre un autre cours et il ne m'avait pas semblé judicieux d'en faire une tragédie.

J'avais vu grandir peu à peu son aversion pour l'étude, sans trop m'irriter. Les notes étaient devenues de plus en plus mauvaises sur les bulletins, ses commentaires sur la journée de classe avaient diminué jusqu'à se réduire à néant. Si tu travailles pas tu vas voir ce que tu vas prendre, si tu sèches encore les cours ça va aller mal, si je m'énerve je t'en colle une, c'étaient les menaces que j'entendais crier d'un bout à l'autre de la cour par les autres mères à l'adresse de leurs branleurs de fils qui disparaissaient au coin de la rue avec le ballon ou la petite copine, tout contents de l'avoir échappée belle un énième après-midi. Moi non, je ne risquais pas d'user de menaces pour la convaincre. Le pacte de la date sur le mur me semblait au contraire un contrat honnête entre personnes adultes, plus j'y pensais, plus j'en étais persuadée.

Tous les matins, Marzia s'asseyait – le dos contre le mur où était accroché le calendrier, le visage sans expression plongé dans sa tasse de lait – comme si elle avait eu une faim de loup, elle qui manquait toujours d'appétit et était difficile pour la nourriture. Je la regardais discrètement pendant tout le temps que durait le petit déjeuner sans toucher mon pain sec. Le travail pénible, c'était pour moi, rien que pour moi. Punis-la, apprends-lui, donne-lui une bonne leçon, qu'elle s'en souvienne ; c'était moi qui affrontais la colère, le silence, l'apathie, la tête renfrognée de ma fille.

J'arrivais sans difficulté à lui pardonner cette indolence. Mais qu'elle aille perdre une journée entière – une semaine entière ! – assise en terrasse sur qui sait quelle petite place, c'était vraiment trop.

C'est en écoutant en cachette ses séances à l'interphone que j'avais entendu parler du kiosque. Le mot revenait si souvent dans la conversation entrecoupée avec ses copines que son poids avait fini par me détourner de mes tourments habituels – pourquoi Marzia et ses camarades ne se rencontrent-elles pas juste en bas de l'immeuble ? C'est quoi, cette manie de l'interphone ? Est-ce que les parents des autres ne veulent pas qu'elles la fréquentent ? Est-ce que dans le quartier on la considère comme une fille qui a mal tourné ?

Dans le tram, fascinée par les petites peaux jaune citron qui encadraient mon pouce, plus visibles à chaque coup de frein, je réfléchissais gravement sur l'unique et crucial doute que je n'avais pas encore pu résoudre. C'est bon, on se voit au kiosque, disait-elle avant de raccrocher et d'aller se préparer pour sa sortie de l'après-midi. Est-ce que c'était elle qui commandait, ou est-ce qu'à l'autre bout la phrase sonnait en écho ? Au plus fort de sa crise d'adolescence, après avoir énoncé le rendez-vous, elle reposait le haut-parleur et s'enfermait dans la salle de bains pendant une bonne demi-heure. Elle en ressortait transformée, lourde de rimmel grumeleux et de rouge à lèvres, inondée d'un parfum douceâtre qui vous donnait mal à la tête. Elle prétendait l'avoir acheté dans une parfumerie du centre – avec quel argent, je me le demandais – et le gardait dans un petit meuble comme si, me voyant plus coquette que d'habitude, elle craignait que je m'en asperge moi aussi, le dimanche avant d'aller me balader.

Elle tapotait le montant de la porte de petits coups de pantoufle, peut-être en train de se demander lequel de ses trois pulls elle allait mettre cet après-midi-là. Parfois, si la conversation à l'interphone avait dépassé les vingt minutes habituelles, elle coupait court : ça va, on en parle au kiosque, laissant transparaître son impatience de sortir et son agacement vis-à-vis de la lenteur des autres. Je ne comprenais pas ce qu'elles avaient de si important à se raconter. J'imaginais des histoires de garçons qui les regardaient mais ne se décidaient pas à en faire plus, des commérages sur les camarades de classe qui ne les laissaient jamais copier leurs devoirs, des idées sur l'avenir, un voyage, un vêtement, le mariage. C'était à cela qu'elles rêvaient, les filles ? Je n'arrivais pas à imaginer, jeune comme ça, je ne l'avais jamais été, moi, j'aurais voulu demander un conseil, mais à qui ?

Les personnes de mon âge n'arrêtaient pas de se plaindre de leurs enfants, les traitaient comme des inconnus, des ennemis qui leur avaient poussé entre les pieds comme de mauvaises herbes dans les interstices. Ils détestaient tout chez eux, leurs cheveux longs, la musique rock, les nuits blanches, les cigarettes l'une derrière l'autre. Ils ont pas de règles, se plaignaient-ils, y veulent rien écouter. C'étaient les idées de l'époque, heureux qui en a, des idées, je me disais. Quand je comparais ces histoires avec les conciliabules à l'interphone de ma Marzia – faible à l'école, cheftaine de deux gamines trop maigres ou trop grosses –, elles me faisaient presque envie. J'aurais préféré qu'elle se trouve dans l'autre genre de jeunesse, rebelle mais avec des idées au moins, à condition qu'il lui reste un peu de ce sens du devoir que je portais depuis ma naissance, solide comme une armure.

Les meilleurs moments pour l'espionner un peu attentivement, c'était mon après-midi libre en semaine et le dimanche. Je passais tout mon temps de repos l'oreille collée au verrou de la salle de bains, aux pas hâtifs dans l'escalier, aux chuchotis téléphoniques de cette étrange créature que j'avais mise au monde contre l'avis des autres.

À part de rares moments de trêve, Marzia ne daignait pas me jeter un regard.

Je me mis à me lever de plus en plus tôt pour créer une nouvelle ambiance, le parfum du pain chaud, la tasse de lait fumante, les paroles et la musique de la radio, des rideaux à rayures jaunes et vertes cousus et montés en une nuit. Les jeunes sont comme des plantes qu'il faut arroser, mon père disait ça aussi. J'allais alimenter en elle l'envie d'aller à l'école pour apprendre en lui donnant l'impression d'être la princesse d'une famille normale où toutes les attentions sont tournées vers son premier sourire de la journée. Place à l'élève, il faut qu'elle se prépare pour ses cours. Quand elle voulait bien, pendant qu'elle buvait à petites gorgées son lait, je rassemblais ses cheveux en une grande tresse élégante que je lui mettais sur l'épaule droite comme un serpent sur une branche. Merci, me disait-elle en échange, et moi il me semblait que nous nous promettions le monde.

Mais nous jouions la comédie, toutes les deux, et les nouvelles habitudes de la maison ne parvinrent pas à vaincre celles du bivouac. La seule vraie nouveauté, c'est que la contrariété que suscitait chez moi le mystère commençait à me vriller les tempes, et à remplacer ma réserve de principe par une envie de savoir de plus en plus hystérique. Ma respiration redevenait lourde, mes poumons étaient des écrins de plomb fermés à clé derrière ma poitrine. Rosa m'accusait dans mes rêves avec des paroles acides, alors c'est qui, la mère parfaite, allez fais-moi rire ! Je me réveillais prête au combat, au travail j'étais distraite et irritable, je regardais sans cesse ma montre, je me brûlais, me coupais souvent, je répondais mal sans m'en rendre compte. C'est quoi, c'te musique, on est pas à un concert, je leur gueulais. Mais c'est Nada qui chante ! me répondaient mes collègues à l'unisson avec des yeux noirs pour l'absurdité de ma question. Je les dévisageais, frémissante de colère, c'étaient leurs chansonnettes contre ma juste concentration. On peut savoir ce qui t'a pris, me demandaient-elles, compréhensives, mais je ne me dévoilais pas, si je l'avais fait, j'aurais réduit tout mon chagrin à un bavardage idiot, je préférais les ignorer en me renfermant en moi-même. Jour après jour, je m'assombrissais sous leurs yeux, il fallait que j'agisse, que je fasse quelque chose tout de suite, que je protège la chair de ma chair.

Quand la curiosité se transforma en inquiétude, je me persuadai que si je dénichais cet endroit où allait ma fille, tout irait beaucoup mieux. Tandis que je traversais le quartier, bien droite sur le bord d'un siège d'autobus, je regardais autour de moi sans comprendre : il n'y avait rien qui ressemblait vaguement à un kiosque. Plus on avançait, plus il me semblait que la solution s'éloignait de moi. J'observais la queue des vieux avec leurs bouteilles devant la petite fontaine, les marches de l'église grise, les balcons sans géraniums et je pensais : ce quartier, moi, je ne le comprends pas. Seule exception, un kiosque à journaux du côté de la paroisse de Sant'Erasmo, mais ma fille n'était pas du genre à lire, du moins à en juger par l'expression désolée de la directrice adjointe, et Carmen et Vanessa, ses amies d'oisiveté, l'étaient encore moins. Peut-être appelaient-elles kiosque une tanière si mal famée qu'il fallait la cacher sous un nom bizarre, pour donner une fausse piste.

Pendant ces jours d'attente, nous eûmes la visite d'Aurora, qui se trouvait par hasard dans le quartier où elle avait à faire. Ma sœur, qui avait grandi sans être guidée par personne et avait fini derrière les barreaux d'une famille de bigots, n'était pas intelligente mais elle avait un vrai flair pour les états d'âme. Il lui suffit de voir l'air tendu de notre cuisine tirée à quatre épingles pour m'offrir son avis : ah, Tullia, les enfants c'est une joie, mais quand y deviennent un tracas, ça fait mal. Et qu'est-ce tu veux me dire, Auro', rétorquai-je sèchement, il faudrait que je mette le problème à la porte avec la gamine ? Des baffes, Tu', c'est ça qu'y faut, pas fortes pas molles, pas trop pas trop peu. Des baffes, elle disait, et à en juger par les cris dans l'immeuble, par les raclées en pleine rue, les poignets bleus des pinçons que je croisais dans l'escalier, c'était la seule langue que parlaient les mères de notre milieu, une armée d'ouvrières sous le drapeau des baffes, et ça fait tout passer. Mais pas pour moi, je n'y arrivais pas, je n'aurais pas pu. Rosa préférait le revers de main, parce qu'il fait plus mal et comme ça tu t'en souviendras, disait-elle.

Quand je lui avais annoncé que c'était la dernière semaine où elle pouvait encore éviter d'aller travailler jeune, Marzia n'avait pas protesté. Dimanche prochain, tu me le dis, lui avais-je intimé doucement, comme pour annoncer un programme pacifique qui ne devait susciter aucune inquiétude. Dimanche prochain on fera des spaghettis, dimanche prochain on ira à la mer, dimanche prochain tu me réponds. Elle s'était contentée de tourner vers moi deux yeux marron et plats, pas hostiles cependant, légèrement entrouverts, comme des pièges sans dents concentrés sur les tâches de l'instant, incapables de faire ce qu'ils avaient à faire. En silence, elle avait continué à passer sur la table le chiffon, là où elle avait renversé par mégarde une tasse de café. Cela m'avait semblé un signe encourageant, de compréhension ou, qui sait, de revirement.

Elle disparut trois jours avant la date entourée de rouge. En matière de coup de théâtre, elle l'avait réussi, son coup. Ce silence, ce n'était donc pas du repentir mais de la stratégie. L'idée du travail, de toute évidence, n'avait pas été à son goût, et plutôt que de protester, elle avait choisi la voie la plus directe. Je ne resterai plus ici et nous ne parlerons jamais.

Quand je m'aperçus de sa disparition – je ne pouvais savoir que c'était la première d'une très longue série – je réfléchis rapidement sur ce qu'il convenait de faire. Téléphoner à mon travail et leur dire que je ne me sentais pas bien. Descendre au rez-de-chaussée et passer tout l'immeuble au peigne fin. Au cas où je ne la retrouverais pas, appeler ses amies, en surmontant la honte de déranger leurs parents. La police, je ne voulais même pas y penser. J'aurais fait n'importe quoi pour la retrouver et la ramener à la maison, dans cet appartement où nous vivions seules mais respectables, imparfaites mais contentes d'être ainsi et pas autrement, malgré la directrice adjointe et tous ceux qui n'avaient jamais rien compris à notre monde.

Courage, trop de temps déjà avait passé. J'enfilai en vitesse mes chaussures et me précipitai dans l'escalier.

1975 – LA VAISSELLE

Pietralata, cuisines de la clinique Itor

Le plongeur était un boit-sans-soif, il s'écroulait, les bras en croix, et sa poitrine haletante montait et descendait au rythme de son ronflement. Tandis que je jetais dans le seau les restes des chariots – petits pois secs, croûtes de pain sans sel, purée caoutchouteuse –, le type dormait sereinement sur un matelas traîné par le cuisinier dans un endroit de la cuisine invisible depuis la porte, au cas où quelqu'un de la hiérarchie se serait mis en tête de faire une visite. Le spectacle – amusant pour certains, honteux pour d'autres – ne me faisait, à moi, ni chaud ni froid ; j'enfilais mes gants et je le remplaçais au chargement-déchargement de la machine à laver sans chercher midi à quatorze heures. On ne peut pas arrêter une cuisine parce qu'un des employés a un vice, me disais-je. J'étais bien plus déconcertée par la montagne de vaisselle manipulée chaque jour dans cet endroit. C'était l'abus – d'alcool, de fourchettes, mais peut-être d'autre chose aussi – qui était le véritable mal incurable de l'hôpital. Ceux qui, comme moi, échappaient à cette contagion y remédiaient sans piper mot.

Me mettre au service de la cuisine avait été une excellente idée : après une première période où j'avais fait les petites mains, le cuisinier avait commencé à s'intéresser à moi, tout content que je lui arrange le problème du plongeur. Faire la conquête de ce cancanier signifiait faire courir le bruit de mon travail impeccable, et si par hasard la rumeur était parvenue jusqu'aux étages supérieurs, j'y aurais certainement gagné. Ainsi ça ne m'embêtait pas trop de perdre des après-midi entiers à couvrir le plongeur, un homme tellement stupide que lorsqu'il me rencontrait dans le couloir, au lieu de me baiser les pieds comme il aurait dû le faire, c'est à peine s'il me saluait. Toujours mieux que de me crêper le chignon avec ces buses de lingères.

Pour tromper le temps, pendant que je plaçais la vaisselle entre les dents de la machine, je repensais aux faits de ces dernières années. La céramique rayée par les couteaux me les rendait plus indéchiffrables. Je mettais mes secrets à laver avec le reste en espérant qu'il en sorte une version plus propre et acceptable. Peu de mois avaient passé depuis que j'avais quitté la lingerie et je n'étais pas encore parvenue à réconcilier ce mauvais souvenir avec mon histoire générale, faite de sacrifices nécessaires. Le moindre détail de ces journées de changement et de regret continuait à m'angoisser par son caractère irrésolu, erroné. J'y repensais, en partant méthodiquement du moment où les choses avaient basculé, en cherchant à me mettre de façon de plus en plus exacte à la place de la personne qui avait commencé par me souffler à la figure comme une chatte, avait ronronné et pour finir m'avait griffée profondément, là où ça brûlait encore. Je voulais comprendre ce qu'elle avait éprouvé quand je l'avais trahie. Il restait dans ma poitrine quelque chose de sec, ce doute que ce n'était pas elle qui comptait, mais moi seule.

Excellent travail comme d'habitude, Tullia. Ta collègue, elle est où ?

Le contremaître avait surgi de nulle part, les yeux vides et les cheveux rabattus sur son crâne, imbibés d'eau de Cologne.

Aux toilettes, elle revient tout de suite.

Bien, elle aussi, dis-le-lui.

La captivité dans laquelle Leila m'avait confinée à cause de l'histoire du bloc opératoire avait pris fin comme ça, quand, sans qu'on me l'ait demandé, j'avais transvasé dans ma corbeille une dizaine des draps qu'elle n'avait pas encore pliés, juste à temps pour que Benini, passant à notre poste de travail pour le contrôle de la mi-journée, nous trouve toutes les deux à égalité par rapport au programme. En réalité j'étais en avance, mais cela m'était égal que ça se sache, avec tous les extras que je faisais on allait de toute façon m'attribuer le prix de la productivité.

À la différence de nombreuses ouvrières, Leila n'était pas lente, paresseuse ni maladroite, mais cet après-midi-là elle devait instruire un groupe de repasseuses sur la grève générale organisée par le CUB pour les trois jours suivants. Cela ne lui servait pas à grand-chose de s'éviter un avertissement à la veille d'une protestation aussi dure ; les employées comme moi, en ignorant la mobilisation et en se présentant au travail à la clinique durant les jours de grève, aggraveraient de toute façon la situation de celles qui étaient absentes. Pourtant cette aide fulgurante, comme une obligation discrète offerte avec désinvolture, un plat froid arrangé pour un hôte inattendu, avait jeté sur moi une lueur d'espoir. *La solidarité entre ouvrières, c'est l'essentiel* avait été l'une des premières choses qu'on lui avait enseignées durant sa formation du soir au comité de quartier, *là où tu la trouves, tu trouves une camarade.*

Son histoire, à force de l'entendre étalée à droite et à gauche, était connue de toutes. Une fois *enfermée* à l'usine, il lui avait été facile d'aider les *personnalités syndicalisables* dans leur *prise de conscience*, grâce à certains indices précis qu'elle devinait instinctivement. Perspicace comme peu d'autres militantes de son niveau, elle avait affiné cette intuition et l'avait apportée également à la lingerie, au point de devenir la *référence idéologique* des sous-sols. Tu l'as lu, *L'Homme unidimensionnel ?* Moi non, mais je me le suis fait expliquer. Va t'asseoir, tu m'as l'air fatiguée, si la responsable passe, je lui explique. Je te laisse un imprimé, peut-être que tu peux le feuilleter pendant que tu te reposes. Elle disait des choses comme ça, et elle faisait la conquête de toutes les filles, de la première à la dernière. Fière, exubérante, toujours pomponnée, elle n'avait jamais eu besoin de mendier l'attention des collègues, qui se laissaient absorber par son énergie idéologique comme des gouttes par un tissu. À quelle heure on vient te chercher ? T'as besoin d'aide pour les banderoles ? On te couvre, t'inquiète, tu nous expliqueras après. La réaction était toujours la même, elle se contentait de dire ce qu'elle pensait sans faire la cour à personne avec des simagrées inutiles, c'étaient les autres qui la recherchaient pour refléter au moins un peu de sa lumière. Faites comme vous voulez, les filles ! Ce monde, il se partage entre ceux qui exploitent et ceux qui sont exploités, vous, vous êtes de quel côté ?

Elle était capable aussi de changer d'idée, Leila, de revenir sur l'idée qu'elle avait de moi par exemple. Peut-être que jusqu'à ce moment-là elle m'avait sous-évaluée, peut-être qu'elle m'avait mal comprise. Si j'avais été capable de couvrir une collègue qui m'avait rossée pendant des mois sans hésiter, on pouvait espérer me faire rentrer dans le collectif. L'approche passait par des phases croissantes. Qu'est-ce que tu fais, après le boulot ? T'emportes du repassage à faire chez toi ? La journée au turbin, ça t'a pas suffi ? Tu veux pas passer à la réunion ? On commençait en invitant la nouvelle recrue à participer à une *situation associative indépendante du syndicat central*, tout cela se passait dans les recoins du vestiaire entre deux roulements, en grappillant des dizaines de minutes de-ci de-là, en lançant des appels pendant les pauses cigarette, à l'arrêt de bus, sous la douche. Les informations commençaient à circuler comme ça, la nouvelle camarade apprenait les mots techniques et se prenait à aimer des concepts dont elle devait seulement *prendre conscience* parce qu'ils étaient déjà siens. *Si tu es né pauvre, c'est parce que quelqu'un avant toi a subi une injustice.* Il était impossible de ne pas être d'accord. Une fois dépassée la période de connaissance, il était probable que l'ouvrière commence à fréquenter aussi *les réunions centralisées convoquées par différents comités* qui se tenaient deux fois par mois dans des hangars humides. Un nuage de fumée s'étalait au plafond, dense et noir comme les existences des gens qui s'asseyaient en dessous sur des chaises inconfortables et trop serrées.

Tout en repensant à ces jours-là, peut-être parmi les plus heureux de ma vie, je quittai la cuisine, c'était la fin de ma journée. Le plongeur ronflait encore. J'allais le laisser là, au moins il m'épargnerait les insultes de son réveil au vin pétillant des Castelli.

Je n'avais jamais eu d'amis à part mes frères et sœur et les autres gamins de l'immeuble de la piazza

Risorgimento, quand j'étais petite et que la vie pouvait encore prendre une autre tournure. Les filles ne m'accordaient pas une miette de leur sympathie, peut-être qu'elles étaient refroidies par mes manières dures, mes réponses laconiques, ma façon de courir et de cracher comme un garçon. Allez, tu fais quoi, là, à manger toute seule ton bout de fromage, t'es quoi, toi, un rat ? Attends, je vais te faire goûter une de mes spécialités. Tout en parlant, Leila s'était assise en face de moi, avait posé un carré de pizza à l'oignon enveloppé dans son mouchoir au milieu de la petite table bien rangée où je consommais mon repas en solitaire, rapide, à l'écart des bancs de bois de la cour réservés au groupe bruyant des autres collègues. Avant que j'accepte son offre, le temps s'était arrêté pour me laisser reprendre mon souffle. J'avais levé la tête de mon récipient en fer-blanc plein de riz et de fromage, jusqu'à me refléter dans les yeux de chatte de Leila. Là, au milieu de ses deux miroirs d'ambre, à ma propre surprise, je m'étais trouvée meilleure qu'avant, plus précieuse, plus intéressante.

À partir de ce jour-là, les choses avaient changé. Leila m'attendait à l'arrêt de la maison de repos. Ben, ma petite, je commençais à croire que t'allais pas arriver. Elle venait jusque-là depuis chez elle, comme un cheval emballé, toujours en avance sur mon tram, ça lui servait à se calmer, disait-elle, mais aussi à se distraire au spectacle de la ville qui s'éveillait de son silence nocturne. Je ne me rendais pas compte de ce qu'elle faisait avec moi, et même si je m'en rendais compte, heureuse comme je l'étais, je ne me sentais pas manipulée, mais importante. Pendant le bout de chemin de l'arrêt de bus jusqu'à l'entrée de service de la clinique, pendant que nous dépassions les conteneurs des sanitaires, les chambres frigorifiques et les fourgons arrêtés pour leur déchargement, Leila s'intéressait à mes expériences, elle me demandait en détail ce que j'avais fait la veille au soir, insistait pour tout savoir, même les choses insignifiantes, elle prétendait que c'était justement à travers ces choses-là que l'on comprenait comment étaient faites les personnes. Oui mais à quelle heure t'as dîné ? Et après ? T'as lu un peu ? T'es allée au cinéma ? T'as joué avec ta fille, ou elle dormait déjà quand t'es rentrée ? Et qu'est-ce qu'elle a appris à l'école ? Elle est bonne en histoire ? Dis-lui que c'est ça qu'elle doit étudier plus que toutes les autres matières. Je devins curieuse de ma propre vie à travers les questions de Leila, je me mis à chercher les *symboles* sans craindre que ce soit sentimental, ou trop féminin, seulement parce que Leila ne le pensait pas. Tout était extrême, vrai et immédiat, le blanc était blanc, et le noir – nous allions le combattre côte à côte comme deux lionnes – était noir, un point c'est tout.

De même qu'elle m'avait reléguée à la marge, Leila m'avait amenée au centre. Partout où les autres filles lui gardaient une place, elles savaient qu'il leur fallait aussi en garder une pour moi. Si une réunion avait lieu, n'importe laquelle, j'étais toujours la première à m'y présenter. J'affrontais mon éducation politique de la manière la plus sérieuse possible, comme tout ce que je faisais : j'écoutais seulement sans jamais m'exposer, le front plissé je m'appliquais à fouiller le sens profond des choses, à exercer une nouvelle intelligence jusqu'ici restée sous le boisseau. Mais la politique ne touchait pas mon cœur. Tout ce que je faisais, c'était pour elle, Leila. Elle nous expliquait les discours du syndicat, en les farcissant de gros mots pour nous faire digérer les termes techniques au milieu des ricanements. Moi aussi, pour la première fois depuis que j'avais été embauchée à la Itor ou quand j'étais partie de la maison, je riais avec les autres. Rosa était plus loin que jamais.

Ensuite tout a basculé.

L'idée de justice, si sacrée et inviolable, ne pouvait pas être la même pour tous. Je tentai de me concentrer un instant sur les grands yeux en amande de Leila, souffrant de leur éclat. Un grain de beauté troublait l'iris gauche, bariolant la couleur en une imperfection qui faisait sa valeur. Je pensai à autre chose tout en escaladant, le souffle court, les dernières marches qu'il y avait entre moi et la porte de mon appartement. Parfois, ça faisait trop, il était difficile d'affronter la réalité. Y z'ont qu'à aller se faire trucider, dis-je à mon chat qui dormait sur le palier du deuxième étage. Et il me regarda par en dessous après avoir déduit que ce ne serait pas une soirée de jeux et de caresses.

Quand on m'avait demandé de dénoncer la leader du mouvement, en tant qu'*organisatrice des grèves et élément de trouble indésirable pour l'établissement*, j'avais décidé de ne pas me casser la tête plus qu'il ne fallait. J'allais devoir sacrifier Leila, elle justement, ma seule amie. *Le pouvoir use qui ne l'a pas*, m'avaient-ils dit peut-être pour me consoler, comme si j'avais besoin de leurs maximes pour me convaincre de l'inévitable.

La veille de ce que j'allais bientôt, en mon for intérieur, appeler « la grande implication », Marzia m'avait demandé si cet été-là on irait en vacances quelque part, rien que nous deux. Elle me l'avait demandé avec une expression si triste, si timide, comme quelqu'un qui s'attend à s'entendre dire non, que je m'étais effondrée intérieurement. Je craignais qu'un refus ne la conduise à une nouvelle fugue, et moi à d'autres solitudes. J'allais emmener ma fille en vacances parce que je savais à quel point elle le désirait, mais à une seule condition : ne pas me mettre à ruminer sur ceci ou cela. Ce qu'un autre aurait fait n'avait pas d'importance. Je payais régulièrement mon loyer et le chauffage et, si dans les trois mois à venir j'y mettais du mien, cet été je prendrais le bateau à moteur pour Capri en regardant le profil doux de ma petite fille à contre-jour, dans la fraîche brise marine. Je n'arrivais pas encore à me défaire du poids de ses cinq premières années, les plus difficiles que j'aie jamais eu à supporter, à courir pour des appartements et des emplois, de saison en saison, sans famille à qui demander de l'aide et avec toujours l'idée de cette chose nouvelle à protéger. J'avais sauté un fossé profond, et le noir le plus sombre m'attendait, je ne pouvais pas me perdre dans ce grain de beauté dans l'œil, il était merveilleux, il était unique au monde, mais ce n'était pas le mien et il ne devait pas m'intéresser. Tout le monde n'est pas né pour l'amitié, la loyauté entre sœurs, les tendresses, cette histoire-là ne serait jamais la mienne. C'est la raison pour laquelle j'avais dit à mes responsables ce qu'ils attendaient que je leur dise. Ils avaient licencié Leila sur-le-champ le jour même.

Le meilleur de l'histoire, c'est que la direction, aussitôt après m'avoir contrainte à la dénonciation en jouant sur la seule qualité que personne ne pouvait me contester – le sacrifice, une vie entière passée à faire sans demander –, au lieu de me récompenser m'avait tourné le dos en me reléguant dans un emploi de plus en plus invisible, peut-être à cause de la nervosité de mes collègues qui m'évitaient. À l'unanimité, elles avaient décidé de ne plus me dire bonjour, parce qu'elles considéraient toutes que j'étais « celle qui a trahi Leila » et elles travaillaient plus mal en ma présence, distraites par leur mépris. J'avais donc été transférée en cuisine. C'est bon, avais-je répondu, je ne voulais pas un prix, juste sauver ma peau. Je m'habituerais au silence, je le préférais au chômage.

Je continuais à être incapable de les voir, les choses laides qui prenaient d'assaut mon paysage, mais la vapeur m'avait appris à les confondre avec les autres, à les disqualifier sans sentiment. Ne cueillant du bout des doigts que le strict nécessaire, je me débrouillerais pour vivre, encore et encore. Pour ne pas céder à la colère face à ce petit groupe de juges en tablier de travail, je cherchais mon inspiration dans le peu d'histoire que je connaissais. Exemples d'héroïsme, de gens qui avaient réagi comme ils le pouvaient, en marchant sous une bannière juste : les soldats qui se voyaient mourant aux côtés d'un compagnon d'armes et devaient continuer la guerre pour en réchapper, les esclaves qui tuaient leurs filles pour les soustraire au sort qui était le leur, les filles qui laissaient leurs mères aller au diable pour devenir mères à leur tour. Le même espoir de survie qui divisait au lieu d'unir.

La machine ne séchait pas très bien la vaisselle, je devais la finir au torchon si je voulais que tout redevienne propre et bien en ordre, pas possible de faire autrement.

Une assiette après une autre, pour faire mon devoir.

1978 – LE GROUPE

Portonaccio, H. L. M.

Les nuits de juillet étaient humides au point que, dans le petit appartement coincé entre tant d'autres dans les barres d'immeubles de Portonaccio, on avait l'impression d'être au fond d'un puits aux parois glissantes dont on n'aurait pu remonter. Les portes grinçaient, le sol poisseux bouillait au-dessus des têtes des occupants du sixième étage, assis en position d'apathie résignée sur leur canapé en velours qu'ils n'avaient pas eu le temps de recouvrir d'une étoffe plus fraîche avant que la moiteur les immobilise dessus, incapables qu'ils étaient de se lever de cette prison dans la prison, aussi bien que de s'allonger et de fermer les yeux dans l'attente d'une mort minérale.

Mes tentatives de ranimer le jardinet sur le rebord de la fenêtre de la cuisine ne servaient pas à grand-chose : l'eau s'évaporait avant même d'avoir atteint les racines des plantes qui se flétrissaient chaque jour davantage en se recroquevillant sur la tige. Cette nature morte ou moribonde était le visage fatigué de l'été urbain, l'annonce de la désolation qui allait en quelques jours sucer la vie et la couleur de toutes les fleurs. Herbes marron sur le bas-côté, charognes de chats au milieu de la route, conteneurs débordant de cartons pleins de choses pourries et de carcasses de pastèques semblaient implorer la saison qui allait bientôt les putréfier. Pitié ! Mais elle, rien, pas de réponse !

Dans l'espace étroit de notre deux-pièces, le charme des nuits chaudes de Rome se transformait en découragement. Tous les soirs, quand elle rentrait dans le petit appartement aux plafonds bas et aux ouvertures trop étroites pour laisser passer une juste quantité d'air, Marzia se mettait à brailler en faisant claquer les portes de tous les meubles de la maison. À chaque choc, j'en avais mal au ventre, un coup de plus allait peut-être réduire en miettes la pile de petites tasses de céramique fine que j'époussetais et reposais bien en ordre dans la petite vitrine une semaine sur deux. Si ce devait être leur heure, qu'elle les achève toutes dans un grand fracas sans en laisser une intacte, me disais-je dans l'inquiétude. Marzia, que n'effleuraient pas un instant de telles considérations qu'elle aurait jugées pathologiques – encore avec ces quat' trucs ! répliquait-elle d'un ton brusque quand je lui disais de faire attention –, ouvrait le buffet, sortait un verre qu'elle plantait sur la table avec la rage qu'elle aurait mise à assommer une bête ou fendre la coque d'une noix, elle prenait la bouteille en verre dans le frigo et la renversait dessus dans un élan disproportionné. Inévitablement, une couronne d'eau enflait autour du verre avant que mon coup d'éponge ne l'arrête dès que Marzia avait tourné le dos. Ici comme ailleurs, mon rôle se réduisait à cela, de rapides interventions à l'ombre des événements.

À la différence de moi, Marzia était très affectée par la chaleur. Elle ne pouvait pas le savoir, mais tous les matins, quand je la croisais dans le couloir et l'entendais marteler son premier et funèbre aujourd'hui on crève, je revoyais son père, beau et colérique, étranger à tout ce que j'étais, moi, lézard de grenier, petit animal méditerranéen doté de poumons trop petits et d'une résistance qui ne connaissait pas de limites. Le peu qui me restait de lui, c'étaient ses récriminations perpétuelles contre tout, le climat, la circulation, le tapage et la violence politique. Il détestait tout parce qu'il ne comprenait rien et, comme Marzia, il déchargeait tout son ennui sur moi.

Quand je me sentais trop épuisée par la tension, je me prenais à penser que, vu leur ressemblance, ce pourrait être lui, ce cher monsieur, qui élèverait Marzia tandis que moi je voyagerais avec la compagnie théâtrale de tante Giovannina, fardée et exubérante, partout en France, en Grèce ou qui sait où. Ensuite je me répétais je suis sa mère en cherchant la tendresse à l'égard de cette chose odieuse qui se passait sous mes yeux. J'essayais de me retenir, de ne pas sursauter à chaque bruit qu'elle faisait en tournant dans cette cage des deux seules pièces dont nous disposions. Elle donnait des coups de pied dans les plinthes, s'attachait et se détachait les cheveux à se les arracher, réveillant en moi les mauvais jours du passé. Rosa, avant de se mettre à casser trois des huit assiettes de la maison ; Rosa toujours, un dimanche matin, debout sur le bord de la fenêtre. Je te fais un jus de citron frais ? lui demandais-je, malheureuse, et elle mais qu'est-ce que tu racontes, sans un merci ni un petit sourire pour voiler sa dureté. Elle entrait dans la salle de bains pour mouiller son peigne et en ressortait tout de suite, brusque, dégoulinante, la mèche sur le côté, les yeux pointés sur ses pieds maigres. Elle ne fermait jamais à fond les robinets, le ploc ploc métallique de l'eau sur le lavabo me portait sur les nerfs. J'aurais voulu lui fendre la tête d'un coup de poêle. Je prenais tout d'un coup la boîte à couture et la reposais aussitôt après comme si elle me brûlait les doigts. Souvent, pour faire passer l'amertume qui me tenaillait, je m'échappais chez les voisines, deux sœurs qui fumaient et se disputaient tout le temps, toujours enfermées chez elles comme des vampires en pantoufles et robes-tabliers. Je me gavais, hypnotisée, de racontars et de café, en acquiesçant de temps à autre.

Nous avions appris à attendre que l'appartement devienne brûlant, toutes les nuits. Après un moment chargé de belles espérances – peut-être qu'il fera moins chaud cette nuit, mets-toi à la fenêtre, ça va passer, suggérais-je sans y croire moi non plus – nous finissions en général par nous retrouver sur le palier, avec les autres. Et nous restions là comme des chaises entassées au seul endroit où il y avait un peu d'air, repéré à coups de jurons et de tabourets traînés au sol. On se retrouvait avec cette compagnie forcée tout en sachant qu'on n'avait rien en commun les uns avec les autres à part la sueur et l'ennui du réveil qui, moins de six heures plus tard, allait nous obliger à partir au travail sans le repos nécessaire. Chacun dissimulait sa rancœur à l'égard du voisin d'en face – un connard ! – qui s'obstinait à occuper tout l'espace du séchoir à linge sur la terrasse de l'immeuble en se foutant des réclamations, garait son triporteur devant la fenêtre de l'appartement en contrebas, cachant ainsi le soleil des locataires les plus pauvres, ou qui, lorsqu'il arrosait, faisait couler un déluge sur le linge à peine mis à sécher.

Inutile de faire les difficiles dans cette situation : les bavardages usés du voisinage, les fronts en sueur des gens de Portonaccio étaient malgré tout un remède aux pensées. Peu à peu on s'intégrait et on finissait par se joindre à la conversation au sujet du concierge qui passait plus de temps au bar que dans la cour de l'immeuble à balayer – un bon à rien, un hâbleur –, sur les remèdes contre le rhume, l'otite et la constipation – huile et sel, sel et huile. Une bonne partie de la soirée serait consacrée aux recettes traditionnelles de Rome, faites essentiellement de tripes et de restes, Marzia se pincerait le nez à entendre des mots tels que « abats » ou « boyaux », et s'appliquerait à faire la gueule toute la soirée, une tête à claques.

Il n'était pas toujours aussi déprimant de passer du temps avec les voisins. Les jours de l'élection de Sandro Pertini nous avaient inspiré d'autres discours souvent improvisés – parmi nous, les travailleurs de Rome, il y en avait qui étaient calés en politique, d'autres, comme moi, qui n'y connaissaient pas grand-chose, ou rien du tout –, mais plus intéressants pour tout le monde. Longtemps auparavant, nous avions passé beaucoup de temps à parler de ce triste événement de la voiture avec ce pauvre malheureux assassiné dans le coffre; les heures filaient, Marzia avait écouté sans pleurnicheries ni polémiques. Moi qui, après Leila, avait arrêté d'essayer d'avoir un avis, je ne m'étais pas prononcée plus que ça, mais j'avais écouté avec curiosité, oubliant pour un moment notre guerre.

Au premier bâillement de ma fille – rappel de son indifférence de principe à l'égard du monde entier –, je dirais ce soir-là encore que nous étions prêtes pour aller dormir et, après avoir souhaité bonne nuit aux dames en blouse, nous repartirions nous terrer dans notre four. Comme chaque nuit je ferais couler de l'eau sur mes poignets et mes chevilles avant de me dédier à la seconde partie de l'insomnie, une affaire personnelle.

Le vrai problème dont je devais tenir compte, ce n'était certainement pas le climat, c'était le groupe.

C'était au groupe que Marzia allait, du groupe que Marzia rentrait chaque jour que faisait le bon Dieu, un après-midi après l'autre. Toujours avec ses fidèles gamines, promues comme elle au statut de membre de ce fameux groupe qui passait des heures à l'interphone en échangeant des chuchotis sur des sujets du plus grand secret. Il était devenu normal qu'en revenant de la terrasse où j'avais étendu la lessive de la semaine, je la trouve en pyjama, assise sur un tabouret, avec le combiné de l'interphone dans une main et le fil entortillé dans l'autre. Elle devait se sentir comme une star de cinéma dans sa chambre d'hôtel, qui passe sa vie au téléphone par ennui, lasse d'être trop belle. Mais de la star, elle n'avait ni l'élégance ni la philosophie. J'avais beau m'efforcer d'écouter en cachette, lorsqu'elle devinait ma présence elle baissait de deux crans sa voix qui, depuis le palier, semblait encore désinvolte voire ouvertement moqueuse, pour restreindre le reste de la conversation à un langage fait de sous-entendus et de commentaires indéchiffrables réduits au minimum. J'étais presque sûre que c'était elle le chef de la bande et que ce changement de ton laissait finalement aux autres l'occasion d'énoncer déclarations et propositions.

Et si quelqu'un doit entrer, vous faites quoi ? lui demandais-je en prenant un timbre qui manquait de naturel, apparemment complice, mais finalement inquisiteur. On arrête de parler deux secondes, c'est tout. Mais personne ne parle à l'interphone, qui est-ce qui doit parler à l'interphone ? Vanessa garde la porte ouverte avec le pied et les gens passent, c'est simple. Elle précisait cela d'un air exaspéré qui faisait naître en moi des images infernales, flammes, miroirs qui se brisent, cris de grandes foules, Marzia jetée dans le feu, en punition jusqu'au repentir définitif.

Jamais je n'étais parvenue à lui donner une gifle, le souvenir des capillaires éclatés en une infinité de veinules violettes par les énormes baffes de Rosa m'avait lié les mains pour toujours. J'allais regarder patiemment, avec confiance, en espérant que tout se calme d'un coup de sifflet comique, sans avoir besoin de recourir à la force physique. Même si je l'avais voulu, je n'en aurais jamais été capable.

Quand je sentais ma bouche sèche à force de nervosité et que les voisines ne représentaient pas une alternative attrayante, je restais à un mur de distance de ce problème qui m'embrumait le cerveau et me mettais à fouetter du blanc d'œuf et du sucre pour en tirer des meringues bien gonflées que je suçais sans goût, me fichant pas mal du diabète.

Ou alors je sortais marcher sans rien regarder, la rue, les immeubles, les gens, je marchais d'un bon pas, la tête penchée, comme je ne l'avais même pas fait à l'époque de ma mallette. Une fois, j'étais arrivée jusqu'à San Giovanni. Sous la couronne en marbre des saints, tyrans en haut de la basilique, je m'étais sentie jugée par leurs doigts levés, par leurs croix, leurs draperies agitées dans la tramontane, rentre rejoindre ta fille, va faire la mère. Excusez-moi, avais-je marmonné, je suis simple.

Marzia raccrochait souvent d'un coup brusque le combiné de l'interphone pour aller s'enfermer dans la salle de bains avec un tas de vêtements. Durant le passage de l'interphone à la salle de bains, puis de la salle de bains au miroir collé à la porte de l'armoire, elle tremblait de nervosité. La raison de sa rage était toujours la même, le grave manque de vêtements. Des loques de chiffonnière, criait-elle en indiquant sa garde-robe, en partie suspendue, en partie pliée n'importe comment à côté de mes vêtements de travail, là où je n'intervenais pas, de manière qu'elle apprenne à s'occuper elle-même des choses qui lui appartenaient. Elle voulait la bataille, mais moi je l'avais déjà eue. À son âge, je travaillais depuis presque dix ans. Pendant que je faisais semblant d'être occupée à tricoter une écharpe au crochet terminée depuis longtemps, elle exigeait que je l'écoute et que je me repente sur-le-champ de ne pas lui avoir donné le nécessaire pour l'empêcher de se retrouver dans la rue habillée comme une pouilleuse, identique à toutes ces filles des quartiers pauvres. Pour me contrôler, je comptais une deux trois boîtes de tomates pelées, et j'éloignais mon esprit dans un espace gris. Retourner les matelas, payer l'électricité. Qu'est-ce que tu fais ? Tu dis rien ? me provoquait-elle, les sourcils froncés en un surplomb rocheux. Le savon de Marseille était fini. C'est bien, dis rien, de toute façon qu'est-ce t'en as à foutre ? Lui arracher un œil, lui crier dessus, lui donner des coups de pied, l'enfermer dans sa chambre et jeter la clé dans la cage d'escalier. Moi j'veux pas être comme toi. Enlever avec le balai les toiles d'araignées dans les coins du plafond. Ouvrière de mon cul. Un revers de main, un seul, et puis le silence. Je sors. Où tu vas ? J'sais pas, j'sors.

J'avais cessé de lui trouver des excuses quand je m'étais demandé qui était le véritable destinataire de toute cette rancœur. De toute façon, il n'était pas là, quelle chance pour lui. Marzia enfilait sa robe préférée, en coton couleur rouille avec les manches à pois noirs, elle se collait deux touches trop lourdes de fard sur les joues déjà rouges, claquait la porte de l'armoire, ouvrait grand la fenêtre pour hurler un sonore j'arrive ! à ses copines qui étaient encore là, collées à l'interphone. Finalement elle s'en allait.

Contemplant le point éventail de mon ouvrage au crochet – énervant tant il était symétrique et parfait –, j'attendais que l'atmosphère devienne moins lourde. Je me levais de mon banc recouvert de tissu et je rapprochais les persiennes que Marzia avait laissées ouvertes pour que l'ombre reconstruise une illusion de fraîcheur à laquelle je travaillais depuis des jours. Délaissant ce maintien qu'on a quand on se sait observé, les yeux mi-clos, rouges à cause de la fumée, je m'abandonnais sur le rocking-chair que j'avais acheté à crédit, une fantaisie. C'est dans ces moments de grâce seulement, après avoir obturé toutes les issues possibles sur la réalité, que je parvenais à me rappeler mélancoliquement ma fille petite. Il était si loin l'optimisme de cette période, quand elle avait encore confiance en moi et ne doutait pas de notre alliance. Et combien, au contraire, cette alliance s'était rompue. L'indifférence complice envers le grand absent s'était défaite en mensonges et rancœurs.

1979 – LA MAYONNAISE

Rome, Parioli, clinique Santa Susanna

Les patients étaient lunatiques, il leur venait des idées de luxes déraisonnables, et ensuite ils renonçaient aux choses les plus idiotes avec un non merci. Ils étaient riches, mais cela ne les préservait pas de la peur de mourir. Le cholestérol, disaient-ils pour se justifier, l'air puni, non vraiment je ne peux pas. Ils indiquaient d'un doigt mou l'épouvantail du jour sans pouvoir admettre qu'ils étaient seulement en proie à des obsessions. Comme je me refusais à réduire leur assiette à rien du tout, je n'oubliais jamais de mettre de la mayonnaise avec ma salade de poulet. Je la faisais à la main, avec peu d'œuf, peu d'huile, très peu de sel, une version diététique dans les règles que ces quelques abrutis finiraient eux aussi par accepter un jour ou l'autre. Y sont malades, mais pas idiots, confirmait le chef qui encourageait ma croisade.

Déçue, j'examinais les chariots à la fin des repas, les coupelles de mayonnaise tout ce qu'il y a de plus fraîche envoyées une heure auparavant revenaient à la cuisine presque intactes, marquées seulement d'un ou deux coups de cuillère sur la surface veloutée, rien de plus. Si j'avais été chargée également de distribuer les repas après les avoir cuisinés, j'aurais conseillé à chacun des patients d'ajouter au moins une petite cuillerée de mayonnaise.

Est-ce que ça pouvait être aussi grave que ça, une larme de mayonnaise ? Est-ce qu'ils n'avaient jamais réfléchi, ces chers pensionnaires, que la clinique l'aurait bannie du menu si elle avait été tellement mortelle ? J'avais bien insisté auprès des infirmières qui distribuaient les plateaux dans les chambres, expliquez-leur, lit par lit, que c'est une recette classique mais allégée, la digestion est garantie pour ceux qui ont l'estomac fragile. Paroles perdues. Les filles cherchaient avant tout à expédier la chose en un minimum de temps et ne se donnaient pas la peine. Gâcher la nourriture était un délit – une fois Rosa m'avait obligée à manger mon vomi sous les yeux de toute la famille –, mais je persistais dans mon idée. Il suffisait qu'un des patients vante avec conviction la délicatesse de ma mayonnaise pour que le bruit coure, mettant un terme à cette ridicule abstention. Ce fait, qui n'était rien pour les autres mais tout pour moi, avait pris la forme d'un examen important. Une fois celui-ci en poche, l'inauguration d'une nouvelle ère serait officielle.

La mayonnaise était la dernière touche d'un après-midi créatif que je passais devant les fourneaux, dans une béatitude parfaite. Pendant que les suprêmes de poulet, que le chef faisait venir directement d'un élevage du bas Latium, cuisaient longuement dans les plats, je coupais les carottes et les haricots verts blanchis, les olives noires et les pommes de terre avec l'ail, le vinaigre et le persil. J'égouttais le poulet et le laissais tiédir le temps d'une cigarette dans le couloir – je me fichais de l'interdiction de fumer, la période était au plaisir à ce moment-là. J'assaisonnais le poulet tiède avec le citron, un tour de poivre, puis je commençais à l'effiler. C'était l'opération la plus pénible, un petit travail minutieux dont dépendait la perfection du plat. Ce travail-là, et la mayonnaise, bien sûr. La beauté de la chose arrivait avec le premier assemblage des ingrédients : la cascade verte, jaune, orange et noire de l'assaisonnement recouvrait les pâles filets de poulet, et cela ne manquait jamais de m'émerveiller. Voilà, les choses sont tristes parfois, me disais-je, mais le soin des détails peut sauver toutes les situations. Qui n'aurait pas été découragé de devoir vivre dans un appartement de banlieue en semi sous-sol comme un rat au milieu de trop nombreux locataires ? Mais le tapis, les sets sur la table, les tasses de lait colorées l'une à côté de l'autre, cela changeait tout.

Me faire nommer cuisinière fut le coup décisif de mon éveil à la vie. Jusque-là j'avais toujours exécuté sans poser de questions, concentrée sur ce qu'il y avait à faire, peu encline aux distractions, avec pour seul credo l'action. Jour après jour, le travail avait été le travail, c'est tout. Maintenant le plaisir de m'amuser révolutionnait tout. Vêtue de blanc, mais sans l'innocence, je riais de mon malaise d'autrefois et regardais autour de moi. Cheveux platine coupés court, nombrils à l'air, barrettes en tissu, couleurs éclatantes, bijoux dorés en toc. L'invitation à la fête était encore valide.

Je payais ma passion pour ce métier d'un excès d'émotions capable de gâcher mon humeur pour une crème qui avait tourné et de m'ouvrir les yeux une demi-heure avant la sonnerie du réveil pour courir à la clinique allumer les fourneaux. À la fin de la journée, quand je rentrais chez moi comme si seulement dix minutes, et non neuf heures, avaient passé depuis mon départ, je sentais que j'avais enfin entre les mains quelque chose dont je pouvais être fière. Je repensais aux plats, au chef, aux recettes, aux plateaux. Je respirais. Tandis que je descendais les marches de mon appartement en sous-sol, envahie par cette puanteur insupportable de friture et de pisse de chat, de petits rires gargouillaient dans ma gorge au souvenir d'une erreur minime commise à l'insu du chef. Quand Marzia protestait contre les petites robes de couleur vive que je cousais la nuit pour tromper l'insomnie, cela ne m'énervait pas comme ç'aurait été le cas quelque temps auparavant. Je laissais passer les gens qui se trouvaient sur mon chemin pour le plaisir de faire preuve d'une gentillesse nouvelle. Je m'occupais des plantes, les miennes et celles de mon vis-à-vis, je *parlais* avec elles, persuadée que cela leur faisait du bien. Poussez, poussez, mes jolies.

Que m'arrivait-il ? Qu'est-ce que j'avais à rire ? Où étaient passées la colère, la rage et la guerre ? Parfois, je faisais une pause pour les chercher et tout ce chagrin me manquait presque. Il arrivait que la voix d'Aurora, rauque dans le combiné du téléphone, revienne me tourmenter traîtreusement, maman a encore fait des bêtises, on l'a ramenée à l'hôpital, elle a pas sa tête. Mais j'étais entraînée à repousser immédiatement l'horreur le plus loin possible, déterminée comme jamais auparavant à la renvoyer dans son enfer, à des années-lumière de moi. Il n'y avait que moi et la cuisine, tout le reste ne m'intéressait guère.

Après des années d'un travail de forçat, un emploi aussi original – tu commences comme employée à tout faire, on verra ensuite – faisait peser sur moi un autre type de fatigue. D'après moi, c'était un projet qui n'était pas moins noble que mettre des solvants en bouteille ou préparer le nécessaire dans des blocs opératoires pour des opérations compliquées. Une mission différente, enfin pour moi. Je sortais de chez moi le matin presque en courant, comme si les sacs de papier suspendus à l'angle formé par mes bras pliés étaient remplis de plumes plutôt que des légumes frais et de la farine que les cuisiniers m'avaient commandés la veille. Je me prêtais à tout, parce qu'on me le demandait respectueusement. Giuseppe le disait bien, qu'il suffit de peu pour faire un homme. La cuisine était un petit pays où régnait l'harmonie. Un rôle était assigné à chacun, on ne travaillait jamais seulement pour soi-même. Le vert des murs me rappelait le refuge de San Lorenzo, mais lessivé de l'angoisse ; il offrait une possibilité nouvelle à mon enfance de loques qui avait inauguré le délabrement. Dans la cuisine, le vert était seulement vert. Ce qui dominait, au contraire, c'était la projection vers le futur, le désir d'inventer des plats en équilibre entre la gourmandise et la santé, un défi possible dans lequel nous étions tous engagés comme une équipe.

J'entrais chaque matin dans cette salle avec l'état d'âme de quelqu'un qui va retrouver ses amis, moi qui n'en avais jamais eu. J'ouvrais la porte antipanique, j'appuyais sur l'interrupteur, j'aspirais l'air de beurre, je faisais courir ma main dépourvue de farine sur le plan de travail métallique, et je gagnais mon poste. J'étais toujours la première.

Parfois j'aurais voulu congeler le temps et rester immobile à me délecter en voyant les collègues rivaliser pour s'aider les uns les autres, s'envoyer des vannes et rire à s'en décrocher la mâchoire.

Tu veux un coup de main pour les plateaux ?

Votre Stefanino s'en occupe, les filles.

Tout seul, mon pauvre petit ?

Exactement, moi, moi-même, je me débrouille en solitaire, comme ça, mesdames, vous pouvez vous reposer et vous faire les ongles sur le consommé ou préparer vos fameux sandwichs aux cheveux.

Il arrivait que l'ambiance se fasse plus tendue, les jours de grands préparatifs, mais ce n'était jamais pour des rivalités internes. Habituée comme je l'étais à me défendre pour travailler, je mis un certain temps à me faire à une telle tranquillité. J'envoyai balader les cris des ouvrières, les patrons sans cœur et les peaux de vache de bonnes sœurs comme une affaire conclue dont je rirais un jour avec mes nouveaux camarades en prenant le café.

La grande nouveauté, c'est que quand je regardais autour de moi je voyais chez les autres la même passion, signe que l'euphorie de la débutante n'allait pas s'enliser dans l'habitude des vétérans. Était-il vraiment possible que nous soyons tous contents de ce sauna entre fours et fourneaux, les doigts plongés dans les tripes, le buste enveloppé de tabliers blancs pleins de sang et de gras, les cheveux imprégnés d'huile et la gorge asséchée par le ventilateur ? Ce devait être la quantité exagérée d'arômes et de couleurs qui nous unissait, et le fait d'être ensemble pris dans une histoire toujours différente qui nous persuadait que chaque jour allait suivre une trame spéciale. Ce mélange d'humeurs, ces idées qui se condensaient en un esprit commun étaient mon salut. La semaine passait à un rythme accéléré par le désir de produire un petit chef-d'œuvre quotidien, et le vendredi, quand je fermais le gaz et que j'éteignais les lumières, je me surprenais à penser : déjà ?

Dès que j'eus appris la place de chaque ustensile, de façon à ne plus avoir rien à demander, je m'ouvris au groupe. En deux semaines, j'avais mémorisé toutes les techniques de la coupe et découpe, un mois plus tard les chefs se battaient pour m'avoir comme auxiliaire. Il me suffisait d'une demi-heure sur la planche à découper, et ils avaient devant eux tous les ingrédients dont ils avaient besoin, en dés, en julienne, en tranches, disposés dans des bols, toujours dans l'ordre d'utilisation selon la recette. Là, c'est les couteaux à Tullia, expliquait le chef de salle aux nouveaux arrivants en indiquant le porte-couteau pour les décourager de s'en servir.

J'étais efficace, d'une manière différente par rapport à l'époque où j'étais ouvrière. J'étais efficace, et surtout je m'impliquais vraiment. Il ne fallut pas longtemps pour que je passe de la coupe aux fourneaux, seule femme au milieu d'un escadron de grands gars. J'appris les classiques. Le *vitello tonnato*, les escalopes, le *roast beef*. Mais aussi la gélatine, la panna cotta, les tortellini. Toujours désireuse de progresser, je ne reculais pas devant les improvisations. J'étais gênée et dissimulais ma fierté devant l'enthousiasme des infirmières. Merci, je suis juste en train d'apprendre. Je voulais surprendre mon public, que je savais difficile, en émoustillant son désir de vivre encore, pendant son hospitalisation. Nombre des patients de la clinique étaient habitués à des restaurants et des domestiques de premier ordre, un compliment de leur part au chef des cuisines équivalait à un renouvellement du contrat, poignée de main en plus. Les plus capricieux d'entre eux exigeaient des choses absurdes, du jus de tomate, un cocktail de crevettes, du champagne. Les actrices suivaient des régimes exotiques, demandaient des produits insensés, hors de saison ou importés de l'étranger. Pas de quoi me troubler, les caprices des riches étaient une distraction pour moi.

Tout avait une saveur, c'était la découverte la plus intéressante. Je humais l'air en devinant les épices qui circulaient, je mettais dans ma bouche tout ce qui me tombait sous la main, pour apprendre. J'avais entendu dans le bus une dame dire que chaque personne a un sens plus développé que les autres par lequel elle exprime tout ce qu'elle est. Donc mon sens, je le savais désormais, c'était le goût, et le fait de ne pas l'avoir exercé pendant des années – T'aimes pas ? Tant pis pour toi ! disait Rosa en m'enlevant mon assiette si je mangeais trop lentement – était un avantage certain. L'avantage des crève-la-faim, me disais-je en riant dans mon for intérieur.

Elio Secondo, de retour de Vénétie, écoutait les grandes nouveautés, déballées l'une après l'autre. Abasourdi, il scrutait mon nouveau visage, agité par les exclamations.

Oui, le goût, Elié, toi ça doit être la vue, non ? Dix dixièmes, même au service on te l'a dit. Qu'est-c'qu'y a, tu trouves ça bizarre ?

Maintenant y a rien qui m'épate plus, quand t'étais petite, quelquefois on aurait dit que t'allais y passer tellement que t'étais maigre.

On mangeait que du pain et des œufs.

Et de la viande.

Une fois par mois, si maman en avait envie.

C'est pour ça qu'on est pas grands.

P't'être qu'on est pas grands, mais moi j'suis belle ou non ?

Mon frère me dévisageait, effrayé face à une personne nouvelle, qui se tenait bien droite et n'avait peur de rien. Il semblait gêné par mon culot, par ces paroles trop bizarres dans la bouche de la fille simple dont il se souvenait. Peut-être craignait-il qu'après Rosa ce soit maintenant à mon tour, comment le blâmer ? Les gens qui m'avaient vue grandir le visage toujours renfrogné, les cheveux en bataille et les cernes sous les yeux avaient de la peine à deviner ce qui m'arrivait. Le regard dégagé de pensées sombres, la fin du silence, de la crème sur les mains, le chocolat chaud à la sauvette, pendant la pause, en discutant à voix haute avec Matilde, la fille de la réception. Ces sentiments que j'avais, évidents, incompréhensibles.

1980 – LE CORPS

Rome, Casal Bertone

Mon printemps arriva à quarante ans, quand soudain une énergie inconnue – quelque chose d'animal qui se dénouait dans mon ventre – me transforma de créature informe en vraie femme. À la fin des années 70, je m'épanouissais enfin. Je tâtais mes seins ovales et durs comme des brugnons en pensant ah quand même, c'est beau.

Ce qui rendait le phénomène encore plus mystérieux, c'est que j'avais passé toute ma jeunesse pour le moins éloignée des massages et des bigoudis. Pendant toute cette période, tandis que les filles de bonne famille étaient étalées sur des coussins avec un cahier sur leurs cuisses douillettes, moi j'arpentais Rome dans tous les sens le dos courbé et la bouche sèche. Maintenant, dans la rue, je me mesurais tête haute avec des femmes que quelques années plus tôt je n'aurais même pas osé regarder, et même quand je ne me sentais pas complètement à la hauteur – regarde-les, toutes blondes et athlétiques, élancées et élégantes, un autre peuple, pas ennemi mais étranger sans aucun doute –, l'idée me venait que nous appartenions à quelque chose de commun, que nous partagions la même essence. Nous toutes, les femmes, avec ces corps pleins de cavernes, de protubérances, de liquides, d'abcès, arômes, humeurs et couleurs, appendices et bigarrures.

En outre j'étais jolie. Des femmes de peine comme moi avaient au même âge l'air d'avoir trente ans de plus. Il était donc normal que je trouve miraculeuse mon image nue devant le miroir, différente de la silhouette voûtée, gonflée et gercée que j'aurais dû représenter. Je comptais, incrédule, les maux que j'avais évités, et j'évaluais une à une mes qualités : les bijoux que j'avais su m'offrir.

Je n'avais rien de fascinant ou de sophistiqué, d'excentrique ou de voyant, mais j'étais fière d'une chose, ne pas avoir aggravé ma laideur enfantine en l'abâtardissant par une difformité irréparable. Mes hanches, pensais-je, de douces collines. Mes mollets, du marbre rose. Et puis mes lèvres rondes et humides, mes poignets fins, mes reins de feu. Élevée dans la conviction que je n'étais qu'un petit insecte, embarrassée dans la rue par ma stature modeste et mes couleurs ternes, je découvrais enfin le sang. Il dévoilait un bois dans mes yeux gris, serrait ma ceinture autour de ma taille de guêpe, déboutonnait un peu plus, toujours plus, ma chemisette légère sur ma peau. Tout en étalant de la crème sur mes bras fins et musclés, sculptés par des années de tension, je chantonnais comme si de rien n'était. Tout à coup je comprenais qu'un peu de conviction allait faire fleurir mon corps de femme, et même plus.

Au marché, je m'attardais devant les grappes de raisin *pizzutello* en l'acceptant sans problème des mains du marchand pour le goûter. Aux étals d'à côté, des groupes de garçons commençaient à me taquiner, me sifflaient et me lançaient des compliments de bar. Ils m'appelaient eh toi la blonde, la maigre, mignonne, et mendiaient un signe de moi, une maille lâchée dans une journée plus décontractée qu'une autre. Je ne leur donnais pas satisfaction et filais droit sans me détourner, mais sans hâte. Je n'étais pas habituée à ce genre d'attentions et j'en étais heureuse. Qui ne l'aurait été.

Je me mis à soigner mon apparence comme jamais auparavant. Je ne sortais pas sans avoir dessiné au crayon noir le contour de mes yeux avec une virgule finale vers le haut, qui signifiait : peut-être que oui, peut-être que non. J'épaississais mes cils avec du rimmel, je retouchais mes sourcils, je lissais mes cheveux au fer, je me mettais du vernis à ongles. C'était pénible et ridicule, mais plus je devenais experte dans cette façon de se camoufler, plus je me découvrais moi-même et j'arrivais à profiter de tout le reste. Au travail, avec ma fille, avec les autres, dans tout cet échange qui par le passé avait été de la pure violence pour moi, je découvrais le plaisir. Vas-y, va jusqu'où bon te semble, voilà ce que je m'accordais. Mes poumons, soudain devenus stables et muets, me laissaient goûter ce moment de gloire sans me prendre à la gorge.

On est bien mignonne aujourd'hui, c'est à une fête qu'on va ? me demandait cette fouine de femme du concierge en me dévisageant de la tête aux pieds. Je dégainais le sourire énigmatique des questions importunes et la seconde d'après j'avais disparu, toute à mon défilé de mode entre les immeubles imbibés de brouillard et d'humidité. Rapide en direction de Casal Bertone, ma rue élégante à moi. J'avançais en me déhanchant comme une possédée entre les boutiques et les chariots ambulants, toute pleine de moi-même. Pour me recharger à la façon d'une pile, chaque fois que je disais bonjour, j'ajoutais deux mots : le premier pour la demande d'information, le second pour la politesse ; du kiosque à journaux à la pharmacie, pas un marchand ni un voisin à qui je refusais le cadeau d'un peu de ma fraîcheur. Je m'arrêtais pour caresser un chien, je demandais de quoi allumer ma cigarette, je m'enthousiasmais deux minutes devant la vitrine de la mercerie comme si les boutons étaient des diamants et les extraforts, des colliers de perles fines. C'était plus amusant que de cavaler tête basse vers l'arrêt de bus, et ça occupait ma matinée, avec les récits des gens – des histoires qui, à force d'être dites et écoutées, devenaient non seulement leur vie mais aussi la mienne. Eh ma jolie, notre Tullia à nous, viens nous trouver plus souvent. Pourtant je n'exagérais pas, je ne prenais pas de poses, mais un pas après l'autre, je faisais la conquête de mon petit théâtre privé, sur le bitume frais qui recouvrait depuis peu la terre battue du quartier. On avait grandi, la rue et moi.

Rosa, c'était une autre histoire. Quand nous, les enfants, nous sortions dans la rue à San Lorenzo et qu'elle hurlait ne vous éloignez pas, elle avait déjà tous les yeux fixés sur elle depuis un moment ; elle n'avait pas grand-chose à faire pour conquérir le public. C'était toujours elle qui décidait, qui esquivait les attentions si elle n'était pas d'humeur, qui les manipulait à son avantage s'il lui en venait la lubie. Elle ne renonçait jamais à mettre en scène quelque chose de savoureux, sur la place du marché la petite troupe qui se formait autour d'elle riait si elle était gaie, ne soufflait mot si quelque chose l'avait contrariée, un bouquet d'artichauts trop cher, une mouche posée sur ses pommes. Elle buvait à la fontaine sans façon, tenant sa jupe sur le côté, l'eau coulait sur son cou et les garçons la regardaient avec désir, à la manière d'une madone, espérant une parole d'elle, rien qu'une, pour les contenter la journée durant. Mais la plupart du temps, Rosa posait son regard sur la place comme un voile, n'en touchant à peine que la surface, ramassait ses paquets et, nous entraînant avec elle avec un allons-y, dépêchez ! elle tournait le dos à ses admirateurs.

Moi je n'avais pas de prétentions aussi élevées, mon goût pour la considération d'autrui devait être bien supérieur au sien. Depuis que j'avais commencé à m'occuper de moi, les gens me prenaient au sérieux, j'étais de moins en moins obligée de me défendre et de contre-attaquer, toujours plus surprise et satisfaite de répondre merci, pareillement.

1980 – LES LIVRES
Rome, via Nazionale

Aurora avait un nouveau travail qui lui permettait de gagner mieux que quand elle restait, maussade et cloîtrée, dans le commerce d'articles ménagers de sa belle-mère. En quittant cette prison, elle avait endossé les pires malédictions venues des marais Pontins où vivaient ses beaux-parents, mais elle avait maintenant de quoi nourrir les jumeaux qui étaient arrivés sans crier gare et n'avait pas besoin de la famille du mari. Une maisonnée de ploucs dont elle était contente de s'échapper. Elle était entrée au service d'un monsieur très âgé de la via Nazionale qu'avec beaucoup de respect elle appelait Professeur. Peut-être avait-elle trouvé cet emploi grâce à l'église, qui était désormais sa seconde maison. Elle n'avait même pas compris quelle matière il avait enseigné, le Professeur, avant de se retirer dans une vieillesse solitaire et recluse, selon Aurora. Dans les récits confus de ma sœur, il semblait être un homme de lettres. L'histoire restait vague car, trop simple pour ce qui était des faits de société, Aurora déduisait toutes ses certitudes des habitudes domestiques du monsieur plutôt que d'informations précises.

Il veut son thé tous les jours à cinq heures sur un plateau en bois peint à la main, il a l'air chinois.

Peut-être qu'il l'est.

Quoi ? Le plateau ? Possible. Mais pas lui, c'est sûr, il a l'accent du Sud.

Alors ça veut dire qu'il te parle.

Pas beaucoup. Le minimum indispensable. Il s'assoit à une table toute petite, devant la fenêtre, avec sa machine à écrire et son tabac à la vanille. Si le téléphone sonne, il ne répond pas et me dit de prendre l'appel. Maintenant que je te regarde bien, t'as les nichons qui ont grossi.

Et il fait quoi toute la journée ?

Je t'ai dit. Il boit du thé, il fume sa pipe, quand il écrit pas, il regarde dehors, il pense. Mais il écrit, surtout. Il fait rien d'autre, au moins quand je suis là. D'après moi il continue comme ça jusqu'à la nuit.

Il te traite bien ?

C'est tout juste s'il me parle, mais c'est pas parce qu'il se sent supérieur. On voit bien qu'il a la tête agitée, qu'il a des pensées.

L'important, c'est que t'as un travail à toi, Auro', et ça m'a l'air d'être un boulot en or, crois-moi.

Je sais pas, le Professeur est bizarre, qui sait si un jour ça lui prendra pas de me mettre dehors. Y a des matins que je le trouve avec les yeux rouges, pas rasé, le plat que je lui ai laissé pour le dîner dans le frigo, il y a pas touché, ça me met dans une rage.

Peut-être qu'il a pas faim.

Il a faim de livres, c'est moi qui te le dis. L'appartement va exploser tellement y a du papier. Les étagères, pour faire la poussière, y me faut une semaine. Et des bouquins y en a toujours plus, qui sait qui les lui porte, merde il exagère, c'est pas possible. J'attends d'avoir le courage de lui dire.

Tu vas lui dire quoi ?

D'arrêter d'acheter tout le temps des livres, moi j'arrive pas à tous les ranger.

Fais surtout pas ça, t'es quand même pas sa femme, toi tu fais juste de ton mieux, tu dis rien et tu prends ton salaire.

Il les laisse partout, par terre, sous le lit. On dirait que c'est un clochard qu'habite là. Mais toi, qu'ess qui t'est arrivé, t'as gagné du fric ? J'ai l'impression que je parle avec une poupée de porcelaine.

Elle était comme ça, Aurora, au premier obstacle, elle en avait assez de réfléchir. Elle me fit un petit pinçon, je lui donnai une petite tape sur la main. Et de rire un peu ensemble, comme autrefois.

Aurora, la dernière. Je me rendais compte seulement maintenant que je ne l'avais jamais écoutée, prise comme je l'étais par mes ennuis. De nous tous, c'était celle qui avait la peau la plus dure, je l'avais compris en la voyant qui souriait tout le temps, petite, même quand il n'y avait pas de quoi rire. Une part de moi l'avait punie en me désintéressant d'elle, parce qu'elle ne s'était pas crevée dans la rue, comme nous autres. Maintenant je comprenais tout à coup que nos histoires, différentes mais parallèles, nous avaient amenées au même point. Peut-être qu'un nouveau chapitre était en train de s'ouvrir.

Une fois, dans l'enthousiasme de nos retrouvailles, je l'attendis à la sortie de l'immeuble de la via Nazionale. Je voulais lui faire une surprise. Elle allait chez le Professeur même le samedi, une demi-journée pour mettre en ordre l'appartement et lui laisser de quoi manger pour le week-end. Je la vis sortir du porche, brune et leste comme elle l'était, chargée de sacs-poubelle. Je restai sans bouger de l'autre côté de la rue, je voulais l'observer sans être vue.

Elle maintenait la porte ouverte du bout du pied et du genou, robuste comme une paysanne. C'était tout Aurora, ça : droite et détachée, en marche vers ce qui lui permettrait de survivre, sans se ménager, comme je l'avais fait moi-même. Elle était encore petite quand notre mère avait disparu, plus souvent à l'hôpital qu'à la maison, pour des soins inutiles qui laissaient ses enfants à l'abri de son tourment, et la patiente à la merci de remèdes plus fous qu'elle. Elle allait de plus en plus mal chaque année. Avec l'aggravation de son état, mes frères avaient pris le maquis et moi cela faisait longtemps que j'étais partie. Aurora avait grandi toute seule et quand elle avait eu assez de jugeote pour commenter les choses, elle l'avait fait en haussant les épaules, pas avec des mots. Il lui avait fallu se retrousser les manches, et ça l'avait rendue froide, posée et un peu obtuse, mais saine dans l'ensemble. Les problèmes l'effleuraient à peine, elle refusait de se concentrer sur les grandes questions, les tâches du jour étaient sa seule priorité. Pas de baratin, répétait-elle souvent. Elle faisait un clin d'œil, comme notre oncle, disparu lui aussi et tant mieux. Elle s'en fichait d'avoir l'air comme il faut ou de se montrer joyeuse ou en colère. Elle acceptait la distance de sa mère et de ses frères et sœur, la prenant pour quelque chose de normal. Ce jour-là seulement, en l'observant attentivement, je me rendis compte à quel point je l'enviais.

Quand elle m'aperçut, elle regarda ses mains, occupées à tenir les sacs-poubelle, comme décontenancée, me sembla-t-il. Je traversai la rue et lui proposai tout de suite d'en prendre aussi pour la soulager. Nous ne nous étions même pas dit bonjour. Elle me dit non non, ça va aller, t'inquiète, sans sourire. Mais comment ça se fait que t'es passée ? Tu veux qu'on se fasse des spaghettis à l'ail chez moi ? Carlo n'est pas là, les enfants, si, malheureusement. Je ne sais pas ce qui me prit tout d'un coup, mais son air indécis et la surprise transformée en mauvaise humeur m'énervèrent, je voulus que les choses se passent autrement, tout de suite. Je lui arrachai des mains un sac-poubelle et je vis ce qu'il contenait. Exactement ce que j'imaginais : des livres.

C'est lui qui t'a demandé de les emporter ?

Je les emporte pas, il faut que je les jette.

Tu les as pris en cachette, donne-les-moi.

Ben quoi ! Elle essaya de reculer mais je fus plus rapide et plus forte qu'elle et me faufilai avec le sac dans l'entrée, ouverte par un grand jeune homme qui sortait à ce moment-là. Aurora me suivit dans l'escalier en criant arrête, arrête, Tullia, arrête ! J'avalais les marches deux à deux, espérant comprendre d'après un détail – un petit dessin au fusain encadré sur le mur, une plaque dorée sur la porte – quel pouvait être l'appartement. Je n'allais pas sonner, je n'avais pas l'intention de lui créer de problèmes, mais il fallait qu'elle le croie et qu'elle ait peur.

Au troisième étage, elle me prit par le bras. Lundi je les remets en place.

C'est-à-dire ?

Par terre, là où ils étaient.

Fais-le tout de suite.

Lundi quand j'arrive.

Tout de suite ou je sonne.

Nous nous mîmes d'accord, j'allais la suivre en portant les sacs, elle allait prétexter une excuse pour être revenue – un oubli, la peur d'avoir laissé la cuisinière allumée – et j'allais poser les livres dans le petit débarras où le Professeur n'allait jamais.

L'opération se passa comme prévu. À peine eus-je caché les livres qu'Aurora me présenta le maître de maison. Je m'excusai pour cette intrusion. Il n'y a pas de quoi, me dit-il en souriant, voilà longtemps que je n'ai pas vu une femme resplendir comme vous. Resplendir comme moi. *Resplendir*. Je sursautai en entendant ces mots. Et quel regard, ajouta-t-il, un regard perspicace. Il avait les cheveux blancs, longs et noués en un catogan bas comme les pirates, et portait un peignoir en flanelle à carreaux bien repassé, probablement par ma sœur. Derrière les verres épais de ses lunettes, ses yeux brillaient de curiosité et de surprise.

À partir du lendemain, j'allai lire à la bibliothèque une fois par semaine. Je décidai d'essayer à nouveau avec les vrais écrivains, après avoir prêté trop d'attention aux étiquettes et aux publicités. Qui peut dire si ce fut mon corps fou, en chasse, ou cette rencontre avec un homme bon qui devinait les émotions. Je lui dois beaucoup de tout ce que j'ai lu, tout ce que j'ai écrit, et quelques mots nouveaux me concernant.

1981 – LA COUPURE
Parioli, clinique Santa Susanna

Me retrouver avec un doigt à moitié déchiré ne me fit pas tellement d'effet. Je ne me serais même pas aperçue que je m'étais coupée au milieu de la montagne de tomates et de poivrons que je venais d'émincer. Mais la brûlure – plus intense que celle qui me piquait autour des ongles quand je maniais des aliments acides – m'indiqua bien vite le ruban de sang. Y a personne qui supporte la douleur mieux que moi, dis-je à mi-voix. Toute la matinée avait passé comme ça. À force de couper des paniers entiers de légumes en dés à faire frire, mes pensées avaient suivi l'imagination tranquille des moments où j'étais à la découpe : le tableau à l'huile d'une propriété agricole, l'épouvantail en chiffon planté au milieu, deux maisonnettes en pierre, la mer calme à l'horizon. Une campagne sans fin, vide de toute gaieté, seule avec le marron de sa terre. Pour consoler ce potager et cette solitude, qui m'étaient plus étrangers que jamais maintenant que tout semblait aller bien, je m'étais mise à chantonner à mi-voix une chanson de mon enfance *Petit canari, petit canari jaune qui ne sait pas voler*… Quand j'étais petite, la mélodie devait être aussi triste, jugeai-je en me moquant des jours passés. Si j'avais fourgué à Marzia, tant qu'elle consentait encore à m'écouter, des chansons aussi déprimantes, peut-être qu'elle aurait eu l'examen de fin de collège, me dis-je. Moi, la tristesse m'avait réveillée.

Je ne voulais pas faire d'histoires, mais la blessure était en fait plus grave que je ne le pensais. Manlio, le chef et mon meilleur ami en cuisine, me prit par surprise. Il s'était approché silencieusement sans que je puisse cacher mon entaille. Ses absurdes sabots en caoutchouc ne produisaient aucun bruit sur le sol malgré les cent kilos qu'il faisait peser dessus. Il faut que tu te fasses soigner tout de suite, Tullié, elle est pas belle, ta blessure. Mais c'est rien, lui répondis-je avec un filet de voix. Il leva un sourcil, analysant mon doigt de près comme il l'aurait fait avec une pièce de viande, se retourna vers la masse du personnel, une parade de fronts mouillés par la chaleur des feux, et cria Aldo', emmène Tullia à l'infirmerie.

L'assistant aux fourneaux fit disparaître sur-le-champ son petit sourire en voyant sa pause fichue. Il glissa sa cigarette et son briquet dans sa poche et posa une main légère sur mes hanches pour m'accompagner. Je ne sais pas comment, dix minutes plus tard, je me retrouvai assise dans une pièce blanche qui incluait les formes des chaises, la table, revues et posters en un unique silence. Rien qu'un ronronnement, dans le fond. Elle est en train de s'évanouir, aide-moi à l'allonger, étends ses jambes. Le docteur Nicolai, ne sachant pas que la femme affaissée sur la chaise était diabétique, me mit dans la bouche un carré de sucre. Plus tard, quand ça me revint à l'esprit, l'idée d'avoir réchappé à une crise glycémique pour une petite coupure me sembla comique.

Quand je parvins à me remettre debout, Aldo'avait disparu et devant mes yeux s'ouvraient, larges, les épaules du médecin. Durant ses loisirs, un homme comme ça devait pratiquer le canotage, le water-polo ou quelque autre sport de riche. Il était concentré sur un objet en métal qui cliquetait entre ses doigts. Les médecins eux aussi, exactement comme nous en cuisine, trafiquaient avec leurs instruments sur un plan de travail bien propre, mais leur monde me restait étranger comme au premier jour où j'avais commencé à la clinique. Je n'avais aucune envie de me faire examiner par un de ces as, je sautais les contrôles semestriels pour les bronches, je ne risquais pas d'accepter tant d'histoires pour une écorchure. Pourtant je n'avais pas le choix, et me préparai à subir les choses comme une obligation parmi tant d'autres. Lorsqu'il se tourna vers moi, le docteur souriait.

Nicolai était chirurgien généraliste. Dans la clinique, ils n'étaient pas nombreux à pouvoir gérer tel ou tel problème avec une seule paire de mains. C'est ce que m'avait expliqué, sans que je le lui aie demandé, sœur Anna, à l'administration. C'est le meilleur, assurait-elle en lui regardant les fesses avec un air d'extase.

Il était réputé dans la clinique, il courait avec le café à la main dans les escaliers, volait d'une chambre à l'autre pour faire des points de suture à un enfant tombé de cheval, il auscultait des patients qui valaient des millions de lires. Ses patientes haut placées et nerveuses souffraient toujours d'un bizarre prurit postopératoire pour se venger de la maladie. Et voir le petit docteur, murmurait-on. Quel bel homme, quel sérieux, et si jeune ! D'après sœur Anna, comme Nicolai était le meilleur, son agenda – père, oncle et grand-père tous chirurgiens, un flot de patients hérités dans le salon familial – débordait de noms importants.

Il était donc totalement absurde que ce soit lui qui, cet après-midi-là, s'occupe en personne de ma coupure.

Comme moi, vous devez faire plus attention à votre instrument de travail, mademoiselle.

Je regardai les mains du docteur, puis les miennes. Que pouvaient-elles avoir de commun ? Elles étaient les unes et les autres des instruments de travail, c'était évident, mais cela ne changeait pas le moins du monde l'accablante opposition entre hydratation et rugosité, agilité et enflure, blancheur et gerçures. Combien de fois m'étais-je promis de protéger au moins mes ongles des heures et des heures passées à hacher et pétrir ? Maintenant j'observais la bordure dentelée et marronnasse qui les délimitait sans parvenir à avoir honte. Ce n'étaient pas les mains qui étaient au centre de cette confrontation, mais la peau, les soins, l'idée d'un corps souverain et d'un autre serviteur.

Je fis claquer mes lèvres en espérant que Nicolai n'interprète pas ce bruit spontané – le moment de l'autocontrôle était officiellement terminé, d'après ce que je voyais – comme du sarcasme et l'ennui de devoir démentir dans le secret de mes pensées l'énième idiotie qu'il me fallait entendre. Le docteur, cependant, n'était pas ce genre de bourgeois totalement imperméable au monde qu'il habitait, et il ne perdit pas l'occasion de le montrer. Bien sûr mes mains sont bien plus protégées que les vôtres, c'est évident. On m'a obligé à les assurer, imaginez. Assurer les mains ! Ça ne vous semble pas absurde ?

Il était plus malin que je ne le pensais.

Mais comment je vais faire pour travailler, maintenant ? Est-ce que vous pouvez me faire un pansement imperméable ?

Vous méritez de vous reposer, chère jeune fille, les patients de la clinique mangeront peut-être des choses plus insipides la semaine prochaine, mais ils ne vont pas rester à jeun, vous verrez. Si je ne me trompe pas, depuis que vous êtes arrivée il y a eu de beaux progrès au profit de la saveur.

Je soufflai un beau ruban d'air par le nez sans confirmer non tu te trompes pas, beau gosse.

Voilà longtemps que je voulais vous féliciter en personne, et cette regrettable occasion me permet de le faire.

Qu'est-ce que je pouvais répondre à ces minauderies ? J'aurais dû être de retour à la cuisine depuis longtemps, avec Manlio et les autres, pour me faire expliquer comment déjouer les contrôles et sauter le congé de maladie, une coupure idiote comme celle-ci ne méritait pas une absence. Voilà qu'au contraire je restais là, incapable de bouger, heureuse comme Pâques, parce que cet homme élégant, bronzé, aux cheveux poivre et sel et aux épaules musclées me faisait la cour sans se gêner.

Je suis contente que notre cuisine vous plaise. Notre, dis-je, pour avoir l'air humble.

Cet effort d'humilité n'échappa pas à Nicolai. La *vôtre,* Tullia, moi j'aime votre cuisine.

Je ne me rappelais pas lui avoir dit mon prénom. Il me tendit la feuille du congé de maladie et une carte où étaient inscrits la date, le lieu et l'heure où il m'attendrait la semaine suivante pour les soins. Je pris la feuille par politesse, je n'avais pas besoin d'un pense-bête, les détails du rendez-vous s'étaient gravés dans ma mémoire à l'instant où le docteur les avait prononcés. Nous nous quittâmes en nous serrant la main, moi avec la gauche, ce qui créa une petite gêne et nous fit rire tous les deux, en nous regardant dans les yeux.

Le jour du rendez-vous de contrôle, après une semaine passée à rétrécir et raccourcir d'une seule main la robe que j'avais décidé de mettre – au lieu de m'occuper de Marzia qui sautait les repas et ne se lavait guère –, je ne trouvai pas bizarre que Nicolai ferme la porte de son bureau, ce qu'il n'avait pas fait la fois précédente. Ni qu'avant cela il demande à sa secrétaire, d'un ton aimable et à voix assez basse pour que je n'entende pas, de ne pas le déranger pendant une petite heure tandis qu'il auscultait sa patiente. Une petite heure ?

La coupure semblait refermée, j'avais fait attention à bien me soigner, je voulais que ça passe vite pour retourner le plus tôt possible au travail. Manlio et sa femme étaient venus me voir avec des conserves de légumes à l'huile et des *taralli* à l'oignon de leur petit village des Pouilles, j'avais regardé les films de Totò et chanté les chansons de Gianni Morandi avec les sœurs de la porte d'à côté, mais les distractions allaient se terminer. Il était important que Marzia ne me voie pas traînasser trop longtemps à la maison, une mère qui ne fait rien, ça ne pouvait rien donner de bon. Moi j'étais née pour le travail, portée seulement à la peine.

Alors, comment va ma cuisinière ? me demanda-t-il, les yeux vissés sur mes genoux.

Bien, j'avais oublié à quel point c'est bon de ne rien faire, dis-je en mentant.

Il prit ma main et l'approcha de son visage ; il s'attarda à examiner les lambeaux de peau enflammée qui encadraient le triangle de chair de la coupure, la blessure désormais parfaitement guérie, comme s'il s'agissait d'une question délicate, à analyser de manière approfondie. Un léger filet d'air chaud sortait des narines du médecin et se glissait dans les plis de ma paume de main, en l'enflammant. Je sentis tous les nœuds se défaire, le rideau roulant à moitié baissé laissait passer une brise qui agitait ma robe. Je fus déconcertée et excitée en même temps en remarquant que Nicolai, très lentement et les yeux toujours fixés sur ce bobo, tirait ma main d'un mouvement continu et élastique. Il était clair qu'il voulait m'attirer à lui pour scruter de près, toujours plus près, les lignes incertaines de ma main. Le cours du temps les avait ouvertes pour accueillir quelque chose de parfait. Alors c'est comme ça que les choses arrivent, je me rappellerai ce moment à jamais. La grosse caisse du cœur, la chaleur à l'aine. Petite comme je l'étais, en me laissant traîner, je fus obligée de me lever et de faire un premier pas vers lui. Quand je touchai terre de la pointe du pied, je perçus une soudaine humidité sur ma main, les lèvres du docteur, douces sur ma paume, entouraient la blessure cicatrisée d'une légère ventouse ; il les fit glisser sur mon poignet et finalement au creux de mon coude. Ma respiration devint lourde, mais je me sens bien, très bien, voilà ce que je me dis.

Nicolai releva alors la tête et parla.

Si je me rappelle mes meilleures années, Tullia, voilà le moment où lui et elle se retrouvent enfin seuls. Ils pensent tous deux : il ne faudrait pas, mais je le désire. Ensuite il lui met une main sur la hanche en exerçant une légère pression, elle exagère tout de suite et lui caresse la nuque. La tension monte, les battements de cœur s'accélèrent, et le rythme de leurs pas aussi. Ils ne sont pas encore arrivés au point le plus secret de la Terre – celui qu'ils cherchent pour faire ce qu'ils ne devraient pas faire mais qu'ils désirent. Lui cependant n'arrive pas à attendre. Il s'arrête et, déplaçant sa main de la hanche au dos, il se tourne pour la regarder, l'obligeant à faire la même chose. Il a un reste d'incertitude dans les yeux, elle soutient son regard, laissant disparaître le moindre doute. À cet instant-là, exactement à cet instant, ils comprennent qu'il n'y a rien à faire, il est inutile de résister.

Il avait mimé à la perfection chaque passage de son monologue théâtral tandis qu'il m'entraînait vers un petit divan caché par un rideau au fond de la salle. Sincèrement admirative de la futilité de cet homme, je me demandai s'il avait préparé sa petite scène les jours précédents. Les gens n'ont pas le sens du ridicule, me dis-je en m'approchant encore plus de son bassin pour lui communiquer tout mon intérêt. Je l'imaginais en train de réciter par cœur ces paroles, en train de poser devant le miroir de l'ascenseur qui le ramenait dîner chez sa femme. J'aurais préféré que tout cela ne soit qu'improvisation, mais en réalité la seule chose qui m'importait, c'était qu'il se dépêche.

Les jours suivants, en repensant à ce qui s'était passé immédiatement après, sur le divan caché par le rideau, je considérai qu'au fond sœur Anna avait raison : le docteur Nicolai était le meilleur.

Je vécus pendant des semaines dans l'excitation de la clandestinité. Je me réveillais les poumons légers une heure avant la sonnerie du réveil, impatiente de me plonger dans cette boue, heureuse de me sentir sale et menteuse. Savoir que j'étais attendue dans une voiture aux verres fumés à deux rues de la clinique, entrer dans la chambre propre et ordonnée d'un petit hôtel des Parioli et en sortir, lire un petit mot au ton provocateur et impérieux caché dans la poche de ma blouse après l'avoir reçu furtivement dans l'escalier, sentir mes tétons durs sous ma chemisette fraîche. C'était moi, cette femme-là ?

Une fois seulement par le passé j'avais éprouvé quelque chose de semblable, durant les jours de ma fugue chez la tante Giovannina. En comparaison, le père de Marzia avait été une histoire de rien, sans fougue ni dispute. C'était donc de cela dont j'avais besoin : le sexe. Un timide filet de sang le long de mon doigt était devenu un jet de plaisir irrépressible qui parcourait mon corps, le réveillait et le tonifiait. Il me tordait l'aine, me piquant de stimulations nerveuses dont je me défoulais en cuisine, avec des associations nouvelles que personne n'aurait jamais osé dans une salle à manger de collectivité. Manlio assistait passivement, sans s'opposer. Laissez-la faire, elle est complètement excitée, disait-il en regardant les collègues.

Je trouvais drôle que Nicolai me croie blessée par le caractère secret de notre intrigue, effrayée par sa nature indécente et passionnelle – passionnelle, et rien de plus. Je me gardais bien de le détromper. Si le docteur me voulait fragile et sentimentale sans me connaître du tout, sans me demander ce que je pensais de cela ou d'autre chose, il n'y avait aucun problème. Cette robe m'habille à merveille, je vais la garder aussi longtemps que j'en aurai envie.

La chair, donc, finalement. Seconde à la cuisine seulement et fille de celle-ci en quelque sorte, c'était pour moi la façon la plus intelligente d'occuper mes loisirs. Dommage que je n'en aie pas suffisamment profité dans le passé, quand, seule ou en compagnie de la personne qui n'était pas celle qu'il me fallait, je perdais mes plus belles années à m'endurcir. Regardez-moi maintenant, regardez le beau brin de femme qui marche devant vous, aurais-je voulu crier aux travailleurs de l'immeuble. Qui fallait-il que je remercie pour cette joie soudaine ? L'inconnu qui me l'offrait par caprice ? Sa farce familiale ? Ma revanche contre le monde entier ? Aucun doute, aucune peur, rien qui puisse m'écarter de mon propre plaisir.

1983 – MARIETTO

Portonaccio, H. L. M.

Pendant tout le temps où Marietto fit la pluie et le beau temps dans nos murs, je n'eus pas le moindre doute sur ce que ce garçon représentait pour ma fille : une erreur. Marzia ne l'amenait pas à la maison pour qu'il sympathise avec moi – la mère ratée, trop vouée à son travail, minable à ses yeux, et trop dure dans son jugement sur sa jeunesse, qui pour moi était de la paresse –, mais parce qu'il devait lui avoir fait comprendre que c'était cela qu'il attendait d'elle, une preuve de fidélité absolue. Ils m'imposèrent cette cohabitation comme si elle était entendue d'avance ; ma fille ne se donna pas la peine de me raconter quoi que ce soit sur son amoureux, et Marietto ne me demanda jamais l'autorisation de quoi que ce soit. Il ne comptait pas expliquer quelles étaient ses intentions, Marzia elle-même n'avait pas l'air de penser qu'elles étaient bonnes, toujours tendue comme elle l'était en sa présence, semblant attendre une mauvaise surprise d'un moment à l'autre.

Moi, redevenant la Tullia des années tristes, je ne disais rien, contrariée de me retrouver avec ce gars entre les pattes. Il avait du pouvoir sur ma fille, si je ne voulais pas la perdre, il me fallait prendre garde à ne pas les éloigner de moi. Je pelais lentement ma poire, le regard tourné vers le bout de la table, où aurait dû se trouver un mari, un père, n'importe qui sauf ce petit coq avec ses jeans collants et du gel sur ses cheveux courts coiffés en arrière qui laissaient voir un visage renfrogné et plein de grains de beauté. Son attitude, qui avait tout l'air d'un affront, avait une curieuse action sur moi et me mettait dans l'embarras. Je me bloquais dans un silence de plomb sans issue. Je ne supportais pas qu'un gamin aux cheveux gominés, qui exhibait ses muscles, gâche un espace privé – ce chez-moi rêvé après tant de sacrifices, la tanière pour nos solitudes de femmes – avec les façons fanfaronnes de celui qui ne doit faire preuve de rien, pas même d'un peu de politesse, à l'égard de la mère de sa petite amie. Je voulais que cette chose-là soit bien claire.

B'soir m'dam', voilà le maximum que je pouvais recevoir de sa part, jamais un comment allez-vous ni est-ce que je peux aider, jamais une fleur, et ne parlons pas d'un sac de provisions. J'avais essayé de trouver des aspects positifs dans ce caractère, en me disant que l'impolitesse était de la timidité, la peur de se sentir envahissant, la honte de son ignorance. Mais j'eus vite fait de comprendre que je m'étais trompée, Marietto était loin d'être timide.

La seule stature du garçon me déplaisait. Avec l'expérience, je m'étais fait une idée précise des hommes petits : peu fiables, contents d'eux, obsédés par l'idée de se distinguer, exhibitionnistes avec les nerfs à fleur de peau, les mains moites, des tics, des vices. Marietto était capable de passer des soirées entières en silence dans l'unique pièce commune du logement que nous appelions salon, à fumer et cracher par la fenêtre. Je ne comprenais même pas quel plaisir il trouvait à rester tout le temps sur son quant-à-soi, tout raide, chez sa petite amie. Il arrivait qu'il rompe le silence par quelque remarque méprisante, qu'il donne un ordre à Marzia, qu'il bâille bruyamment sans mettre la main devant sa bouche, encore moins, pensez donc, me demander pardon, à moi qui devais assister à ses humeurs. Après quoi il se refermait dans le néant.

Chez lui, ce qui m'irritait le plus, c'était son sérieux apparent, de la misère morale en fait. Cette contagion négative et injuste arrachait Maria à ses plus belles années, et l'empêchait de participer à la fête de Rome. La ville était comme possédée du démon, une énergie exagérée colorait, multipliait, grandissait toute chose. Si j'avais été jeune fille dans ce carnaval, moi, peut-être que j'aurais eu moins de mal à me trouver un sourire. Comme si de rien n'était, les gens dansaient sur la musique disco qui sortait des files de voitures, rehaussaient leurs épaulettes, donnaient du volume à leur frange. Une bretelle accrochée, l'autre ballante, deux montres, des chips, du mousseux. S'amuser tout le temps, s'amuser à n'importe quel prix. À peine voulait-on repousser l'euphorie qu'elle nous envahissait aussitôt. Je m'étais moi-même surprise à battre le rythme avec les autres aux feux rouges. Marzia, au contraire – libérée de la jalousie d'un père, des études, du travail, de moi qui étais là et n'étais pas là –, restait spectatrice, s'excluait de la fête, renonçait à la chance de ses meilleures années pour s'enfermer dans sa chambre avec un fanatique survolté.

L'arrivée de Marietto était annoncée par un vrombissement de moteur. Cela commençait comme un gémissement lointain, preuve que la moto se trouvait au début de la rue menant chez nous. Marzia, généralement affalée sur le canapé – pas une seule note de musique, encore moins un livre –, retrouvait son énergie en étirant son épine dorsale, comme piquée aux flancs par une décharge électrique. On aurait dit un chien qui dresse les oreilles au retour de son maître. Le grondement augmentait, de plus en plus intense jusqu'au moment où ce n'était plus qu'une pétarade statique quand Marietto arrivait à la hauteur de l'immeuble et s'apprêtait à se garer. Suivait un dernier son, le plus intolérable, un double coup de klaxon prolongé juste ce qu'il fallait pour que, dans tout Casal Bertone, quiconque en doutait encore sache qu'il était enfin arrivé. Marzia se penchait alors à la fenêtre en souriant, et moi mon cœur se brisait en deux. Aucune émotion, jamais, et puis cette comédie pour un nain !

Marietto faisait son entrée dans la maison, son casque intégral sous le bras et le regard fixe posé un peu au-dessus de ma tête comme s'il n'y avait pas assez d'espace pour soutenir ses larges horizons. Il prononçait l'habituel b'soir m'dam' et se mettait à l'aise dans l'attente de quelque chose, sans avoir été invité à le faire. Il écartait ses courtes jambes musclées pour prendre une pose plastique de mâle à l'étroit dans son jean et posait un coude sur le bord de la table tandis que sa main fouillait lentement dans la poche de sa chemise pour en tirer une cigarette, la première des nombreuses autres qu'il fumerait, ignorant l'avertissement nonchalant de sa petite amie. Mets-toi à la fenêtre, qu'maman est asthmatique. Marietto ne s'intéressait ni aux maux des autres ni aux siens. Je ne savais pas si son indifférence méritait la compassion ou la dérision. Je tentais de m'imposer et de les laisser seuls le moins possible, mais la plupart du temps la situation devenait insupportable et je m'enfermais dans ma chambre. Les deux autres ne protestaient pas, impatients qu'ils étaient de me voir disparaître.

Souvent, après avoir fermé la porte, je tendais l'oreille. Dialogues réduits à la portion congrue lors desquels Marzia jouait le rôle de la fille idiote et lui, celui de l'homme autoritaire.

Demain on va à la commémoration.

Quelle commémoration ? Tu veux dire celle de la via Acca Larentia ?

Quelle commémoration ? Tu veux dire celle de la via Acca Larentia ?

Lorsque Marietto s'énervait à cause d'une réponse qu'il considérait inadéquate, il singeait la voix de Marzia, comme si c'était celle d'une gamine. Rosa faisait la même chose avec mon père, dès qu'elle piquait une crise contre lui.

Et quelle autre commémoration il pourrait y avoir le 7 janvier, espèce d'attardée ?

J'espérais sortir… pour une fois.

Le silence s'alourdissait, une vague de panique m'assaillait à l'idée que Marietto puisse coller un coup de poing sur la figure émaciée de Marzia.

Eh quoi, aller honorer la mémoire des camarades fascistes lâchement assassinés par des communistes, c'est pas sortir ? Mais pourquoi j'perds mon temps à t'causer ?

Parle moins fort, y a ma mère à côté.

Bon, j'y vais, mon frère a un combat dans pas longtemps.

Et moi, tu m'emmènes pas ?

Non, j't'y emmène pas, c'est pas des endroits pour les filles, ça.

À la commémoration oui, au combat non, pensais-je.

Une autre plainte de la part de Marzia, deux ou trois phrases de conclusion, refus et mépris en guise de réponse. Et puis ça s'arrêtait.

Dès que j'entendais la porte se refermer, une juste quantité d'oxygène venait dilater ma cage thoracique, purgeant la peur et le malaise. Mais c'était seulement après le premier vrombissement de la moto que ma respiration devenait pleinement régulière. Dans l'attente d'être ainsi libérée de mon angoisse, je rêvais de pouvoir renouer l'alliance avec ma fille, de transformer la colère contre sa faiblesse en un encouragement qui lui redonnerait de la force, de m'asseoir à côté d'elle sur le canapé et d'écouter ses discours nouveaux, pleins de conscience et d'optimisme. Elle me les aurait débités allègrement au visage, comme si de rien n'était. En tenant l'étoffe de sa chemise de nuit entre ses doigts, elle aurait dit j'ai compris que ce garçon ne me donne rien, je voudrais tout changer maintenant, j'aimerais venir travailler avec toi, c'est possible ? Je l'aurais serrée tout contre moi, nous nous serions laissées aller à quelques larmes de bonheur, comme une pluie légère sur les bras en été. Puis je l'aurais fait s'habiller très vite et nous serions sorties nous promener sous la lune presque pleine, unies toutes les deux contre le monde pour aller manger une glace à la stracciatella, sa préférée.

Mais rien de tout cela ne se produisait. Marzia, plongée dans une espèce d'étourdissement, s'affalait de nouveau sur le canapé, vidée par la visite de l'homme qui ne lui offrirait jamais autre chose que des insultes et des menaces, dans le triste isolement du quartier. Moi je restais retranchée dans l'obscurité, hormis une rapide incursion à la salle de bains durant laquelle j'avais le courage de lancer un bonne nuit qui ne trouvait aucun écho dans la voix de ma fille.

1984 – LES RAILS

Rome, au carrefour du viale Regina Margherita

Lorsque je sortais du travail, les snack-bars du viale Regina Margherita étaient en train de fermer, les serveurs en gilet bordeaux retiraient les tables trois par trois, pressés qu'ils étaient de s'en aller. Les bacs en acier vidés des restes d'*anelletti* au four et de poulet à la crapaudine se retrouvaient empilés derrière les vitrines pour indiquer sans équivoque la fin d'une énième journée. L'avenue perdait un peu de sa brillance du jour, mais les platanes défendaient l'élégance, en se balançant souplement dans la brise du crépuscule.

Écrasée sur le trottoir par la fatigue d'une semaine de doubles journées de travail, je me traînais pour rentrer chez moi en comptant les jours qui s'étaient écoulés depuis la dernière fois où j'avais vu Marzia : soixante, deux mois tout ronds.

Elle avait de nouveau disparu, trop humiliée par mon refus de lui prêter cinq cent mille lires pour aider son petit ami du moment, un certain Valerio, à acheter une voiture, à ce qu'elle disait. Ou à se droguer ensemble, d'après moi. La manière dont elle écarquillait les yeux et pinçait brusquement les lèvres, ses veines du cou toutes saillantes, ses mains enflées et rougies, la sueur froide qui lui couvrait le front, ses bras nerveux, qu'elle prenait soin de bien couvrir, ne me laissaient guère d'espoir. Le dernier jour – le jour de la querelle –, avant de me demander l'argent, elle m'avait montré son tatouage. C'était ce qui avait précipité les événements. Ah ça non, ça ne me plaît pas, j'avais répondu, agacée, tout en continuant à plier les serviettes. Elle s'était frotté la hanche avec le poignet comme pour effacer la marque éternelle. L'indignation la faisait trembler de la tête aux pieds. Mais quoi, y a même ton initiale et tu me dis que ça te plaît pas ?!

Un nuage sombre poussé par le vent au milieu de lueurs intermittentes avait jeté son ultime malédiction sur le visage tendu de Marzia. Elle avait rabattu son tee-shirt avec un claquement de langue visant à faire clairement comprendre qu'une mère mécontente d'un pareil geste d'amour était un être ingrat et mesquin. Je n'aime pas ça parce que ça ne peut plus s'enlever et ça t'abîme la peau, avais-je ajouté, regrettant d'avoir été trop brutale. Je connaissais trop bien son expression, elle était pleine de rancœur, se laissant aller à ses obsessions habituelles : aimer ou ne pas aimer, comprendre ou ne pas comprendre, pour ou contre. Résistant aux remous d'une agitation menaçante, j'avais écarté la pensée de Rosa – une autre personne, bien différente de ma fille à sauver –, m'interdisant de lui dire ce que je pensais de son fiancé du moment, pas mieux que son prédécesseur mais probablement destiné à finir tout aussi mal. Il ne méritait pas la moindre place dans sa vie et encore moins sur sa peau. Enfin, suivant le scénario habituel, Marzia avait repoussé en arrière la mèche qui pendait, lisse comme une feuille, devant son œil droit, et elle m'avait demandé de l'argent à brûle-pourpoint, plus violemment qu'elle n'aurait voulu elle-même, j'en étais sûre. Nous nous étions hurlé dessus les pires choses qui soient jusqu'à la conclusion brutale : chaises renversées, deux verres brisés et – coup de théâtre spécial pour l'occasion – une entaille oblique en plein sur une photo de mes frères à l'aide d'un canif sorti d'on ne savait où. Ma fille se balade dans Rome en proie à ses spectres avec un couteau dans sa poche, elle se drogue et me déteste, avait confessé au miroir mon visage fané par un mutisme sans larmes, et qui ne pouvait accepter la vérité, affreuse s'il en était. Je devais mettre de l'ordre dans tout ce chaos, mettre fin à cette indécence.

Maintenant, le long de cette avenue plantée d'arbres, la pensée privée de toute défense, je revoyais, une séquence après l'autre, ce jour si triste et raté qui avait inauguré notre long hiver de silence. J'avançais lentement, apathique, sous les dernières lueurs d'un soleil tiède comme le bain que j'allais m'accorder à la maison. Je résistais à la hâte que j'avais de mettre fin avant l'heure au soixante et unième jour sans elle. Je ne devais pas forcer sur les ligaments de mes genoux, déjà bien éprouvés par des heures de montées et de descentes. Un garçon qui transportait, coincé entre son cou et sa clavicule, un panier rempli de petits pains au jambon, me hurla eh, ma belle. Tout, dans cette ville, n'était que violence. Les chantiers, les maisons délabrées, les voleurs, le fleuve en crue, les taudis, la contrebande. Rome m'apparaissait sous son jour le plus cru. Une marâtre qui ne changeait jamais, poussiéreuse, rafistolée, capable uniquement de repousser ses enfants le long de rues sordides et populeuses, chacun vers une cachette sûre. Dans des moments comme celui-là, d'abattement devant tout ce qui était irréparablement abîmé, je ne trouvais de soulagement que dans les gestes microscopiques de l'habitude. Une halte à la laiterie, le seul magasin encore ouvert à cette heure, une mandarine en trois bouchées, debout sur le seuil de la maison, un peu de répit devant la fenêtre ouverte et les rideaux agités par les derniers souffles de septembre, la soupe au lait, un feuilleton radiophonique et à dix heures, une chemise de nuit légère sur ma peau terne mais encore intacte, en attendant de plonger lentement dans un sommeil impeccable et solitaire.

Au grand carrefour de la piazza Buenos Aires, je fixais toujours mon regard sur le virage que prenaient les rails dans le lointain, impatiente de voir se profiler le tram qui modifierait l'horizon : s'il arrive, Marzia rentrera à la maison, s'il n'arrive pas, je ne la verrai pas encore d'un bon moment. Je pouvais être sûre qu'il apparaîtrait et constater quelques secondes plus tard qu'il était là. Ou je pouvais sentir très clairement que la chance me tournait le dos et que j'allais rester plantée un temps infini à l'arrêt sans même avoir envie de jeter un coup d'œil aux titres du journal de mon voisin. Ou encore, je pouvais me dire il va arriver, et rien de beau ni de désirable ne se produira. C'était exactement ce que je ressentais, ce soir-là.

Mais la perspective était obstruée par un tas de piétons. Ils se pressaient autour de quelque chose d'étrange et, à en juger par leur agitation, de plutôt tragique. Mais regarde ça, c'te pauvre bête, disaient-ils. Les gens sont impatients de s'acharner sur les drames, me dis-je agacée, et plus grands sont le malaise, l'horreur, le caractère irrémédiable du spectacle, plus puissant est le désir de l'observer. Mais pourquoi ? me demandais-je. Une chose est de porter secours, une autre, de rester à regarder lorsqu'il n'y a plus rien à faire. C'était exactement ce qui s'était passé pour Enrico Berlinguer, terrassé par un malaise sous les yeux de tous, une fin qui faisait horreur, un cinéma sans respect. Je passai mon chemin en éprouvant de la répugnance pour l'humanité tout entière. Rosa remonte en moi, pensai-je avec amertume, j'ai un goût acide dans la bouche. Je la cherchais sans la trouver et elle, de plus en plus rusée, était déjà revenue à mon insu, comme un rat qui sort des égouts et s'installe sans crier gare au centre de la table un peu avant qu'on se souhaite un bon appétit. Pour Giuseppe, au contraire, j'éprouvais une infinie nostalgie qui ne s'apaisait jamais. Il était unique, irremplaçable, je ne connaîtrais jamais d'âme plus douce que la sienne.

Sous l'effet d'une imprévisible impulsion, contredisant les considérations formulées quelques secondes plus tôt, je décidai de satisfaire ma curiosité, moi aussi. Tous découvrent la fin de la vie et moi je passe comme ça, me dis-je pour me justifier de stopper sans avertir devant le monsieur qui me talonnait et qui lança un juron à cause de mon brusque arrêt. Je jouai des coudes dans le groupe des curieux. À terre, il y avait un petit chien à poil court en broussaille. Sa patte droite était pliée en portefeuille, brisée en une espèce de sandwich de poils et de sang, un os sortait, de travers, d'où il n'aurait pas dû, baignant dans la saleté du bitume abîmé, dans une immonde flaque de restes de nourriture. On entendait murmurer qui c'est qui l'a renversé comme ça, espérons qu'il va pas mourir, mais à qui il est ce chien ? Un chien des rues, voilà ce qu'il était, c'est tout. L'agonie de cette bête me mit en colère, j'avançai en demandant pardon, la foule s'ouvrit comme du blé souple pour me laisser passer, qu'est-ce tu fais, tu le prends, me demandait-on, fais gaffe qu'elle te meure pas dans les bras, la pauv' bête. Le chien errant ne cessait de glapir avec ses dernières forces, c'était une plainte insistante, comme s'il demandait alors, quelqu'un veut bien me sauver de cette sale mort en plein milieu de la rue ?

J'enlevai mon cardigan et le lui jetai dessus, entourant ce qui me fit penser aux petites épaules d'un enfant, et je le soulevai comme j'aurais fait pour un gâteau qu'il ne faut pas abîmer, il ne pesait presque rien. Je vis Gilda et ses yeux retournés, minuscule et seule dans son petit lit. Puis je m'éloignai de la foule, laissant derrière moi de la stupéfaction et de l'admiration.

Je prononçais des mots d'encouragement à l'adresse du chien, mêlant son histoire à la nôtre, la sienne à ma survie. Courage, mon petit, tiens bon, t'endors pas, si j'arrive à te sauver ça lavera un petit morceau du passé, et tu verras que ta patte – la main que Giuseppe avait perdue à cinq ans par la faute des autres – se remettra en place. On ira au parc, à la plage, à la mer, où tu voudras – où Giuseppe n'était jamais allé, et moi très rarement – et je te donnerai du foie, du poulet, de bons os. Je t'emmènerai avec moi – Giuseppe était resté seul chez des étrangers, comme un orphelin, pendant que ses parents se couraient après – pour te faire jouer, promener, courir et te reposer. Je te laverai dans la baignoire, je te sécherai et je te peignerai – Giuseppe avec une main en moins et sans cheveux, chez le coiffeur une fois par mois pour se sentir plus net. Toujours ensemble toi et moi – Giuseppe avec Rosa, moi sans Giuseppe –, inséparables.

Même si ça devait être la dernière décision de ma vie, j'allais sauver ce chien plein de sang et de puces. Je l'appellerais Béquille.

1985 – LA BENNE

Rome, via Baldissera

Béquille était devenu partie intégrante de mon être à tel point que les gens du quartier avaient pris l'habitude de saluer le chien avant moi. Cela ne me dérangeait pas de passer au second plan après un animal. Au contraire, ce nouveau rite détournait l'attention de mes robes de chambre négligées du dimanche et instaurait une juste distance entre moi et la trop nombreuse humanité de Casal Bertone. Et ça aussi, c'était une solution, après toutes ces années.

L'intention de le soigner puis d'en faire cadeau à Aurora pour que, dans son petit jardin de Torvajanica, il monte la garde devant la maison et soit un ami pour ma sœur, seule avec ce type minable, avait vite été écartée après quelques jours : j'en étais tombée amoureuse.

Béquille, c'était une cible que personne n'avait l'intention de frapper. Au contraire. Ah, Béquille, c'que t'es gentil ! Et voilà notre petit Béquille. Mon mignon, pourquoi tu remues la queue ? Tu la donnes, ta p'tite patte ? J'avais arrêté de sursauter à tous les cris de joie qui suivaient notre passage, arrêté aussi de me méfier de la pluie de tapes amicales et de caresses, arrêté de craindre que Béquille, en bondissant sur les jambes de quelqu'un, risque de lui griffer les genoux ou de lui salir son pantalon, et ainsi le moment où je m'en allais acheter mes brocolis et mon pain sans sel s'était peu à peu empli d'une émotion nouvelle, jusque-là insoupçonnable; car il fallait bien admettre que ce geste – adopter un chien errant si mal en point, le remettre sur pied et vivre avec lui jusqu'à la mort, la mienne ou celle du chien – avait été extraordinaire, et je savais que nous nous étions sauvés à deux. Je pensais ah tendre, aimable petit compagnon de ma vie d'adulte et je lui disais viens ici Quiquille, pour que personne ne devine la profondeur de l'amour que j'éprouvais pour lui. Je ne pouvais pas oublier le jour où j'avais franchi les monts Tiburtins avec une petite de dix mois au cou, épuisée et mal en point, maigre à faire peur, sans amis ni protection. Dans cette période funèbre, je n'avais jamais rien reçu de semblable à l'accueil que maintenant, à chacune de mes sorties, le quartier m'offrait, plus que si je venais de me marier. Avec Béquille, c'était différent. J'avais déjà découvert que j'avais un corps, maintenant j'avais son ombre. Un choix fait dans la rue, par instinct, avait décidé de ma condition de dame respectable, la dame du troisième immeuble qui travaille à la clinique et qui a un amour de chien, regardez-moi ça s'il est sympathique !

Ceux qui le rencontraient pour la première fois étaient toujours impressionnés par son caractère. Mais c'est pas possible, on dirait une personne ! Très vite la sympathie devenait de l'affection et l'affection, souvent, une véritable obsession. Le fils du buraliste, par exemple, lui avait installé un bol rempli d'eau devant le magasin de sorte que, même après avoir renoncé définitivement à la cigarette – vous voulez mourir ? m'avait demandé le pneumologue de la clinique en m'entendant tousser –, j'étais obligée de faire une étape à son petit abreuvoir.

Béquille, modèle de courtoisie avec toute personne qui lui accordait un peu d'amitié, mais également capable de faire prendre au sérieux ses *si* et ses *je ne veux pas*. Une petite bête très digne qui ne courait pas après les caresses pour un oui pour un non et qui, quand elle le voulait, savait prendre des airs, pouvait tourner son dos tout bosselé aux personnes qu'elle ne gobait pas, gratter la terre nerveusement comme pour dire, on ne joue plus maintenant, c'est fini. Béquille, un petit chien laid, aux yeux chassieux, à l'haleine de morue, et une expression du museau si gentille et compréhensive. Il suffisait de l'intéresser à un jeu, de lui jeter un peu de mie de pain, son unique et authentique passion, pour le voir *sourire*. Nous nous étions spécialisés dans ce genre de pose absurde, qui lui valait une grande popularité dans le quartier. Dès la première demande – tu nous le fais ton tour de magie ? Eh, allez, Tù, fais-le un peu rire –, je lui donnais deux caresses coquines derrière l'oreille et il arborait automatiquement son sourire avec la tendresse toute particulière de ses crocs de travers. Et cela nous suffisait pour engranger un nouvel après-midi de gloire au coin de la via Pietralatella. Entre les applaudissements, les caquetages, les regardez-moi ça, volaient des phrases importantes. C'est un vrai miracle, avait hasardé la coiffeuse, experte en saints et en messes. Il est tout simplement content, répondais-je, le torse bombé.

Nous avions aussi une chanson préférée, Béquille et moi : *Like A Virgin*. Dès les premières notes du pianola, Béquille se mettait à tourner autour de sa queue, signe de satisfaction maximale. Je lui donnais quelques petits coups de torchon pour entrer dans la danse, il aboyait, je riais : c'était notre cérémonie privée. Le disque, c'étaient mes frères et ma sœur qui m'en avaient fait cadeau pour mon anniversaire. C'était le *hit* du moment, avait précisé Saverio un peu maladroitement, car ce n'était pas sa façon de parler. J'avais été très émue, sans le montrer, en imaginant la proposition d'Aurora, la plus jeune de tous, l'approbation de Silvano qui d'ailleurs aurait approuvé n'importe quoi, la chasse au 45 tours de Saverio dans tout Rome pour faire la meilleure affaire puis le petit paquet, les signatures sur la carte de vœux achetée au bureau de tabac. Ce que j'avais pu désirer ce disque, ils ne pouvaient même pas l'imaginer ! Il était entré dans la tête de tout le monde et dans la mienne aussi. Je le voyais dans les vitrines, je l'écoutais à la radio, j'entendais qu'on le chantait dans la rue, dans le tram, dans la cuisine, dans un anglais improvisé plus attentif au son qu'au texte, parce que ce n'était pas ça qui comptait, mais l'idée d'être jeunes, forts et rebelles. Je n'avais jamais reçu un pareil cadeau et pour bien montrer combien il me faisait plaisir j'avais poussé un petit hurlement en donnant une tape sur les épaules, l'une après l'autre, de ce bout de famille survivante. Je pensai ah, mes pauvres gentils petits frères et sœur, et je leur dis au contraire purée, c'est super, merci, il fallait pas.

Il ne manquait qu'Elio Secondo. Avoir adopté ce chien, maintenant que j'étais enfin libre du poids des autres, me rapprochait des animaux sales et malades qu'il – lui qui était le plus compatissant de nous tous – amenait justement à la maison pour les sauver du trottoir ou des taillis dégoûtants du petit parc de Tiburtina où il allait jouer avec la seule compagnie de ses rêveries. S'il avait pu prendre part à notre fête ce jour-là, il aurait aimé comme aucun autre le sourire de Béquille, ses pirouettes, ses glapissements. Mais il habitait en Vénétie où il découpait du verre, si seul et si loin.

En compagnie de mon affreux chien, je me sentais enfin légère, loin des soucis de tout ce qui ne fonctionnait pas. Le voir donner des petits coups de patte dans son sommeil, dans la chaleur de sa niche, atténuait la pensée du ventre déjà gros de Marzia, larguée dans Dieu sait quelle chambre empestée de fumée de cigarette.

La ville entre-temps avait changé et, même si j'essayais péniblement de lui emboîter le pas, la raison de cette course en avant m'échappait. Les chantiers, les concerts, les superproductions de cinéma. Le remue-ménage qui agitait l'esprit de Rome ne me racontait pas encore toute la vérité, mais le rideau épais de muscles, de nœuds, de brumes, de craintes et de listes successives de choses à faire que j'avais interposé entre elle et moi se relâchait peu à peu. Je pouvais enfin m'évader et entrer dans la mêlée comme je le projetais depuis longtemps.

La longue promenade du dimanche jusqu'à San Giovanni avait soudain pris l'apparence d'un voyage à l'étranger. San Lorenzo tremblait de roulements de tambour et d'explosions de pétards, les supporters de l'A.S. Roma allant au derby défilaient sur leurs motos, les banderoles roulées sous les bras. Les femmes lançaient depuis leurs fenêtres des sandwiches au cortège qui passait en masses compactes le long de la via dei Volsci peinte en jaune et rouge. La via Giolitti était bondée de voitures et de marchands ambulants, les filles sautaient dans des taxis pour partir ailleurs. Où ? me demandais-je en traînant Béquille qui, devant toute cette confusion, trottinait comme d'habitude, nullement impressionné.

Dans la via Merulana, je ralentissais le pas, les yeux rivés sur la sortie du théâtre Brancaccio où les spectateurs, à l'entracte, fumaient en attendant le dernier appel pour retourner dans la salle. Chaque fois, devant ce qui, pour moi, était déjà en soi un spectacle unique – fourrures, broches, talons, pipes, Campari –, je me promettais de m'acheter un billet, un jour, en pariant au hasard sur un beau programme. Mais je ne me décidais jamais à entrer à la billetterie pour ne pas gâcher la balade dominicale de Béquille que j'aurais ainsi exclu d'un caprice bien égoïste.

Tandis que je descendais le Colle Oppio entre les dernières courses des gamins retardant le retour à la maison et les petits chiens baladés par des écrivains fanatiques, le Colisée se déroulait, grandiose, sous mes yeux. Le seul besoin qui me restait – trouver un style de vie qui me suffirait – était satisfait sans un sou et sans homme, mais avec la paix qu'on peut éprouver quand on est enfin prêt à clarifier définitivement les choses.

Ensuite Marzia débarqua de nouveau à la maison sous prétexte qu'elle était enceinte. Il m'arrivait de la rencontrer de manière inattendue dans les rues de Casal Bertone et qu'elle monte boire un café, me demande de l'accompagner chez le docteur pour une douleur au bas-ventre ou qu'elle passe sans prévenir pour prendre un survêtement dans son ancienne chambre. Je devais cacher mon argent, mettre sous clé les quatre porcelaines que j'avais eu le caprice d'acheter, je la savais capable de les glisser sous sa pèlerine en feutre et d'aller les revendre à quelques pauvres types de la Magliana. Elle me faisait de la peine, mais moins que je n'aurais jamais pu l'imaginer. Il y avait dans sa façon de rester hors de contrôle quelque chose de prévisible qui me protégeait de l'indignation. Tout choix est un renoncement, lui avais-je expliqué calmement.

Mise au pied du mur par les exigences absurdes de ma propre chair, maintenant que le temps, la sécurité, le calme, les moments de bonheur simple s'étaient manifestés tous ensemble, j'avais appris à les défendre. Si j'avais été ainsi dès ma jeunesse, je n'aurais peut-être pas été obligée de fuir comme une voleuse ma propre maison. Ne viens plus, lui avais-je dit enfin. Son baratin fébrile s'était évanoui sur ses lèvres devant la grande benne à ordures de la via Baldissera. À l'expression de mon visage, elle comprit que j'avais découvert ce qui manquait dans mes tiroirs et que, cette fois, je ne lui pardonnerais pas. Rosa m'aurait gardée chez elle même si elle m'avait crue voleuse, à condition de pouvoir me dominer ; moi, je raisonnais autrement, je n'avais que faire de la propriété, mais j'exigeais le respect. Marzia ne protesta pas. Comme un petit animal enroulé sur lui-même par peur d'être débusqué, elle disparut au coin de la rue et me laissa seule et soulagée qu'elle s'en soit allée. Je m'efforçai de graver dans mon esprit ce dernier gros plan d'elle, prévoyant le long vide qui allait succéder à cette rupture. Elle n'était plus aussi belle qu'elle l'avait été gamine, son visage, à cause de sa peau flétrie, semblait celui d'une personne sur le point de pleurer ou de hurler. Au milieu de son front, une ride verticale séparait les pensées méchantes des bonnes, si tant est qu'elle en eût. Les jeunes filles de son âge avaient les cheveux blonds, ondulés au fer, du rouge à lèvres fuchsia et des hauts courts à la taille. Elle se mettait le premier vêtement qui lui tombait sous la main, des Superga trouées, des sweats fantaisie, à son sac à dos Invicta tout décousu pendaient un groupe de petits animaux en peluche crasseux.

J'allais devoir me contenter de cette image pour un long moment, dans l'espoir que, revenant dans son repaire de banlieue, elle se déciderait à réfléchir à mes paroles. Si elle m'avait vraiment écoutée, elle allait peut-être décider de se sauver : je le quitte, je reviens ici, je cherche refuge parmi les amis de la famille, je m'agrippe de toutes mes forces à Tullia, ma mère, mon unique certitude, puis je me remets sur pied. Mais elle n'avait pas de tête, comme sa grand-mère, et elle était faible, comme son père. J'aurais pu en parler au docteur Basili, lui trouver un petit boulot de quelques heures pour la faire redémarrer, quelque chose de simple comme vider les poubelles, changer les bouteilles de gaz, porter le courrier. Mais Marzia voulait rester petite, devenir une fille-mère qui ne comprend jamais rien. Et je perdrais bientôt espoir, renonçant à enquêter sur sa vie en concubinage dans l'immeuble de la via Laurentina, à propos de laquelle notre cousine, jalouse d'un amour vrai, même entre deux imbéciles comme eux, m'avait donné d'épouvantables détails. Je cesserais de faire semblant de ne pas savoir comment elle se procurait sa nourriture les jours les plus compliqués. Je me contenterais du souvenir du château et de pas grand-chose de plus. Pourvu que cet enfant soit au moins de ce gars-là, voilà ce que j'espérais en la laissant partir.

Je rentrai chez moi plus vite et plus anonymement que d'habitude, après cette dernière rencontre, fuyant les rues de mes habituelles connaissances et prenant par les transversales les plus sombres. Je laissais Béquille faire pipi, étape après étape, toujours un peu impatiente de repartir, chaque fois.

1986 – LA FÊTE
Parioli, Villa Balestra

Les commerçants du quartier Parioli s'habillaient tous de la même façon. Chemise blanche ou bleue avec les manches relevées aux trois quarts, cardigan de pur fil, mocassins en daim. Ils étaient avides d'argent, mais voulaient donner l'impression qu'ils pensaient à autre chose. Après le petit déjeuner au Chalet du Parc, ils feuilletaient leur journal d'un trait pour passer à la page des sports.

Des boutiquiers, me disais-je avec mépris. Cupides et malins, ils n'étaient que sourires obséquieux pour les clientes. Je vous le fais à un bon prix, *madame*[1]. À travers les vitrines, j'aimais par-dessus tout associer leur mine intéressée à celle des cardiologues et des anesthésistes, qui m'était plus familière, car j'espionnais les médecins de la clinique comme un enquêteur tatillon qui, sans être vu, vole des détails et dévoile des secrets. Il ne me manquait que le carnet pour noter les indices. 14 h 20, il soulève puis repose une pochette en autruche, cadeau pour sa femme ?

Les médecins, surtout ceux qui se prenaient pour Dieu sur terre, donnaient le pire d'eux-mêmes dans

1 En français dans le texte. (N.d.T.)

la banalité de leur existence quotidienne. Passé la porte d'entrée de la clinique, ils étaient toujours en train de demander et d'exiger. Des appels pour moi ? Envoyez-moi un infirmier dans dix minutes. Combien de rendez-vous avons-nous aujourd'hui ? *Avons-nous*, comme s'ils étaient deux dans un seul corps. Dans la rue, au contraire, négligés et imparfaits, maladroits et à côté de la plaque comme des personnes quelconques, ils dépoussiéraient le rétroviseur de leur voiture avec leur poignet en croyant qu'on ne les voyait pas, posaient leurs sacs gonflés de courses sur le trottoir pour tirer d'un coup sec les clés de la voiture de leur sacoche en cuir, ils buvaient à la fontaine en éclaboussant le bout de leurs chaussures et le col de leur blouse de médecin, ils trébuchaient avant de se reprendre juste à temps pour ne pas tomber comme des andouilles. Savoir que mes recettes allaient finir dans l'assiette de gens pareils m'énervait. J'imaginais ce qu'ils pouvaient combiner dans le secret de leur salle de garde. Tremper leur mie de pain avec ardeur dans le jus de mon rôti délicat, enlever leurs chaussures en appuyant un talon contre l'autre, se curer le nez avec leurs doigts moites, se laisser aller à péter et à roter après s'être péniblement retenus toute la journée.

Mais il fallait reconnaître qu'ils étaient habiles à changer très vite de registre. Dans le seul but d'asseoir leur prestige, ils réussissaient à adopter sur commande cette pose parfaite, modérée et hautaine qui les sanctifiait aux yeux de leurs spectateurs les plus fidèles. Les amis de la famille, par exemple. Tu te souviens d'Edoardo ? Qui, le fils des Migliorini ? Ben oui, quel autre Edoardo connaissons-nous ? Il est cardiologue. Mais oui, ça a toujours été un type brillant. Oui, tout à fait. J'avais assisté plusieurs fois à des scènes de ce genre, le couple âgé et affable qui saluait le jeune rejeton avec la chaleur contenue des bienséances, la bouche pleine de phrases du genre je te revois que tu n'étais pas plus grand que ça. Et maintenant toi aussi, cardiologue, tel père tel fils ! Bravo !

Le docteur Ranieri pouvait sembler différente de cette bande compacte de bellâtres, avant tout parce que c'était une femme. En outre, elle était plus réservée que ses intrigants de collègues, souriante et élégante dans tous les détails : ongles vernis et pas le moins du monde ébréchés, cils fournis et recourbés, parfum fruité intense, lèvres d'un rouge brillant. Classique et bourgeoise, mais avec quelque chose d'irrésolu qui traînait sur le fond. Elle portait les cheveux ramassés sur un côté en une ondulation parfaitement ordonnée qui requérait une visite quotidienne chez le coiffeur. Peut-être était-ce précisément cette mise en plis parfaite – un baldaquin sous lequel cacher tout son dégoût – qui la distinguait de la masse des pistonnés et des privilégiés.

Je ne l'avais jamais étudiée comme je l'aurais voulu : le docteur Ranieri évitait de traîner dans les parages de la clinique pendant ses pauses, ne faisait jamais de parties de bridge ni ne prenait de Martini avec une olive. On pouvait plutôt l'apercevoir assise dans le salon réservé aux médecins, occupée à d'interminables séries de coups de fil, son agenda en cuir ouvert sur la table, un Parker en argent dans la main droite tenue en l'air entre un mot à écrire et un autre à biffer. Sinon, il n'était pas inhabituel d'assister à l'une de ses énigmatiques fuites à bord d'une Alfa Romeo bleue. *S'enfuir*, c'est ainsi qu'on aurait pu désigner ses départs rapides voire coupables, avec quelques coups d'œil en arrière comme pour se demander : le concierge mentionnera-t-il cet épisode au procès ? Il me semblait logique de penser qu'elle avait un amant à rencontrer en toute hâte lors de la pause entre les consultations. Elle n'était pas belle, certes, mais la beauté, dans le monde des riches, signifie à la fois beaucoup de choses et rien du tout.

La première fois qu'elle s'approcha de moi, nous participions toutes les deux au pot d'inauguration du nouveau foyer de la clinique. Les fauteuils, les tables, les murs, tout avait été recouvert de cuir blanc, un choix de décoration délicat et prétentieux qui m'avait fait l'effet d'une gifle par rapport à la maladie. Car c'était tout de même une clinique, pas un salon de beauté. La convocation des employés par la directrice ressemblait d'ailleurs beaucoup à l'invitation qu'on peut enfin lancer pour fêter une pendaison de crémaillère. Le blanc était totalement dépourvu de tact. La directrice avait dû considérer comme acquis qu'aucun individu couvert de sang ou incontinent ne se permettrait de s'écrouler sur l'un de ses précieux fauteuils. Tandis que je polémiquais avec moi-même, m'énervant de plus en plus et refusant de siroter le prosecco que l'on m'avait mis dans la main, je me retrouvai tout près du docteur Ranieri.

C'est vous Tullia, notre épatante cuisinière, ou je me trompe ?

Moi, votre épatante cuisinière ? me demandai-je. Oui, je fais la cuisine.

Je voudrais savoir...

Je n'avais pas envie de répondre, les petites gouttes froides de condensation sur le verre me trempaient le bout des doigts. Tout ça est dégoûtant, me dis-je.

Vous avez la réputation d'être notre meilleure cuisinière.

Merci pour le compliment, docteur, mais la meilleure, vraiment pas.

Ne faites pas la modeste, votre nom est sur toutes les lèvres depuis des mois, vous êtes une magicienne.

Le docteur Ranieri passa alors d'un geste rapide sa main à travers l'ondulation latérale de ses cheveux, qui resta exactement dans la même position, comme sculptée. Elle arborait un sourire feint et de pure forme qui me fit venir à l'esprit le mot « poisse ».

Je saisis un fragment de ce que la directrice, en état de pure exaltation cérémonielle, était en train de dire au public. Ceci est le symbole d'un nouveau départ, le beau temps est arrivé et nous nous sentons tous régénérés, nous sommes maintenant prêts à affronter ensemble le cours des…

Dans quel sens, docteur ? Je me forçai à me concentrer sur le seul objectif possible dans cette situation : l'argent.

Je suis en train d'organiser la fête d'anniversaire de ma fille Marina.

Quel âge a-t-elle ?

Tchin tchin ! hurla la directrice en m'effrayant.

Dix-huit, c'est un anniversaire vraiment spécial.

Et comment puis-je vous être utile, docteur ?

Je voudrais que vous nous fassiez la cuisine. Oui, que vous nous prépariez un bon dîner pour les parents et amis qui viendront fêter notre Marina.

Ça tomberait quel jour ?

Samedi quatorze, dans deux semaines. Vous pouvez ? Je vous paie, bien sûr, je vous paie ce que vous voulez.

Tous pareils, paranoïaques et compliqués, ces riches.

Pourquoi ne pas me proposer tout de suite un chiffre au lieu de me mettre dans cette embarrassante incertitude ?

Nous parlerons argent une autre fois, je viendrai vous faire la cuisine, bien sûr. Il faut juste me donner une idée de ce que vous voulez manger.

Deux semaines plus tard, je gravissais, accablée par l'humidité, la forte pente de Villa Balestra, un tapis infernal d'aiguilles de pin qui n'était jamais balayé. À l'évidence, les personnes âgées ne devaient se déplacer qu'en voiture dans ce quartier : aucune glissière de sécurité, aucune fracture du col du fémur.

Je m'étais mise en route largement en avance par crainte de ne pas avoir très bien compris où se trouvait exactement le penthouse du docteur Ranieri. Qu'est-ce que c'était ce penthouse ? m'étais-je demandé pendant des jours. Le brancardier de la clinique m'avait décrit la position de l'appartement avec une abondance de détails parfaitement inutile. Un immeuble jaune, pas la première mais la deuxième à gauche, derrière la loge du concierge, une barrière, un bougainvillier, un escalier en pierre. Trop d'informations m'embrouillaient, un point c'est tout. Je te dis pas les escaliers comme ils sont raides, Tullié, dis-toi bien que si on vient pas te chercher avec l'ascenseur à clé, tu vas devoir tout te faire à pied, moi j'ai dû y monter les pires cartons quand elle m'a appelé pour son emménagement. Ils habitent tout en haut, sur le toit-terrasse. Penthouse voulait donc dire tout en haut, sur le toit-terrasse.

Bien sûr, personne ne vint me chercher avec l'ascenseur privé, je sonnai à l'interphone, dernier étage, Ranieri – la doctoresse avait-elle pris le nom de son mari ou était-ce le contraire ? –, et je montai les escaliers très calmement, priant de ne pas être surprise par une de mes crises d'asthme.

À peine entrée dans l'appartement, la situation ne me plut pas. Une robuste dame brune vint m'ouvrir. Elle me montra ses grands gants en caoutchouc comme pour me dire je ne peux pas te serrer la main, avant de repartir en hurlant Ramona, enchantée ! le tout sans m'indiquer la direction de la cuisine et des toilettes de service, informations bien plus importantes que son prénom. J'étais bête moi aussi de ne pas lui avoir demandé, timide quand il ne fallait pas, culottée dans les moments inopportuns, parfois je me serais donné une gifle. Il régnait ce genre de désordre insupportable propre aux espaces dont les limites ne sont pas bien définies, dans un coin de l'entrée étaient entassés des cartons remplis de décorations, le salon gigantesque, entièrement en marbre, avec ses divans en L, était dépourvu de quelque chose que j'identifiai aussitôt, au-delà de la porte-fenêtre panoramique. Les rideaux flottaient au soleil tiède, on sentait qu'ils avaient été lavés récemment, il aurait fallu un miracle pour qu'ils soient secs avant la fête. Et qui les aurait repassés ? Des gens de leur espèce étaient bien capables d'envoyer le coursier en acheter de tout neufs à la Rinascente. L'énorme terrasse remplie de cycas et de haies de jasmins parfumés n'était pas moins chaotique que le reste de l'appartement. Je me sentis saisie de panique : avais-je apporté ma charlotte ? Un Philippin passait avec une lenteur absurde une peau de chamois sur les chaises en fer forgé. Je tâtai la poche intérieure de mon sac à main, cette bosse gonflée ne pouvait être autre chose que ma charlotte. Il y avait vraiment trop de monde qui flânait dans l'appartement. L'oxygène, en revanche, coulait à flot : inspirer, expirer, pas de crise. La première chose à faire, me dis-je alors, était de comprendre le rôle de chacun et d'établir une nette distinction entre les membres de la famille et la domesticité. Il était clair que personne ne m'expliquerait grand-chose là-dedans. Aucune trace de Mme Ranieri.

Il ne fut pas difficile de toute façon de découvrir qui était le maître de céans. L'homme, entre deux âges, en veste et cravate, vint à ma rencontre depuis l'autre extrémité du salon en disant vous êtes en avance. Je m'efforçai de déceler une nuance d'admiration dans son commentaire et répondis bonjour docteur en joignant mes mains au niveau de l'aine comme je l'avais vu faire aux novices qui venaient en visite à la clinique. Ma femme dit que vous êtes une cuisinière exceptionnelle. Je lui répondis par un sourire peu convaincu, les compliments, surtout quand ils étaient mensongers, ne cessaient de me déprimer. Heureusement, ce n'était pas le genre à se perdre en bavardages, et donc disant suivez-moi il tourna à cent quatre-vingts degrés et se mit à marcher avec détermination. À ce changement de perspective je faillis hurler : le mari de Mme Ranieri, un type peut-être plus original que ce que j'avais pu imaginer, tenait ses cheveux blonds ramassés en une masse compacte dans un unique rectangle de poils longs à la base de la nuque. L'image était effroyable et en évoquait de pires encore, la queue épaisse d'une loutre, une moumoute de dernier ordre, des algues séchées sur des filets de pêche. Un outrage permanent à la fraîcheur et au bon goût, me dis-je. Le long du couloir, je tentai d'ignorer les tableaux aux murs, ils avaient tous l'air d'être des œuvres de valeur, chacun sous une lampe ; mais, arrivée à la moitié, ne pouvant plus résister, je m'attardai un instant devant une toile, fascinée par les couleurs brillantes, les formes noueuses et les contours nets. Bien que me tournant le dos, M. Ranieri me demanda, sur un ton qui semblait sarcastique, vous aimez Guttuso ? Oui, beaucoup, répondis-je sèchement. Et vous la macédoine de légumes ? Bien sûr, dit-il en se retournant avec un sourire amusé. J'avais marqué un point.

Au fond de l'appartement, enfin, on avait accès à la cuisine, une grande pièce lumineuse, beige et marron, aux plafonds hauts, isolée du reste, sol en terre cuite, plans de travail en formica. Mais où c'est qu'elle est, Maristella ? s'écria M. Ranieri avec une touche d'accent napolitain, en faisant tourner bruyamment sa Rolex. Sa femme elle aussi avait gardé cette façon de traîner sur les mots quand elle parlait, mais plus atténuée, allégée par tant d'années passées à Rome, aux Parioli, à Villa Balestra et à la clinique Santa Susanna. Ils avaient dû se connaître tout petits dans les quartiers huppés de Naples, tu le vois ce golfe, Maristè ? C'est mon amour pour toi, grand, beau, *inffinni*. Je te le jure sur ma perruque. Ne rigole pas, crétine, m'intimai-je.

Mon euphorie venait de la consolation que me procurait une cuisine parfaite, bien équipée et nettoyée depuis peu. Je régnerais, moi, en souveraine, sur ce paradis pendant les cinq heures à venir. J'ouvris tout de suite le réfrigérateur pour vérifier que les courses commandées par téléphone étaient toutes là. Une batterie de casseroles et de poêles avait été disposée sur le vaste plan de travail pour me faciliter le choix du nécessaire pour cuisiner. Un plan de travail pour la viande, un autre pour les légumes, un pour les charcuteries, les fromages, les œufs et la crème, un caisson plein de fruits ; l'ananas et les pommes de terre étaient déjà prêts sur la planche à découper, un ensemble de couteaux aiguisés trônait au centre de la table. Je commençais à changer d'avis sur l'organisation de cette fête. M. Ranieri saisit d'un coup le téléphone suspendu à la verticale sur une petite colonne qui séparait la zone du four de celle du comptoir avec les tabourets et les petits appareils ménagers électriques. Il eut une réponse dès la première sonnerie. Allô, Marì, putain, on peut savoir où t'es ? Encore avec celle-là ? Mais tu le sais, ou pas, que c'est la fête de Marina aujourd'hui ? C'est dingue, moi je renonce à mon tennis, et toi tu traînes avec tes patients ? Qu'elle se débrouille toute seule ! Elle va quand même pas mourir ce soir, l'autre ? Réfléchis un peu, non ? Et dépêche. Fin de la conversation.

Il n'avait pas vraiment le sens de la mesure, cet homme-là. Parler à la doctoresse de cette façon, devant moi ! Je n'eus pas le temps, néanmoins, de me sentir gênée, car la fameuse Marina déboula dans la pièce, fondant sur son père, la tête inclinée vers l'arrière en signe de désespoir. Papa, tu te rends compte ? De quoi, mon trésor ? Comment, de quoi ! Regarde-moi ! Bien décidée à lancer les opérations principales sans attendre de me changer, je remplis d'eau une casserole en acier et la mis sur le feu en manifestant un désintérêt réservé pour la crise de nerfs de la fille.

J'ai le visage gonflé comme un ballon, si maman me laissait dormir au lieu de me réveiller pour m'envoyer chez son coiffeur de merde !

À l'époque de *la piazza Risorgimento, ma mère nous tirait de notre lit en commençant toujours par moi, je devais l'aider à servir le petit déjeuner. Du pain et du lait. Parfois, seulement du pain, d'autres fois seulement du lait.*

Parle pas comme ça à ton papa, que tu vas le faire fâcher, c'est mon coiffeur à moi aussi. Pour ne pas éclater de rire, je me concentrai sur les boutons du four électrique, je n'en avais jamais utilisé un comme ça.

Pendant que je mettais la table pour le petit déjeuner, Rosa avait l'habitude de fumer deux cigarettes de suite à la fenêtre, en me tournant le dos.

Je suis affreuse, pas la peine de dire le contraire. Il faut que je me fasse tout de suite un masque avec de la glace.

Une fois, je n'avais pas même eu la force de me lever parce que j'avais mal à l'estomac, et elle m'avait pincé le bras en m'accusant de faire semblant. Moi, on me la fait pas, avait-elle hurlé, lève-toi ou je t'écrase le visage sous le coussin! J'avais pris peur et essayé de me lever, mais j'étais aussitôt tombée par terre comme un drap sale. Alors, comprenant son erreur, elle avait tout fait pour alléger ma maladie, elle était même sortie – elle, oui, en personne – pour m'acheter de la viande de cheval, mais pour le bleu qu'elle m'avait fait au bras, pas la moindre excuse.

Monsieur Ranieri était en extase devant les caprices de sa fille, il la grondait avec un air enchanté qui semblait crier : bis! Encore, vas-y mon cœur, tu peux mieux faire!

Dis-moi un peu, plutôt, mon chou : ta robe, on te l'a livrée ou non?

Oui, elle me va parfaitement maintenant. Pendant un instant le visage de Marina se détendit, mais il se raidit à nouveau vite, l'air mécontent. Oh mon Dieu, tout est fichu en l'air par cette tête enflée comme un ballon! Est-ce qu'on a de ces petites poches de glace que maman utilise avant ses congrès?

Et qu'est-ce qu'il en sait, ton papa, tu es majeure maintenant, tu les veux, les petites poches de glace?

Eh bien, va te les acheter ! Et en disant cela, d'un geste théâtral de prestidigitateur, M. Ranieri tendit à sa fille un billet, la somme que je gagnais en une semaine. Ils se sourirent comme deux larrons après un coup réussi. Marina serra son père dans ses bras, bien fort, en se laissant pincer les hanches, et chantonna allez ça suffit, papa.

Quand elle était de mauvaise humeur, Giuseppe et moi ne pouvions pas jouer au jeu de tape-mains ni au chat perché ni à tout autre jeu physique. Si nous voulions survivre à ce jour-là, nous devions nous déplacer doucement, nous tenir à carreau dans une zone de sécurité se limitant au sourire et à la bouderie.

Ah, vous êtes ici ! Et moi qui vous cherchais comme une idiote sur la terrasse ! La doctoresse était arrivée.

La bonne humeur du père et de la fille disparut aussitôt, ils se rappelaient l'un et l'autre les raisons de leur nervosité, le retard, le visage gonflé et qui sait quels autres affronts de la part de leur victime commune, une fête gâchée à l'avance par cette femme qui faisait tout de travers.

Marì, ça y est, tu t'es décidée ? Maintenant si tu veux bien t'occuper toi aussi de cette sarabande qu'il y a chez nous, tu nous rendrais service à tous. Mme Ranieri resta impassible, ni fâchée ni froissée après ce double assaut. Je me sentais gênée pour elle, se lancer ainsi dans la tranchée ennemie était une erreur de débutante. Écoute-la un peu, ta fille, avec son visage tuméfié à cause de toi !

La doctoresse sursauta, piquée au vif par cette accusation, mais elle laissa son mari disparaître à sa vue sans rien répliquer, elle devait être habituée à ce genre d'agression. Marina, ayant obtenu l'autorisation officielle de pleurnicher, ne bougeait plus de là, fixant sa mère avec un regard de défi et de dédain. Les bras croisés, le regard noir, elle adoptait une pose infantile que sa mère ignorait délibérément. Je saisis le couteau avec lequel Rosa l'aurait décapitée si elle avait été sa fille.

Bonsoir Tullia, merci pour votre ponctualité et mes excuses pour mon retard, vous savez, une patiente. Geste qui fend l'ondulation toujours immobile de ses cheveux, regard haineux de Marina. Vous avez tout ce dont vous avez besoin ?

Oui, docteur, je dois seulement vous demander où je peux me changer.

Deuxième coup de main sur ses cheveux, un tic nerveux, peut-être ?

Marina, montre à Tullia la salle de bains de service, s'il te plaît.

Moi ? T'as qu'à y aller, toi ! Je vais me faire un masque vu que je ressemble à un castor. Et merci bien ! Après cette crise d'hystérie, la fille disparut, sa pompeuse fête d'anniversaire serait d'une manière ou d'une autre un succès. Si cette femme avait un peu de sang dans les veines, pensai-je, elle laisserait ses parasites s'étouffer à force de se chatouiller. Avec tout l'argent qu'elle gagne, elle pourrait faire le tour du monde. Marzia, au moins, en acceptant de disparaître, avait interrompu la querelle, m'accordant une deuxième chance.

Il ne me fallut pas cinq mais six heures. Je voulais que tout soit parfait, impeccable, que le bouche-à-oreille fonctionne et que d'autres médecins m'embauchent pour leurs petites fêtes de benêts. Lorsque tous les mets furent bien disposés sur leur plat et les plats, bien rangés dans l'ordre du service, j'envoyai l'intendant avertir la doctoresse qui, entre-temps, s'était métamorphosée en une version de gala d'elle-même. Elle arriva peu de temps après en laissant traîner derrière elle la queue ovale d'une robe de taffetas couleur pêche ; aux oreilles, aux mains, au poignet et au cou des bijoux corail et or. Un coup de poing dans l'œil.

Le repas est prêt, madame, si vous êtes d'accord, je pourrais dire aux serveurs comment servir.

Si je suis d'accord ! Je vous adore, Tullia ! dit-elle, et son haleine révéla le recours à un petit remontant alcoolisé. Sous leur épaisse couche de fard à paupières, les yeux gonflés de la doctoresse trahissaient ses larmes. Monsieur Aldo, appelez-moi vos hommes, hurla-t-elle en direction du couloir. Pendant que nous attendions les quatre serveurs en livrée, nous restâmes immobiles l'une en face de l'autre une bonne minute. Dans nos regards de femmes passa un je-ne-sais-quoi de franc et de très doux, bien plus qu'une parole, à peine moins qu'une étreinte.

1987 – LE PETIT MOT

Rome, parco degli Acquedotti

Un jour, en rentrant chez moi, le sac de courses rempli d'une chicorée pleine de terre que je regrettais d'avoir achetée, j'avais trouvé sur le pas de la porte un petit mot de Marzia. Un petit mot de ma fille, après deux ans de silence, était une chose impossible dont je ne parvenais pas à me réjouir. Ce court texte semblait presque élégant, conçu au millimètre, mot après mot, qui sait si quelqu'un ne l'avait pas écrit pour elle. Depuis que je lisais des romans, j'avais commencé à faire la différence entre un texte bien formulé et un fatras de termes alignés les uns à la suite des autres. Ce n'était certainement pas l'œuvre de son petit ami : si les dernières informations du quartier étaient exactes, le type avait été obligé de disparaître pour avoir volé quelque chose de grave à un gars du quartier Tiburtino Terzo. L'aide ne pouvait pas non plus venir de son amie à qui il manquait toutes les dents de devant et qui m'avait regardée d'un air neutre – l'air de la personne qui veut bien rendre service, mais préfère ne pas s'impliquer.

Maman je voudrais que tu connaisses… Non, ce n'était pas ma Marzia. Même si elle avait beaucoup grandi, elle n'aurait pas été en état de rattraper en si peu de temps toutes les années passées à traîner au lieu de suivre des cours. *Rendez-vous parco degli Acquedotti à l'entrée de la via Lemonia dimanche 5 avril à 10 h 30.* Une précision, une décision, une clarté qui ne lui ressemblaient pas. Je pensai au calendrier accroché au milieu du mur, à la date entourée en rouge. Cinq avril à dix heures et demie. Parfois, devenir mère peut redistribuer les cartes, un compagnon paumé qui amène des problèmes plutôt que des certitudes, le besoin de trouver seule des solutions, d'inventer quelque chose de nouveau pour survivre. Si Rosa n'avait pas eu à ses côtés cet homme honnête, peut-être aurait-elle changé elle aussi. Mais en mieux ? En pire elle n'aurait pas pu, c'est sûr, même si elle l'avait voulu.

J'envisageai aussitôt l'hypothèse d'un piège. Je m'interrogeai, cherchant à retrouver au fond de mes regrets une miette de lucidité. Je devais me préparer à aller à ce rendez-vous et n'y trouver ni ma fille ni mon petit-fils, mais voir en revanche débouler de nulle part deux jeunes au crâne rasé, la gueule tordue en un rictus furibond. Un coup à la nuque, quelques mots brutaux à mon oreille et adieu les quelques sous et objets que je possédais. Le sac à main en daim que m'avait offert la directrice de la clinique pour mon anniversaire, avec dedans ma Ventoline et l'argent de mon salaire, que je recevais toujours en retard et que je n'avais pas encore mis à l'abri derrière le carreau où je le cachais dans ma cuisine. Enfin, pour me briser le cœur, le souvenir précieux dont je ne me séparais jamais, par superstition plus que par nécessité : le petit mouchoir de coton jaune avec les initiales de mon père brodées au fil bleu. Qui avait bien pu écrire ce petit mot ? On l'avait peut-être forcée à me tromper, peut-être qu'elle n'était plus en état de faire la différence entre ce qui était juste et ce qui ne l'était pas et en était arrivée au point de jouer avec les sentiments délicats et intimes que j'éprouvais pour son enfant. Je ne l'avais jamais vu. Cette seule pensée me disait que je ne pouvais prendre le risque de rater ce rendez-vous, j'irais à n'importe quelle condition, même la peur au ventre, en espérant me tromper si je m'attendais toujours au pire. Et si je croyais que tout moment de joie ou d'espoir devait se payer cher.

Mon petit-fils s'appelait Angelo. *Maman je voudrais que tu connaisses Angelo.* D'après ce que m'écrivait Marzia pour me le décrire en deux lignes, il avait les yeux marron et les cheveux châtains, il aimait les petits bateaux en papier et ouvrir et fermer les portes, il avait peur des chiens. Je n'allais donc pas emmener Béquille. Ou était-ce le énième stratagème pour m'agresser sans être dérangés ? Fixer un point, libérer l'esprit des spectres.

Je pensais souvent à mon petit-fils lorsque je passais en revue tous les vêtements que je lui avais cousus, mois après mois, quelque chose pour chaque âge. Je me demandais si je devais les emporter tous ensemble ou s'il ne valait pas mieux au contraire nous épargner, à elle et à moi, la peine de voir souligné par l'addition de ces tissus le temps que nous avions passé séparées. À la limite, si elle avait ensuite un second enfant, ces vêtements lui iraient tout aussi bien.

Maman je voudrais que tu connaisses Angelo même si les choses se sont mal passées entre nous, maintenant je suis prête à revenir vers toi, j'espère que tu penses la même chose. L'idée qu'elle avait pu fréquenter un centre pour toxicomanes se fit soudain jour dans mon esprit. Cette façon raisonnable de parler, cette logique mécanique, ce discours d'ouverture si étrange dans sa bouche et en contraste total avec l'air qu'elle avait les dernières fois, quand elle devenait chaque jour plus froide et méchante au réveil. Les souffrances dont je me croyais indemne se réveillaient toutes, elles m'avaient creusée intérieurement. Un petit mot ne suffisait pas pour combler les profondes crevasses d'un seul coup.

Lorsque j'arrivai au rendez-vous, il n'y avait personne devant le portail de la via Lemonia. Même si j'avais lu et relu la feuille au moins une dizaine de fois, je ne fus pas certaine d'avoir compris le lieu du rendez-vous. Puis je me dis tu vas vivre un sale truc, tu vas tenir le coup ? Mais je rejetai avec détermination cette énième pensée pessimiste en espérant que ce serait la dernière. La plaque de marbre, de l'autre côté de la rue, indiquait sans la moindre équivoque via Lemonia, celle qu'avait citée Marzia. On était le 5 avril, et il était dix heures et demie pile. Je sentais mon démon familier me donner des coups de pied, pris au piège de ma cage thoracique. Rosa ricanait j'ai pas réussi, crois pas que tu vas réussir non plus. En me concentrant sur le vert des feuilles d'érable, je pouvais le faire taire lui aussi, ce démon.

Puis je la vis arriver. Angelo était dissimulé par la capote du landau. Marzia le poussait doucement, le visage rouge sous le coup de l'effort. Elle avait pris quelques kilos, ses cheveux avaient poussé, elle portait une veste en jean avec de grosses épaulettes. La mode faisait un effet ridicule sur elle, qui ne pouvait appartenir à d'autres époques que celle de sa naissance. Mon cœur commença à battre tellement fort que je toussai. M'efforçant de ralentir ma respiration, j'élevai en moi une digue de silence bien haute et compacte pour maîtriser mon émotion et me protéger du choc de l'instant. Et de fait, mon bonjour à ma fille et mon petit-fils manqua d'un certain élan. Elle savait les raisons de cette froideur et ne se laissa pas décourager, déplaçant aussitôt l'attention de notre réunion sur son objet le plus innocent.

Angelo, dis bonjour à mamie.

Hormis la bouche et le menton, je ne reconnaissais pas chez cet enfant la copie de Marzia petite, avec ses fossettes et son nez rond, alors que c'était comme ça que je l'avais toujours imaginé jusqu'à ce jour. Je résistai à la tentation de comparer sa figure à celle d'un de mes frères, il devait tenir du côté paternel, il valait mieux que j'en prenne mon parti. Ce qui m'intéressait le plus dans son aspect, c'étaient surtout les détails qui révélaient son caractère.

Je comprenais maintenant ma tachycardie et mes insomnies des jours précédents : ce n'était pas la peur de l'agression, mais la terreur qu'Angelo puisse me regarder comme une étrangère et qu'il ne m'accorde aucun des gestes de tendresse qui lient les petits à leurs grands-parents. Je les avais bien regardés, dans les parcs, dans la rue, dans le tram, même dans la clinique quand il arrivait que viennent de grandes familles unies au sein desquelles vivaient ensemble un grand-père et un enfant, ils se tenaient compagnie tour à tour pour jouer et pour mourir. La mélancolie m'avait envahie comme un lac ténébreux en hiver, mais maintenant une bonne occasion allait pouvoir nous sauver tous les deux de regrets à venir.

Il dort ?

Non, il garde les yeux fermés, il veut nous faire une surprise, me dit-elle à voix basse. Vas-y, Angelo, maintenant !

Angelo ouvrit les yeux et me hurla mamie ! tendant les bras comme pour prendre son envol et sortir de la poussette. Ce devait être un jeu récurrent, ce jeu de la surprise. Je me mis à rire de façon exagérée, comme si c'était la trouvaille la plus amusante du monde.

Mais tu parles déjà comme un grand! lui dis-je en l'embrassant. Une chaleur dense de vie coula de sa joue à la mienne, me récompensant de mon attente et de ma peur.

Ah ça, pour parler, il parle! Il arrêterait pas si on le laissait faire! Y a pas longtemps qu'il s'y est mis, et maintenant c'est un moulin à paroles!

Accroupie devant Angelo qui touchait avec avidité les racines mêlées, grises et blondes, de mes cheveux mis en plis pour l'occasion, je reportai mon attention sur Marzia sans lui trouver la méchanceté d'avant, mais pas le moindre sourire non plus. Chaque chose en son temps, me dis-je.

L'aqueduc se teintait d'ocre, mat, les câpriers sauvages se balançaient au vent dans les interstices des pierres. Le temps semblait s'être figé pour célébrer notre entente, il nous offrait une douce image à conserver : via Lemonia, 5 avril, dix heures et demie.

Prendre Angelo dans mes bras me réconcilia avec tout un tas de choses que je ne pouvais expliquer. L'amertume refluait dans une coupure qui allait réparer pour toujours ce qui n'avait pas fonctionné. Mon petit-fils continuait à me palper le visage comme si j'étais sa nouvelle poupée. Marzia s'alluma une cigarette en se tournant pour contempler le parc dans toute son étendue, un couple d'âge moyen avec un chien au loin, un sans-abri assoupi sur un banc, le ciel de Rome large et magnanime sur nos fautes et nos rédemptions.

1990 – ROSA

San Lorenzo, cimetière du Verano

Mars avait étiré le soleil, il brillait follement en plein milieu du ciel jusqu'au moment où, en fin d'après-midi, il plongeait brusquement dans les eaux du Tibre, laissant la ville aux lumières artificielles des réverbères. À vous maintenant, semblait-il dire à ces panaches noirs qui ponctuaient le cours du fleuve, moi je m'en vais.

Je faisais faire sa promenade à Béquille en essayant d'allonger ma respiration au-delà de l'essoufflement dû à l'allergie printanière. En fait c'était le chien qui m'entraînait sur le nouveau parcours de notre balade spéciale, celle que nous nous accordions seulement un jour ou deux par semaine et qui, la plupart du temps, nous poussait jusqu'aux rues du Testaccio se croisant en angle droit comme le *cardo* et le *decumanus* romains où je pouvais me procurer une bonne ration hebdomadaire de mercerie, mon seul caprice. J'achetais des fils, des gros-grains et des coupons d'étoffe dont je n'avais pas besoin puis je les remisais dans ma boîte à couture par ordre de taille et de couleur, le tout rangé à la perfection pour pouvoir, chaque fois que je soulevais le couvercle en fer-blanc, éprouver une délicate sensation d'émerveillement. Le labyrinthe géométrique de rubans me rappelait ma mallette, à la seule différence, fondamentale, que c'était ma boîte à couture à moi, personne ne me l'avait imposée, je me l'étais faite toute seule, je n'étais pas obligée de la vider, je n'avais que le plaisir de la remplir.

Depuis que la situation avait empiré à l'hôpital, le ton las et de plus en plus confus des nouvelles que me donnaient Saverio et Aurora ne me laissait pas le choix. Chacun de leurs mots semblait me supplier, si tu pouvais t'en occuper, nous on peut pas. Je comprenais à présent combien ma longue absence avait coûté à mes frères et ma sœur. Ils avaient essayé de tenir bon à leur manière face aux dernières épreuves, les plus dures, mais ils avaient dû se résigner à leur incapacité. Ils n'arrivaient pas à supporter le poids d'une telle douleur, trop profonde et trop noire. Ils avaient fermé les yeux tour à tour devant l'indécence de leur mère, abandonnée et humiliée dans son chaos électrique sans but ni excuses désormais. Je distinguais dans le son faux de leurs paroles – folle, malade, se tuer, risque – toute leur impuissance et leur inaptitude. Je ne pouvais pas les blâmer, je les avais laissés seuls avec une masse noire comme l'enfer à traiter pendant des années, en échappant à ses crises, aux fêtes lugubres, à ses dépressions, aux dettes et aux cachettes. Dans ce lit dur, nous y serions mal, tous ensemble. J'étudiais leurs cernes, les contorsions de leurs mains, l'air épuisé de leurs joues plates et flasques et je comprenais que, pendant tout ce temps, ils m'avaient protégée, subissant la maladie à ma place.

Le malaise croissant allait se terminer en désastre si je ne me décidais pas. Je savais comment il fallait affronter le désespoir après avoir vécu tous mes hivers dans la certitude de déplaire à celle qui m'avait mise au monde.

C'était seulement comme ça que le retour vers elle devenait acceptable : me remettre entre les mains de ma mère parce que j'y étais *contrainte*, me résigner à lui accorder mon attention pour résoudre des problèmes concrets et urgents, répondre au seul sens du devoir auquel une femme de ma trempe ne se serait jamais soustraite même si elle en avait parfaitement le droit. Rosa, de nouveau. Je m'efforçai de la visualiser un instant. Elle s'agitait dans le lit humide de transpiration sans personne pour rafraîchir son front ni ses draps.

Lorsque j'arrivai à l'hôpital, il était trop tard pour réparer l'erreur.

L'imaginer hors d'elle dans le secret de mon esprit était bien autre chose que de la voir les yeux hors de la tête – les veines du cou et des tempes gonflées, prêtes à éclater –, dégoisant des mots incohérents avec la peine de savoir qu'on ne l'écoutait pas. Je la trouvai au lit, une couverture élimée et froissée rabattue sur les chevilles, de la salive desséchée aux coins de la bouche, les lèvres crevassées de quelqu'un qui, pendant trop de nuits d'affilée, a senti l'écume de la rancœur se sécher sous l'effet de souffles humides. Ses mains gonflées, rendues livides par la circulation comprimée, et l'agitation continue de ses poignets, les spasmes de ses doigts, ses cris de colère et ses soubresauts, ses tics et les griffures jusqu'au sang, tout cela était de ma faute, de mon irréparable faute sans remède. Pattes d'animaux, griffes, racines disloquées remontées d'un coup à la surface, mais pour toujours prisonnières de dalles de ciment qui ne leur permettaient pas de s'en aller.

Laissez-la s'en aller, dis-je doucement, m'adressant à tous les petits démons qui m'habitaient et ne libéraient pas l'esprit fier, altier et désormais perdu de cette femme gonflée de bile, attachée à un lit d'hôpital, incapable d'articuler des mots sensés, ma mère.

Même dans mon pire cauchemar je n'aurais pas pu obéir à la voix nasillarde du docteur – une voix si différente de celle que j'utilisais pour m'expliquer la vérité des choses et qui, elle, affirmait haut et fort : Rosa conserve encore, y compris de là-bas, le contrôle sur tout, elle est vivante et présente à elle-même. Aucun médecin au monde ne me ferait jamais douter de l'indépendance de ses pensées. Je préférais voir en elle la bête qu'elle était, la considérer dans toute son intelligence, craindre une de ses offenses gratuites, me découvrir toujours aussi incapable d'encaisser ces coups bas qui me blessaient tandis qu'elle, ignorant le mal qu'elle avait fait, recommençait à ramasser ses mèches en une tresse sévère. Distraite, lasse de sa propre méchanceté. Mais folle, non, ça, jamais, ce n'était pas possible, folle était une définition intolérable qui manquait de respect à nous tous, plus encore qu'à notre mère.

Elle nous avait créés un à un puis jetés à la rue, jouant de longs fils invisibles que sa maladie tirait pour réduire la distance. C'était elle encore, rusée et dominatrice, qui nous appelait à elle pour régler les comptes, maintenant que le soleil tremblait, indécis, derrière le store tordu de la salle d'hôpital.

Relève-toi, dis-je sans que personne n'entende, même pas mes démons.

Souffrir pour ses douleurs aurait été inutile, inutile aussi de s'effrayer de ses sautes d'humeur, de voir mon père pleurer, oui, pleurer tant et plus de l'avoir déçue. Et pourtant, ça en avait valu la peine, pour cette femme insupportable et cruelle qui avait toujours été et resterait à jamais à dix longueurs devant chacun d'entre nous. Et par « nous », je n'entendais pas seulement mes frères, ma sœur et moi-même, mais toutes les personnes vivantes, tous les êtres du cosmos, des corps célestes jusqu'aux fourmis microscopiques cachées dans les profondeurs de la boue. Vous devez tout m'expliquer sur-le-champ ! hurlai-je au docteur qui, pendant des années, lui avait déchargé dans le corps l'électricité et la barbarie, sans rien guérir. Le moment était venu cette fois. Il ne nous restait qu'à nous rassembler autour d'elle, notre cheffe de famille, et la sauver de l'humiliation.

La plus grande victoire avait été d'admettre que cette imperfection était non seulement inévitable, mais également juste. Regarder tout le tableau de loin mélangeait les grumeaux de couleur avec l'étendue verte du paysage de sorte que – à côté de mon travail de cuisinière et d'un appartement de trois pièces – les fugues de Marzia et l'électrochoc de Rosa ramenaient le désespoir à une pensée parmi bien d'autres. On pouvait aimer cette vie, isolée mais authentique, et se réveiller indemne chaque jour, des siècles après la captivité de l'enfance, une fois raccommodées les chaussures éculées par trop de marches, une fois assouvie la crampe à l'estomac de ces après-midi de faim entre les deux oranges du midi et le bouillon du soir. C'était le début d'une nouvelle histoire, après le gymkhana de discorde en discorde.

Au cimetière du Verano, il fait jamais chaud, même en plein mois d'août, les fleurs meurent pas, mais moi j'en porte pas de toute façon, les fleurs c'est pour les idiotes – voilà ce qu'elle avait l'habitude de dire, elle qui, de fleur, n'avait que le nom. Je balaie et je m'en vais, aller et retour à pied, comme au bon vieux temps, en évitant de passer par la place.

Une fois, j'avais quatre ou cinq ans, Rosa m'avait demandé ce que je voudrais faire quand je serais grande et je lui avais répondu toi, je veux faire toi. Toutes les personnes présentes – je ne me rappelle pas qui était là, juste le rire bruyant d'un groupe – avaient trouvé ma réponse hilarante. Elle, au contraire, s'était assombrie, et m'avait pincé les joues, en m'imprimant le destin dans les yeux.

Lorsque le médecin sortit de la pièce, ce jour-là, il devait se sentir plus petit d'un mètre. Je pris entre mes doigts une mèche de cheveux de ma mère, ils étaient encore solides et longs comme ceux d'une jeune fille. Jamais je n'aurais été comme elle. J'en fis un serpent parfait et j'ouvris la fenêtre pour faire entrer l'air.

FIN

REMERCIEMENTS DE L'AUTRICE

Je tiens à remercier Tommaso, à qui ce livre est dédié, de m'avoir toujours accompagnée. C'est ce qu'ont fait aussi, sous d'autres formes, mes parents Carla et Luigi et ma sœur Lavinia. Merci à eux.

Ma reconnaissance va à toutes celles et tous ceux qui ont encouragé la création de *Rien pour elle* et se sont réjouis avec moi qu'il ait survécu au temps et aux tempêtes; je les embrasse ici, Anna, Carmen, Claudio, Consuelo, Margherita, Simona, Ugo, Vincenzo et Vittorio.

Les traductrices tiennent à exprimer leurs vifs remerciements à Maria Baiocchi pour son aide précieuse.

Les traductrices

* Lise Chapuis

Diplômée en langues et littératures française et italienne, docteure en littérature comparée, Lise Chapuis traduit depuis plus de vingt ans des textes littéraires italiens, attentive en particulier aux voix originales de la création romanesque contemporaine. Elle anime régulièrement des ateliers de traduction.

Parmi les autrices et auteurs qu'elle a traduit(e)s : Giosuè Calaciura, Claudia Durastanti, Chiara Mezzalama, Antonio Tabucchi, Juan Rodolfo Wilcock, Giorgio Manganelli, Francesco Permunian, Marco Lodoli...

* Florence Courriol

Docteure en études italiennes et agrégée d'italien, Florence Courriol mène une carrière universitaire entre la France et l'Italie. Entre 2018 et 2020, elle a travaillé à l'Institut français d'Italie à la coopération universitaire. Elle se consacre également à la traduction littéraire, principalement de l'italien vers le français.

Parmi les autrices et auteurs qu'elle a traduit(e)s : Ubah Cristina Ali Farah, Anna Felder, Veronica Galletta, Francesco Guicciardini, Filippo Tapparelli, Lisa Ginzburg, Ruska Jorjoliani, Giorgio Orelli, Fabio Pusterla, Tiziano Scarpa...

TABLE DES MATIÈRES

Déjà parus chez Agullo Fiction

Magdaléna Platzová
Le Saut d'Aaron

Dragan Velikić
La Fenêtre russe
Le Cahier volé à Vinkovci

Osvalds Zebris
À l'ombre de la Butte-aux-Coqs

Astrid Monet
Soleil de cendres

Maria Galina
Autochtones
L'Organisation

Joe Meno
La Crête des damnés
Le Blues de La Harpie
Prodiges et Miracles

Viliam Klimacek
Bratislava 68, été brûlant

Bogdan Teodorescu
Le dictateur qui ne voulait pas mourir

Dmitri Lipskerov
Léonid doit mourir

L'Outil et les Papillons
Le Dernier Rêve de la raison

Jaroslav Melnik
Espace Lointain

Saad Z. Hossain
Djinn City
Bagdad, la grande évasion !

S.G. Browne
Héros secondaires
La destinée, la Mort et moi, comment j'ai conjuré le sort

Vladimir Lortchenkov
Le Dernier Amour du lieutenant Petrescu

Anna Starobinets
Refuge 3/9

Rui Zink
Le Terroriste joyeux
L'installation de la peur

Déjà parus chez Agullo Noir

Jurica Pavičić
L'Eau rouge

Arpád Soltész
Le Bal des porcs
Il était une fois dans l'Est

Valerio Varesi
La Maison du commandant
Or, Encens et Poussière
Les Mains vides
Les Ombres de Montelupo
La Pension de la via Saffi
Le Fleuve des brumes

Frédéric Paulin
La Nuit tombée sur nos âmes
La Fabrique de la terreur
Prémices de la chute
La Guerre est une ruse

Wojciech Chmielarz
Les Ombres
La Cité des rêves
La Colombienne
La Ferme aux poupées
Pyromane

Magdalena Parys
Le Magicien
188 mètres sous Berlin

Bogdan Teodorescu
Spada

Déjà parus chez Agullo Court

Maja Thrane
Petit Traité de taxidermie

Sigbjørn Skåden
Oiseau

Asja Bakić
Mars

Yan Lespoux
Presqu'îles

Visitez notre site Internet
www.agullo-editions.com
pour découvrir les univers de nos romans,
de leurs auteurs et de
leurs traducteurs.

Retrouvez Agullo Éditions sur
Facebook, Twitter et Instagram.

Achevé d'imprimer en janvier 2022
sur les presses de l'Imprimerie CPI Bussière
à Saint-Amand-Montrond (18200)
pour le compte de Agullo Éditions.

ISSN : 2551-5853
ISBN : 978-2-38246-013-9
Dépôt légal : février 2022
Numéro d'impression : 2062819